LE SYNDROME DU TITANIC

NICOLAS HULOT

Le Syndrome du Titanic

CALMANN-LÉVY

Aux miens.

« Ce qui caractérise notre époque, c'est la perfection des moyens et la confusion des fins. »

Albert EINSTEIN.

La parabole du nénuphar

Nous volons vers l'Afrique du Sud depuis plus de quinze heures. Anesthésiées par la monotonie du voyage, les conversations se sont peu à peu suspendues. À côté de moi, infatigable, une main corrige d'une écriture ferme des feuillets dactylographiés.

En dessous, c'est l'Afrique, doublement noire : par la couleur de ses habitants et par la nuit qui l'envahit. Une nuit elle-même double : naturelle et culturelle. René Dumont ne s'est pas trompé en prophétisant il y a plus d'un quart de siècle que « l'Afrique noire [était] mal partie ». Crises politiques et guerres civiles s'y succèdent sur fond de misère humaine et de désastres environnementaux. Et pourtant, j'ai éprouvé là des sensations si fortes que je reste attaché à cette terre par chaque fibre de mon âme.

Je regarde ma montre, calcule rapidement. Nous devons survoler l'Okavango, ce gigantesque delta où ciel, terre et eau se confondent, au nord de l'Afrique australe. Un lieu si magique à mes yeux que, bien des années après que j'en ai fait la découverte, il continue à exercer sur moi la même fascination.

Je revois ces bras de rivière sinuant ici à travers la végétation, semblant là se perdre au milieu du désert – « et faisant naître un paradis », dit une formule africaine. C'est un lieu de plénitude où la beauté naturelle se déploie sous toutes ses formes, où la contemplation des espèces animales reste une émotion à l'état brut, où j'éprouve toujours le sentiment que l'ensemble des oiseaux de la création se sont donné rendez-vous pour célébrer leurs noces somptueuses avec la nature. Des aigles pêcheurs cueillent le poisson au ras des flots avec une élégance et une délicatesse éblouissantes. Au loin, des lechwes, les antilopes d'eau de la région, passent en troupeaux paisibles.

Et partout ces étangs à l'eau bleu cobalt, entourés de hauts papyrus, sur lesquels des nénuphars aux bords roulés se prélassent à la chaleur et à la lumière d'une Afrique éternelle, encore préservée malgré les lourdes menaces qui pèsent déjà sur elle. L'Okavango, lieu de tous les rêves, vu du ciel un éden encore intact, devient à terre une illusion déjà trompeuse.

L'Okavango, longtemps l'un de mes paradis terrestres les mieux protégés.

Pour combien de temps encore ?

*

L'avion file dans les ténèbres. Une torpeur me gagne. Je ferme les yeux pour demeurer au plus près des images qui me sont chères.

De fil en aiguille, par association d'idées, une conversation avec un ami me revient en mémoire. Nous sommes tous deux face à l'un de ces vastes étangs à nénuphars de l'Okavango. Le miroir bleu est à moitié couvert par les larges feuilles vert foncé. À moitié couvert... Un vieux souvenir de lecture me trotte dans la tête. Que disait-il, déjà ? C'était une sorte de fable, une parabole. Mon ami interrompt le cours de mes pensées.

– Qu'est-ce qu'ils sont beaux, ces nénuphars... leurs corolles... leurs fleurs blanches...

– Beaux mais redoutables. Les Anciens les utilisaient comme anaphrodisiaques. Ils en faisaient des philtres pour calmer les passions et éloigner le mal d'amour. À ton avis, dans combien de temps les nénuphars auront-ils envahi toute la surface ?

L'ami hésite. Question saugrenue, dit son silence. Je lis dans ses pensées. Comment savoir ? J'ai oublié de lui fournir une donnée essentielle.

– Je t'aide. J'ai lu quelque part que la multiplication végétative de certains nénuphars offrirait une caractéristique particulière. Sa progression pourrait être géométrique. C'est-à-dire que la surface des feuilles doublerait chaque jour. 2, 4, 8, 16... D'où une colonisation rapide des surfaces aquatiques. Prenons cette hypothèse pour une certitude. Dans combien de temps auront-ils tout recouvert, selon toi ?

Il fait une moue vague tout en balayant l'espace d'un large geste, comme pour dire : Alors, dans ces conditions... J'abonde dans son sens.

– Un sacré bout de temps, hein ? C'est ce que tu crois ?

Il bafouille. Mon assurance sape ses certitudes. Il commence à soupçonner la réponse évidente, celle à laquelle on ne songe jamais. À moins que je ne lui fasse le coup de la blague de service militaire, le vieux truc de la question dont la réponse est : un certain temps. Il hésite, puis lâche :

– Sans doute. Des semaines, des mois ?

J'ai bien choisi mon interlocuteur. Les maths ne sont pas son point fort.

– Demain.

– Quoi ?

– Demain. Regarde : les nénuphars couvrent déjà la moitié de l'étang. Et puisqu'ils doublent de surface chaque jour, la réponse est : ils auront tout recouvert demain.

Il réfléchit quelques secondes. La réponse devient évidente.

– Bien sûr. Donc, demain, plus d'étang ?

– Plus d'étang.

Il a du mal à accepter la rigueur des chiffres. Les nénuphars paraissent si petits et fragiles ; comment imaginer qu'ils puissent envahir des centaines de mètres carrés en quelques heures ? L'étang ne mérite pas un tel sort. Il veut seulement vivre et rester lui-même. On aimerait bien le sauver de cette lente asphyxie. Et puis, les nénuphars ne sont pas à l'abri d'un accident : ils risquent d'être mangés par des poissons, grignotés par des insectes, tirés vers le fond par les bestioles qui peuplent l'étang. Tant d'événements inconnus peuvent se produire...

Que ne ferait-on pas avec des si ? À quel prix ne se rassurerait-on pas ? Pourtant, la logique est là.

– Demain, plus d'étang devant nous. Plus de temps devant nous.

Ma formule lui fait froncer les sourcils.

– Comment ça, plus de temps ? De quoi tu parles ?

Alors des exemples d'envahissement inéluctable me viennent en tête. J'en livre quelques-uns à mon ami. La ville qui gagne sur la campagne. Les déchets qui dégradent les terrains vacants. Les milliers de voitures qui bouchent les autoroutes le vendredi soir dans un sens, le dimanche soir dans l'autre. Les gaz à effet de serre qui surchargent l'atmosphère. Et ainsi de suite. Toutes ces cellules cancéreuses qui envahissent des organismes sains.

Des évidences, certes ; mais auxquelles une partie de nous-même continue de résister. Nous regardons la surface de miroir impeccable, et nous pensons : encore des semaines, voire des mois. Nous regardons l'état de notre planète et nous nous rassurons : encore des décennies, voire des siècles.

Et si tel était le message de ces nénuphars : cet

ordre qui vous paraît éternel est éphémère ; tout est fragile, en sursis ?

Car demain sera trop tard. C'est aujourd'hui qu'il faut agir.

*

Un léger trou d'air. Je sors de ma torpeur. L'Okavango, l'étang, le temps... À côté de moi, la main continue à écrire. Elle rature une phrase, la corrige. Par-dessus l'épaule de mon voisin, je lis : « Notre maison brûle et nous regardons ailleurs. »

1

Le sommet de l'espoir

2 septembre 2002. Séance plénière du sommet de Johannesburg sur le développement durable. La salle est archicomble pour écouter les discours des chefs d'État et de gouvernement venus du monde entier.

Une large tenture bleu océan couvre la paroi derrière la tribune. Celle-ci présente une décoration africaine que je trouve des plus sympathiques. Elle s'orne d'une série de plantes et minéraux aux formes diverses et aux couleurs éclatantes. La nature trône donc ici en maître, dépouillée des habituels drapeaux qui sont autant de symboles patriotiques, reflets d'un orgueil parfois démesuré. Le choix des organisateurs est judicieux. Voudraient-ils nous rappeler que, si chacun de nous naît dans un pays, nous n'en habitons pas moins la même Terre, ils ne pourraient faire mieux.

Jacques Chirac s'approche du pupitre, et le silence qui gagne l'assemblée reflète plus qu'une politesse convenue : il est signe d'une véritable attente. Perdu au fond de l'assistance, attentif et anxieux, me voulant le plus discret possible, je commence à faire les cent pas de long en large. L'événement qui se déroule sous mes yeux marque l'aboutissement d'années d'efforts pour faire partager les convictions auxquelles je suis attaché. Heures de conversations informelles, échanges de notes, séances de travail, tout cela va prendre sa forme officielle dans les prochaines minutes.

Je ne suis pas le seul à attendre. Depuis plusieurs jours, la rumeur s'est répandue parmi les centaines de diplomates et de journalistes présents au sommet. On murmure que les propos du chef d'État français seront à la mesure des certitudes de son auteur ; que son diagnostic sur la situation de la planète sera implacable, et ses propositions, solides. Vont-ils être déçus ?

Les membres de la délégation française ont tout mis en œuvre pour que ce ne soit pas le cas. Ils n'ont pas ménagé leur peine. À commencer par le président lui-même. Arrivé en Afrique du Sud deux jours avant la séance plénière, il a couru en soixante-douze heures un véritable marathon. Il a tenu des réunions préparatoires, mené des entretiens avec des chefs d'État et de gouvernement, rencontré des journalistes, des représentants des ONG, des homologues francophones, participé à la table ronde sur le financement du développement dans les pays pauvres, et j'en passe. Il voulait ainsi convaincre ses divers interlocuteurs et distiller ses idées dans le huis clos des rencontres préparatoires. En sont sorties une douzaine de déclarations publiques dont, à chaque fois, le moindre mot a été pesé, soupesé, analysé par le staff présidentiel.

Les trois ministres qui l'accompagnent ont eux aussi multiplié les rencontres et les séances de travail. Les diplomates et les élus, sans oublier les représentants de la société civile qui ont fait le voyage, membres d'associations aussi bien qu'industriels, n'ont pas chômé non plus. Quant à moi, j'ai découvert de l'intérieur ce qu'est une rencontre internationale, la difficulté des préparatifs, les tensions, les arbitrages incessants pour limiter la casse et aboutir à un texte final acceptable par tous. J'ai suivi les sherpas qui hissent les dossiers jusqu'à l'ultime phase du sommet, un exercice qui ne va pas de soi, c'est le moins qu'on puisse dire. Moi qui ai gravi depuis plus de vingt ans pas mal de montagnes, j'ai vite compris que ce genre de sport, pratiqué par les hauts fonctionnaires, réclame un surcroît de force et d'endurance et que, pour n'être qu'intellectuel, il n'en mobilise pas moins des énergies insoupçonnées.

*

Dès les premières phrases du discours, le ton est donné. Les paroles ne démentent pas la rumeur : on est loin du politiquement correct. D'entrée de jeu, le président martèle des vérités bien senties : « Notre maison brûle et nous regardons ailleurs. La nature, mutilée, surexploitée, ne parvient plus à se reconstituer et nous refusons de l'admettre. L'humanité souffre. Elle souffre de mal-développement, au Nord comme au Sud, et nous sommes indifférents. La Terre et l'humanité sont en péril et nous en sommes tous responsables. »

Au fond de la salle, mon anxiété s'apaise, mes pas se ralentissent. Jusqu'au bout, je me suis dit : ce discours, il y aura bien quelqu'un pour le désosser, le démolir, du moins l'affadir. Pour le moment, ce n'est pas le cas. Les phrases s'enchaînent aux phrases, et je retrouve les idées qui me tiennent à cœur et pour lesquelles je me bats depuis des années. Ma part personnelle dans ce discours ? Décisive, ont affirmé les uns qui voient alors en moi le principal conseiller du président en matière d'écologie. Faible, ont répondu les autres qui en sont restés au Nicolas Hulot d'il y a vingt ans et ne veulent connaître que le baroudeur en ULM. La vérité se situe entre ces extrêmes. Alimenté par des notes et des contributions multiples, le texte de Johannesburg a été rédigé conjointement avec un diplomate qui a été en poste au ministère de l'Environnement avant de devenir membre du cabinet présidentiel, un homme sensible et érudit en qui j'ai trouvé un véritable allié. Lui aussi fait un peu figure de révolutionnaire dans son milieu. Il s'est ainsi rendu au premier forum de Porto Alegre et entretient des contacts réguliers avec ATTAC. À sa manière, il contribue à faire bouger les choses de l'intérieur, quitte à heurter par ses positions atypiques, comme la remise en cause du libéralisme ou l'attention portée à la taxe Tobin. Mais on ne se refait pas : j'aime les êtres qui ne sont pas là où on les attend.

Le président poursuit : « Nous ne pourrons pas dire que nous ne savions pas ! Prenons garde que le XXIe siècle ne devienne pas, pour les générations futures, celui d'un crime de l'humanité contre la vie. Notre responsabilité collective est engagée. Responsabilité première des pays développés. Première par l'histoire, première par la puissance, première par le niveau de leurs consommations. Si l'humanité entière se comportait comme les pays du Nord, il faudrait deux planètes supplémentaires pour faire face à nos besoins. »

Les souvenirs reviennent en foule. Je me revois, sur mon scooter, franchissant les grilles de l'Élysée avec mes bouquins dans un sac plastique, rendant visite à Chirac et lui apportant ma moisson de lectures écologistes. Nos heures de conversation. Ma farouche volonté de convaincre qui rencontrait son vrai désir de comprendre. Notre jeu de questions et de réponses. Ses hochements de tête lorsque mes affirmations allaient à l'encontre de ses convictions les plus enracinées, de sa culture politique et des choix de ses gouvernements antérieurs – en matière de politique agricole, par exemplc, ou à piupos d'une croissance considérée comme l'alpha et l'oméga du progrès. Sa curiosité pour les livres que je pose en pile sur son bureau et qu'il feuillette, soudain attentif à des réalités vers lesquelles rien jusqu'alors ne l'avait conduit. Ou bien parcourant les notes que, afin d'appuyer mes thèses, j'ai demandées à des spécialistes et qui, elles aussi, contribuent à nourrir sa réflexion. D'autant plus que certains événements dramatiques ont contribué à la faire évoluer. Ainsi, la grande peur de la vache folle. Elle a joué pour lui le rôle de catalyseur. Il y a vu la répétition, ou la menace à grande échelle, de l'affaire du sang contaminé. Replaçons-nous dans l'effroi de l'époque. Le prion, disait-on alors, pouvait passer dans le lait maternel, risquait de contaminer les sols, avait une durée d'incubation de cinquante ans. Puis il y eut d'autres événements dramatiques, la tempête de 1999, le naufrage de l'*Erika*... Autant de catastrophes qui lui ont fait toucher du doigt le caractère pathétique de certaines de nos erreurs et validaient la célèbre phrase de Jean Rostand selon laquelle « la science a fait de nous des dieux avant de faire de nous des hommes ».

Le président marque un temps, lève les yeux du pupitre, semble prendre la mesure de l'auditoire. Un silence plus profond gagne l'assistance. Je continue à arpenter la salle dans toute sa largeur. Le président revient à ses notes pour asséner un sévère constat, aussitôt suivi de propositions concrètes.

« Dix ans après Rio, nous n'avons pas de quoi être fiers. La mise en œuvre de l'Agenda 21 est laborieuse. La conscience de notre défaillance doit nous conduire, ici, à Johannesburg, à conclure l'alliance mondiale pour le développement durable.

« Une alliance par laquelle les pays développés engageront la révolution écologique, la révolution de leurs modes de production et de consommation. Une alliance par laquelle ils consentiront l'effort de solidarité nécessaire en direction des pays pauvres. Une alliance à laquelle la France et l'Union européenne sont prêtes.

« Une alliance par laquelle le monde en développement s'engagera sur la voie de la bonne gouvernance et du développement propre. »

L'attention de la salle ne se relâche pas. Phrase après phrase, le discours de Chirac martèle des formules dignes de l'élévation de pensée de Nelson Mandela. Il énumère maintenant cinq grands chantiers qu'il veut prioritaires. Il cite d'abord l'action contre le changement climatique. Puis l'éradication de la pauvreté, qui lui permet de glisser une proposition reprenant l'un des thèmes favoris des altermondialistes, l'instauration d'une taxe sur les flux de capitaux : « Trouvons de nouvelles sources de financement. Par exemple par un nécessaire prélèvement de solidarité sur les richesses considérables engendrées par la mondialisation. » Sur certains visages, je lis de la surprise, parfois même de la stupeur. Troisième priorité : le respect dû à la diversité aussi bien biologique que culturelle. Viennent ensuite la modification des modes de production et de consommation, et l'intérêt d'une gouvernance mondiale « pour humaniser et pour maîtriser la mondialisation ». À chaque phrase ou presque, j'ai l'impression d'avoir remporté une victoire dans un combat décisif. Je retrouve dans le discours du président les principes que je défends depuis des années et me réjouis que personne n'ait pu le convaincre de ne pas les prononcer. La tâche aurait été difficile, puisque ses doutes initiaux s'étaient transformés en certitudes.

Bien sûr, je ne pouvais imaginer à cet instant que l'enthousiasme retomberait vite et que les espoirs nés de ce discours resteraient largement lettre morte. D'autant plus que, dans des discours précédents, Jacques Chirac avait su montrer que son engagement dans la lutte environnementale n'était pas un vain mot. J'ai souvenir des fortes paroles prononcées à la 6e convention sur le changement climatique de La Haye, en novembre 2000 : « Nous sommes à la croisée des chemins. Vos décisions vont dessiner le futur de la planète. L'heure n'est plus aux interrogations et aux atermoiements ! »

Humaniser et maîtriser la mondialisation... Voilà les mots-clés qui peuvent ouvrir bien des portes. Car il ne peut s'agir de rien d'autre : refuser que les événements nous conduisent, reprendre notre destin en main. Rendre les hommes, non plus maîtres et possesseurs de la nature, mais maîtres et possesseurs de leur propre avenir. Et donc, renouer les liens avec un environnement que nous avons tellement exploité, pressuré, méprisé, que nous en sommes devenus les pires ennemis.

Il enfonce le clou : « Il est temps de reconnaître qu'existent des biens publics mondiaux et que nous devons les gérer ensemble. Il est temps d'affirmer et de faire prévaloir un intérêt supérieur de l'humanité, qui dépasse à l'évidence l'intérêt de chacun des pays qui la composent. Pour assurer la cohérence de l'action internationale, nous avons besoin, je l'ai dit à Monterrey, d'un Conseil de sécurité économique et social. Pour mieux gérer l'environnement, pour faire respecter les principes de Rio, nous avons besoin d'une Organisation mondiale de l'environnement. »

Une courte pause. Trop courte pour laisser à tout le monde le loisir d'assimiler des propositions qui transcendent les clivages politiques habituels. Le président en vient à la conclusion de son discours, vibrant plaidoyer en faveur de la vie et de notre planète :

Monsieur le Président,

Au regard de l'histoire de la vie sur Terre, celle de l'humanité commence à peine. Et pourtant, la voici déjà, par la faute de l'Homme, menaçante pour la nature et donc elle-même menacée. L'Homme, pointe avancée de l'évolution, peut-il devenir l'ennemi de la Vie ? Et c'est le risque qu'aujourd'hui nous courons, par égoïsme ou par aveuglement.

Il est apparu en Afrique voici plusieurs millions d'années. Fragile et désarmé, il a su, par son intelligence et ses capacités, essaimer sur la planète entière et lui imposer sa loi. Le moment est venu pour l'humanité, dans la diversité de ses cultures et de ses civilisations, dont chacune a droit d'être respectée, le moment est venu de nouer avec la nature un lien nouveau, un lien de respect et d'harmonie, et donc d'apprendre à maîtriser la puissance et les appétits de l'Homme. Et aujourd'hui, à Johannesburg, l'humanité a rendez-vous avec son destin. Et quel plus beau lieu que l'Afrique du Sud, cher Thabo Mbeki, cher Nelson Mandela, pays emblématique par son combat victorieux contre l'apartheid, pour franchir cette nouvelle étape de l'aventure humaine ! Je vous remercie.

Le discours a duré moins de sept minutes, mais son impact déborde largement ces étroites limites. La preuve : les derniers mots à peine prononcés, les assistants se lèvent et applaudissent avec une chaleur inhabituelle dans ce genre d'enceinte, où les discours sont plus souvent ponctués d'une indifférence polie que d'une marque d'adhésion. Moment d'émotion intense : cet homme, dont chacun connaît les origines politiques et culturelles, ovationné de façon aussi enthousiaste... J'ai toujours pensé que, dans la vie d'un être, seul importe le chemin parcouru. Celui qui a mené Jacques Chirac jusqu'ici n'était ni prévisible ni simple. Ce discours marque le point d'aboutissement d'années d'échange et de réflexion, et le point de départ d'une grande action politique à venir. Enfin nous allons arriver à faire quelque chose ! Et je me prends alors à rêver que tout est désormais possible, parce que, selon la belle formule de Saint-Exupéry : « Dans la vie il n'y a pas de solutions. Il y a des forces en marche : il faut les créer et les solutions les suivent. »

L'heure est donc à l'enthousiasme et non aux doutes, chez moi comme chez les autres. La presse nationale et internationale elle-même apprécie ce discours et y lit les bases fondatrices d'une écologie mondiale. Quant à l'opinion, tous bords confondus, elle comprend que face à certaines causes les divisions traditionnelles perdent leur sens. J'aurai même la surprise, un an après il est vrai, de lire dans *Libération* sous la plume de Noël Mamère, pourtant bien peu suspect de complaisance à l'égard de Jacques Chirac, l'adjectif « remarquable » pour qualifier le discours de Johannesburg.

Dans de tels moments, politique et éthique se rejoignent. Des moments trop rares à mon goût. J'avoue ne pas être un observateur assez attentif pour repérer derrière les propos convenus des politiques les phrases susceptibles de soulever l'enthousiasme d'une opinion passablement blasée. Il me faudrait des lunettes plus grossissantes – peut-être même une loupe. Je n'ai donc revécu l'émotion qui m'a saisi à Johannesburg qu'une seule fois : lors du discours de Dominique de Villepin devant le Conseil de sécurité de l'ONU, dans les semaines qui précédèrent le déclenchement de la guerre en Irak. Pour le reste, en un an et demi, j'ai trouvé dans l'actualité politique plus de motifs de désespoir ou de colère que d'enthousiasme.

*

Je connais Jacques Chirac depuis une quinzaine d'années. À l'époque de notre première entrevue, il était encorc maire de Paris. Il m'avait fait savoir que, appréciant mes émissions, il aurait plaisir à me rencontrer. Par ailleurs, il souhaitait de plus amples renseignements sur la fondation que je venais de créer, la Fondation Nicolas Hulot pour la Nature et l'Homme. J'ai donc accepté son invitation avec plaisir et, je l'avoue, curiosité. Non par fascination envers la chose politique dont j'ignorais tout à l'époque, ni pour me retrouver dans la proximité du pouvoir ; celui-ci ne m'attire pas plus que je ne le rejette. Simplement, j'apprécie l'éclectisme des situations. J'y vois une des chances les plus extraordinaires de la vie que je mène : pouvoir rencontrer des Eskimos en Alaska aussi bien que le maire de Paris sous des lambris dorés, nager aujourd'hui au milieu de requins baleines et discuter demain avec des hommes politiques de tous bords ; tout cela représente une richesse de situations dont j'ai bien conscience que tout le monde ne la partage pas.

Le maire de Paris m'a d'emblée accordé une aide pour la fondation, sans autre contrepartie que de travailler avec les centres de découverte de la ville de Paris, ce qui ne nous posait aucun problème puisque cela correspondait à notre mission. Ensuite, il a assez vite repris contact avec moi, et nous nous sommes revus. De sorte qu'au fil du temps s'est installée une relation qui a pris de l'épaisseur. Au début je lui parlais de mes voyages. Il se montrait intrigué, me posait des questions, nous échangions sur mes rencontres, mes découvertes, mes émotions. L'émission *Ushuaïa* était à l'époque orientée sur l'exploit, et ses objectifs étaient moins ambitieux qu'aujourd'hui. Mais, au fur et à mesure que s'affirmait mon engagement écologiste, Jacques Chirac a suivi cette évolution. J'approfondissais désormais les sujets, je les plaçais dans une perspective plus vaste. Et peu à peu, chez lui, des tabous sont tombés.

C'est ainsi qu'à ma façon j'ai peut-être contribué à « déghettoïser » l'écologie. À droite, le mot avait alors une connotation sulfureuse, voire subversive. J'ai souvent rappelé à mes interlocuteurs que l'étymologie ne mentait pas : l'écologie n'est ni plus ni moins que la science de notre maison à tous. Il fallait donc faire tomber le tabou, parce que les enjeux étaient planétaires et urgents, et que les gouvernements successifs, de gauche comme de droite, n'en avaient pas pris toute la mesure. Ensuite, les idées dont je discutais avec Jacques Chirac se sont cristallisées lors de la campagne présidentielle de 1995, et surtout durant la cohabitation, pendant laquelle il a pris le temps de réfléchir à ces sujets nouveaux pour lui. Naguère, je lui faisais partager l'émotion de mes voyages au long cours. J'étais désormais devenu le rapporteur des mauvaises nouvelles du monde. Et celles-ci étaient légion.

Aujourd'hui tous les signaux sont passés au rouge, lui disais-je. Les équilibres naturels se révèlent beaucoup plus fragiles que les hommes ne l'ont imaginé pendant des décennies, mais par inconscience, égoïsme ou simple inertie, ils refusent de le voir. L'érosion de la biodiversité a atteint un niveau sans commune mesure avec l'histoire de la vie sur Terre. J'avançais des exemples chocs montrant qu'aucun domaine n'est épargné. La destruction des forêts prend de telles proportions que, chaque année, une surface équivalente à celle de la Californie est rayée de la carte. La biomasse des océans, c'est-à-dire la quantité de matière vivante, a été divisée par dix en un siècle, tandis que les moyens technologiques de pêche ont été multipliés par autant, aggravant ainsi le mécanisme de surexploitation des bandes côtières. Quant à l'agriculture, sous la pression de la déforestation et des méthodes intensives de production, elle transforme un hectare en désert toutes les quatre secondes. Chez nous, elle déverse sans compter dans la terre et les cours d'eau toujours plus de produits toxiques, elle est la deuxième pourvoyeuse de gaz à effet de serre après les transports et elle mobilise 70 % de l'eau douce de la planète, alors que la moitié de l'humanité rencontre des problèmes d'accès à l'eau potable. Partout les ressources s'épuisent, tandis que les gâchis augmentent et que les inégalités se creusent : 20 % des habitants de la planète consomment 80 % de ses ressources. Les autres se débrouillent comme ils peuvent. Trois milliards d'êtres humains vivent avec moins de deux dollars par jour. La pollution gagne ; chaque jour, 25 000 habitants du tiers-monde meurent à cause de la contamination chimique et bactériologique de l'eau. La désertification progresse, les populations urbaines croissent dans des proportions inouïes et doubleront d'ici vingt ans pour atteindre les cinq milliards. Les blessures infligées sont donc terribles et les sollicitations s'accélèrent comme si notre planète était une pourvoyeuse infinie de ressources. L'humanité se dote, et pas seulement d'un point de vue militaire, d'un arsenal redoutable. Son erreur consiste à l'appeler « productif » alors qu'il est d'abord destructif.

Le constat est donc implacable : la Terre a atteint un seuil de vulnérabilité sans précédent. Et comme le phénomène de dégradation empire sans cesse, les dégâts sont désormais visibles à l'œil nu. Nous découvrons que la Terre est plus petite que nous ne l'avons longtemps imaginé, et qu'ainsi pèse sur notre espèce une grave menace. Les scientifiques l'appellent « la sixième extinction », par référence aux catastrophes antérieures qui jalonnent l'histoire de la planète et ont fait disparaître des espèces entières – avec cette fois une nuance de taille : si cette catastrophe se produit, elle nous concernera à un double point de vue : nous en serons la cause et en subirons les conséquences. Car la vie sur Terre ne tient qu'à la fragile atmosphère, ce bouclier de quelques kilomètres d'épaisseur que nous attaquons au marteau-piqueur avec des gaz qui modifient de manière brutale ses subtils équilibres. Pour résoudre le problème du réchauffement climatique directement lié à l'effet de serre, il nous faudrait diviser par quatre nos actuelles émissions de gaz. En prenons-nous seulement le chemin ? Bien sûr que non. Tout au contraire : ces émissions ne cessent de croître. La vérité est terrible : désolidarisés de la nature, et donc privés de notre identité la plus profonde, nous refusons d'admettre qu'être les seuls à tirer notre épingle du jeu constitue une aberration autant scientifique que morale. Ainsi courons-nous vers un abîme que nous avons nous-mêmes creusé.

Petit à petit, toutes ces convictions et observations ont fini par s'accumuler dans la tête de Jacques Chirac puis sur son bureau, sous forme de notes, de demandes de compléments d'information, de coupures de presse. Il m'écoutait avec une attention de plus en plus soutenue. Parfois il argumentait, rendait les armes, ou bien se taisait. Ce qui ne m'empêchait pas de revenir à la charge avec de nouveaux arguments susceptibles de le persuader. Car la cause n'était pas gagnée d'avance. Tout nous séparait. Nos âges d'abord : un écart de vingt-trois ans, autant dire une génération. Nos études ensuite : le différentiel en la matière est encore plus grand, pas tout à fait le zéro et l'infini mais presque. Nos engagements politiques enfin, constants chez lui, flous chez moi. Et puis les milieux où nous évoluons, nos habitudes de vie, nos loisirs, jusqu'à nos garde-robes... Mais nous avions en commun l'essentiel : une aptitude à la curiosité et un désir de comprendre les réalités vivantes. Car plus que tout m'inquiètent les êtres qui sont incapables de modifier leurs points de vue. Je crois, avec Hugo, que « l'opinion d'un homme peut changer honorablement, pourvu que sa conscience ne change pas ».

*

Pendant des années, j'ai ainsi participé à des cellules de réflexion, sollicité des contributions extérieures, rédigé des notes à la demande du président. Pourtant, mon rôle n'a jamais revêtu un caractère officiel. Mal défini, spontané, il répondait à des demandes circonstancielles plus qu'à un travail régulier. Mon nom ne remplissait la case d'aucun organigramme, je n'ai jamais eu d'horaires de travail ni reçu la moindre rémunération. J'ai toujours été un électron libre. D'ailleurs, Jacques Chirac l'a vite compris : on ne peut pas plus m'enfermer dans une fonction que dans un bureau, et cette indépendance lui a semble-t-il toujours plu. J'ai joué auprès de lui un simple rôle de passeur : entre des idées et des hommes, des principes et des réalités. Tout en conservant une conscience aiguë de mes limites. D'où le rôle décisif du comité de veille écologique de la fondation pendant toute cette période : il m'a apporté les bases scientifiques et les données rigoureuses dont j'avais besoin pour étayer mes convictions.

Lorsque la campagne présidentielle de 2002 a commencé, j'ai tout naturellement poursuivi mon travail, creusant une idée simple qui me semblait devoir être au cœur d'une vraie politique en matière d'environnement : associer les deux notions d'écologie et de développement durable – c'est d'ailleurs l'appellation du ministère actuel, et je crois y être pour quelque chose. À quelques-uns, nous avons donc élaboré des idées qui allaient être reprises dans les interventions du candidat. Pourtant, l'idée ne m'est jamais venue de jouer la victoire à tout coup – j'aurais d'ailleurs été bien naïf, rappelons-nous les sondages des débuts de campagne et l'énorme surprise d'avril. Mais l'alternative dans laquelle nous nous trouvions placés me paraissait féconde. Ou bien Chirac passait, et dans ce cas nous n'aurions pas à improviser, des étapes seraient déjà franchies. Ou bien il ne passait pas, et ses propos forçaient le vainqueur à se positionner – j'ai depuis longtemps fait mienne la phrase de Hugo selon laquelle « le parti vainqueur ne vit qu'à la condition de faire ce que le parti vaincu avait promis ».

Lionel Jospin était d'ailleurs sorti de sa réserve pour aborder certains thèmes chers à l'écologie. Dans le même temps, le candidat des Verts usait sa salive à moraliser la vie publique en distribuant des mauvais points en matière économique, diplomatique et sociale aux deux principaux challengers avec une telle énergie que je me demandais parfois à quel rang se situaient les problèmes environnementaux dans sa campagne. Ce combat à fronts renversés réjouissait de nombreux chiraquiens. Il me navrait plutôt. À un certain niveau de problèmes, les affections sélectives n'ont plus leur place. Je n'ai jamais suivi que des idées et non des hommes.

J'éprouvais le sentiment de ne pas consommer mon énergie en pure perte, constat agréable pour un écologiste. Je n'avais pas manqué cette chance historique d'infléchir les événements, et les résultats étaient à la mesure de mes espérances. Intervention après intervention, l'écologie constituait un des principes fondateurs sur lesquels le président sortant menait campagne. À Avranches, le 18 mars 2002, c'est la promesse d'une charte de l'environnement « adossée à la Constitution, aux côtés des Droits de l'Homme et des droits économiques et sociaux », parce que, martelait Chirac, « la protection de l'environnement deviendra un intérêt supérieur qui s'imposera aux lois ordinaires. [...] Il faut un changement d'état d'esprit au sein de toutes les administrations de l'État. Il faut un changement de méthode de gouvernement. [...] Il n'y aura pas de développement durable tant qu'on se contentera de surajouter une pincée de protection de la nature aux autres politiques publiques, politiques industrielle, agricole, des transports, de l'équipement. [...] Tant que l'on n'aura pas compris cette exigence, on pourra sans doute continuer à parler d'environnement, mais on ne pourra pas parler de développement durable ».

Il faut se souvenir de la situation des problèmes environnementaux après cinq ans de gauche plurielle. Tandis que Noël Mamère menait une campagne vert pâle, Dominique Voynet confiait avoir été la seule écolo dans un gouvernement qui ne l'était pas, ajoutant que nous ne connaissions qu'une écologie de figuration et qu'il était temps de la faire sortir de son rôle subalterne. Yves Cochet, dernier titulaire du maroquin sous le gouvernement de la Gauche plurielle, tenait en privé des propos tout aussi désabusés. De tels jugements ne me surprenaient pas. Au regard de ces activités hautement sérieuses que sont l'économique et le social, le Premier ministre tenait l'écologie pour une bizarrerie anecdotique. Bettina Laville, sa conseillère environnementale, se désespérait chaque jour de ne servir à rien. Elle s'était d'ailleurs proposé d'établir le contact entre Lionel Jospin et moi, mais sans succès. Je ne livre donc pas un grand scoop en affirmant que l'ancien occupant de Matignon n'a jamais eu la fibre écologique et que l'appartenance des Verts à sa majorité gouvernementale relevait plus d'une stratégie politique que de convictions personnelles. Il leur sous-traitait le problème tandis que lui s'occupait des questions sérieuses.

La suite est connue. Jacques Chirac l'a emporté et j'ai décliné son offre de poste ministériel tout en restant un de ses proches : « Tu vas perdre un bon conseiller pour gagner un mauvais ministre », lui ai-je dit lorsqu'il m'a proposé le poste. Il n'en a pas moins continué à me recevoir, à me téléphoner, à me demander mon sentiment sur tel ou tel problème lié à l'environnement. Par la force des choses, une distance s'est établie entre nous. Jean-Pierre Raffarin a nommé deux femmes pour tenir les rênes de l'écologie et du développement durable dans son gouvernement. N'ayant pas voulu occuper leur place, je ne me suis pas permis de juger chaque matin leur politique – les rares fois où j'ai pris la parole sur l'action gouvernementale, le tohu-bohu médiatique a été tel que mes propos en ont perdu leur sens.

*

Lorsque le président m'a proposé de me joindre à la délégation française qui se rendait à Johannesburg, j'ai marqué un temps d'hésitation : devais-je me placer sous le feu des projecteurs, ou rester dans l'ombre à Paris ? Le choix n'était pas anodin. Si j'acceptais de partir pour Johannesburg, je me dévoilais de façon définitive, et en risquant de donner le sentiment d'une allégeance au pouvoir, je m'exposais aux médias dont je mesure mieux que quiconque la dangerosité. Dans un pays où la prise de carte l'emporte trop souvent sur la prise de position, mon statut d'électron libre conserverait-il sa crédibilité ? La sincérité de mes propos eux-mêmes n'en deviendrait-elle pas suspecte ? Et puis il y avait les multiples à-côtés, accessoires aux yeux de beaucoup, mais pas aux miens. Même si je ne doutais pas que Jacques Chirac saurait me mettre à l'aise parmi cet aréopage de ministres, de diplomates et de conseillers, il reste que ce milieu n'est pas le mien, et loin s'en faut. J'ai si peu accès aux codes, langage, mœurs en vigueur dans ces étranges tribus qu'au milieu d'elles je me suis souvent senti plus décalé que parmi une peuplade d'Indiens, jusque dans les plus petits détails. Revêtir une veste, nouer une cravate, veiller au pli du pantalon, tout cela n'appartient pas aux gestes qui me sont naturels. Et avec les idées qui sont les miennes, forcer la nature relève du choix difficile ! À trente ans, je me moquais du style « loden-Lacoste » des petits notables de mon enfance ; ce n'est pas pour intégrer le camp des « costards-cravates », des énarques quinze ans plus tard – même si j'éprouvais une certaine griserie à voir autant d'éminences intellectuelles, diplomatiques réunies autour d'une cause qui m'est chère.

Mais une petite voix intérieure me répétait

qu'un risque calculé l'emporte toujours sur un confort subi. Or il se trouve que j'ai l'habitude des risques calculés. La joie que j'en retire est sans commune mesure avec les satisfactions que pourrait m'apporter une existence plus conformiste. Et puis, la perspective d'une seconde entrevue avec Nelson Mandela me réjouissait. Revoir cet homme dont la première rencontre m'avait tant marqué... J'ai donc pris ma décision. J'irais à Johannesburg. Tout en élevant des garde-fous : respecter la délégation, garder par rapport aux officiels la distance qui a toujours été la mienne, ne pas me prendre pour un cacique, sans pour cela renoncer à mon propre rôle. Conserver ma liberté de parole. Ne pas manier la langue de bois et admettre dans les interviews que, malgré ses belles intentions, la France possède de multiples talons d'Achille. En un mot : tenir une place qui, pour n'être pas protocolaire, n'en serait pas pour autant de la simple figuration. J'assumais donc le risque d'allégeance puisque je savais que je n'étais pas dans cette posture. Autre chose enfin a contribué à ce choix : mon refus de devenir ministre affirmait suffisamment mon esprit d'indépendance pour que je n'aie pas à rougir de maintenir le dialogue avec le premier personnage de l'État. Surtout lorsqu'il se trouve être mon ami.

*

Pendant le vol de retour, je repensai au chemin parcouru par l'Afrique du Sud en à peine une demi-génération. Qui aurait pu imaginer, il y a quinze ans, que De Klerk et Mandela parviendraient à forcer le cours de l'Histoire ? La fin de la ségrégation raciale a tenu à la volonté de deux hommes face à des communautés que tout dressait l'une contre l'autre.

À vingt ans, quand j'ai pour la première fois posé le pied en Afrique du Sud, j'ignorais presque tout des haines dans lesquelles ce pays s'était enfermé. La nature y était belle et les filles jolies, point. J'ai déchanté dès les premiers jours. D'accord, les filles étaient jolies ; mais emmener une Blanche sur une plage *Black only*, ou l'inverse, pouvait se payer de dix ans de prison... Lesquelles plages étaient protégées des requins par des filets quand elles étaient réservées aux Blancs, mais non protégées pour les Noirs – ce qui avait permis à des scientifiques de conclure que les requins étaient plus attirés par la chair noire que par la chair blanche ! Restaurants et hôtels pour les uns, pas pour les autres. Dans les banques, huit guichets pour les Blancs, un seul pour les Noirs. Et ainsi de suite. La population noire était environ dix fois supérieure en nombre à la population blanche. Pourtant, à cette dernière les diamants et l'or, aux Noirs les terres sans ressources. La violence, la rancœur et la haine étaient omniprésentes. La peur aussi. Toute tentative de rébellion était réprimée dans le sang. Les Afrikaners, descendant des Boers, n'éprouvaient aucune honte de leur racisme monstrueux. J'avais à l'époque rapporté une série de photos au ton provocateur, le seul capable selon moi de faire réfléchir les lecteurs d'un magazine français. Sur l'une d'entre elles, on voyait des enfants noirs jouer au golf sur des tas d'immondices, en plein ghetto de Soweto.

En 1990, sous la pression internationale et sur la base de ses convictions personnelles, De Klerk a libéré Mandela, symbole vivant de la cause noire jeté en prison vingt-sept ans plus tôt. L'incroyable s'est alors produit : Mandela a renoncé à la lutte armée au nom de l'ANC tandis que De Klerk abolissait l'apartheid. Puis les premières élections multiraciales de 1994 ont porté le leader noir à la tête de l'État. Et l'Histoire a cessé de recuire ses vieilles folies. L'impensable s'est réalisé. L'esprit et le cœur d'un homme ont transformé la tragédie de deux peuples en amour et en intelligence. En témoignait déjà le discours du nouveau président lors de sa cérémonie d'investiture :

> Notre peur la plus profonde n'est pas que nous ne soyons pas à la hauteur, notre peur la plus profonde est que nous sommes puissants au-delà de toutes limites.
>
> C'est notre propre lumière et non notre obscurité qui nous effraye le plus. Nous nous posons la question : « Qui suis-je, moi, pour être brillant, radieux, talentueux et merveilleux ? »
>
> En fait, qui êtes-vous pour ne pas l'être ?
>
> Vous êtes un enfant de Dieu.
>
> Nous restreindre, vivre petit ne rend pas service au monde.
>
> L'illumination n'est pas de nous rétrécir pour éviter d'insécuriser les autres.
>
> Nous sommes nés pour rendre manifeste la gloire de

Dieu qui est en nous. Elle ne se trouve pas seulement chez quelques élus, elle est en chacun de nous, et au fur et à mesure que nous laissons briller notre propre lumière, nous donnons inconsciemment aux autres la permission de faire de même.

En nous libérant de notre propre peur notre puissance libère automatiquement les autres.

C'est pour de tels mots prononcés, comme pour l'action qui les a suivis, que Mandela est à mes yeux un héros absolu. Une fois nommé président, un de ses premiers gestes fut d'inviter à sa résidence privée le procureur qui avait requis la peine de mort contre lui trente ans plus tôt ; il n'a pas accompli ce geste pour faire une démonstration de son nouveau pouvoir, encore moins par esprit de revanche, mais dans un souci de réconciliation.

Vers le milieu des années quatre-vingt-dix, lors d'une conversation avec Jacques Chirac, nous en sommes venus à évoquer Nelson Mandela. Je lui ai alors confié qu'il était le seul de mes contemporains devant lequel je pourrais me prosterner. Et de lui citer cette phrase de Hugo : « Il n'y a sous le ciel qu'une chose devant laquelle on doive s'incliner : le génie, et qu'une chose devant laquelle on doive s'agenouiller : la bonté. » La formule a dû plaire au président puisque, il y a quatre ou cinq ans, lors d'un voyage où je l'accompagnais en Afrique australe, il m'a offert de rencontrer « quelqu'un qui comptait pour moi », m'annonça-t-il laconiquement. J'ai ouvert une porte. Mandela se tenait derrière. J'ai vécu là une des émotions les plus fortes de mon existence, au point que je suis resté immobile et muet, incapable d'articuler la moindre phrase. Mandela m'a alors pris le bras et a prononcé quelques mots d'accueil. Tout de suite, c'est la générosité et la force de son regard qui m'ont frappé. Je lui ai dit en phrases maladroites mon admiration, et il souriait. De quoi avons-nous parlé ensuite ? De choses banales dont j'ai perdu le souvenir. Mais ce quart d'heure passé avec lui vaut une existence. C'est l'espoir qu'aujourd'hui je caresse : voir des Mandela se lever partout sur la planète et, tel Gandhi, résoudre par la persuasion et la non-violence les problèmes gigantesques qui se posent à l'humanité.

Lorsque mon fils est né, l'année même du sommet de Johannesburg, je n'ai pas hésité une seconde : il se prénommerait Nelson, comme mon héros – et comme l'indique l'étymologie : fils de Niels, c'est-à-dire de Nicolas. Ainsi se trouve unie dans un même mot sa double paternité, l'une véritable, l'autre symbolique.

*

Le discours de Johannesburg ne se limitait pas à un constat sévère ; il était porteur de propositions importantes, au premier rang desquelles l'instauration d'un organisme mondial de l'environnement et la mise à l'étude d'une taxation des flux financiers. Le sentiment que j'avais éprouvé pendant la campagne recevait donc sa confirmation : le président allait rassembler sous l'étendard écologique hors des limites de son propre camp, offrir à ses concitoyens un projet suffisamment fort pour enflammer leur enthousiasme et transformer cette peur de l'avenir que nous subissons tous en volonté d'agir sur lui. À ce moment-là, je ne doutais pas que ce discours servirait de feuille de route et que ministres et parlementaires s'engageraient dans la voie ouverte.

Au-delà de toute préoccupation hexagonale, ce discours faisait sentir à chacun que la France s'apprêtait à jouer un rôle leader sur un terrain inoccupé et que sa position créerait dans un proche avenir un effet d'entraînement. C'est l'espoir que je caressais alors : voir mon pays devenir un élément moteur sur ce sujet au sein de l'Union européenne, et permettre à celui-ci de construire son identité face aux États-Unis. Je suis donc rentré de Johannesburg avec, en tête, une espérance et une image. Toutes les deux aussi riches d'avenir.

L'espérance : assister bientôt au démarrage d'une véritable politique environnementale en France ; voir l'avenir se construire sur des bases différentes, et les problèmes cruciaux de la planète enfin pris à bras-le-corps.

L'image : Jacques Chirac et Nelson Mandela se font face. Ce dernier a pris le président français à deux bras, de façon amicale mais ferme, et s'exprime avec véhémence. Jacques Chirac ne le quitte pas des yeux. Je le sais déjà à demi convaincu, mais les paroles de Mandela achèvent de le persuader. Le leader noir martèle ses phrases : « Il ne faut pas laisser faire l'administration Bush, il ne faut pas que cet homme parle au nom de la planète, agisse au nom de ce qu'il dit être le bien. Non, il ne faut pas. »

Visiblement ému, le président français acquiesce.

Il s'agit des projets de guerre imminente en Irak.

2

Retour sur terre

Lorsque l'ivresse est à son comble, la gueule de bois du lendemain est elle aussi maximum. Le 3 septembre 2002, après la cérémonie de clôture, chacun est rentré chez soi et l'enthousiasme est retombé. Pas vraiment anéanti : retombé. Ramené à son étiage ordinaire, poussé vers la sortie par l'urgence du problème d'aujourd'hui qui, à son tour, laissera place à celui de demain.

C'est le lot de toute rencontre internationale sur l'environnement. Organisés par les Nations unies, l'OCDE, le Pacte de l'Atlantique, l'Union européenne, les pays du bassin amazonien, les ONG, et j'en passe, ces colloques au niveau international se comptent par dizaincs depuis vingt ans. Leur organisation requiert des sommes de plus en plus considérables et mobilise un nombre de participants sans cesse croissant ; à titre d'exemple, quelque 40 000 personnes ont fait le voyage jusqu'à Johannesburg.

Mais dès l'extinction des projecteurs et le départ des équipes télé, l'énergie retombe. En attendant que, l'année prochaine, un autre sommet mobilise l'attention internationale. Un autre sommet ? Pas si sûr. Le lieu de rencontre et l'ordre du jour changeront, mais les participants et les enjeux demeureront identiques. Les mêmes sherpas se livreront aux mêmes discussions pour faire accepter tel point et écarter tel autre de la résolution finale. Les mêmes chefs d'État réaffirmeront les mêmes grands principes – à l'exception notable des Américains qui, eux, auront le même cynisme pour lancer des phrases telles que « notre pouvoir d'achat n'est pas négociable ». Les pays en voie de développement se plaindront des mêmes injustices. Et le constat d'impuissance restera lui aussi le même – tandis que les mêmes 95 % de la population planétaire dénonceront la dégradation de la nature et l'appauvrissement des pays du Sud.

Car, pendant les travaux au sommet, sur Terre les affaires continuent. Combien a-t-il fallu de temps pour doter la planète d'antennes et de satellites de relais pour le téléphone mobile ? Quelques années. Coût de l'opération ? Des dizaines de milliards de dollars. Autre exemple : le budget de la Défense occupe dans notre pays la deuxième place des dépenses publiques. Des sommes considérables sont ainsi consacrées à la prévention d'un danger sinon virtuel, du moins minime, dans le même temps où des sommes ridicules sont consacrées à la prévention de risques écologiques parfaitement établis et d'une ampleur effrayante. Et cela choque peu de monde. Et ce qui est vrai pour notre pays l'est évidemment pour les autres. Comment se fait-il que certaines décisions cruciales pour l'avenir de la planète ne se matérialisent jamais en actes ? La réponse ne fait guère de doute : les lobbies industriels n'ont pas le même poids que les associations écologistes.

C'est vrai, le sommet de Rio, en 1992, a occupé une place à part. Il est apparu comme l'amorce d'une prise de conscience mondiale et a popularisé les deux concepts fondamentaux que sont le développement durable et la biodiversité. Au-delà, il a marqué les esprits par l'ampleur de ses décisions, puisqu'il a instauré une Charte de la Terre et mis en place des conventions sur la biodiversité, le climat, la forêt. Il a enfin proposé un Agenda 21 censé planifier dans le temps les actions nécessaires. Bref, il portait en lui l'espérance d'un nouveau monde, et nombreux étaient alors ceux qui ne doutaient pas que de telles décisions adoptées dans l'enthousiasme – États-Unis mis à part – se traduiraient en faits.

Mais l'agenda n'a pas été tenu, les dates n'ont pas été respectées, et de nombreuses mesures ont été reportées, voire annulées. Compte tenu des enjeux et des espérances qu'il avait soulevés, Rio ne fut donc pas une réussite totale. Ce qui n'a pas empêché la machine de poursuivre sur sa lancée en organisant d'autres sommets sur l'eau, l'air, les changements climatiques, la population, le développement, l'énergie, la radioactivité, la protection des Alpes... et, bien sûr, le sommet de Kyoto sur les émissions de gaz à effet de serre. On y a vu les pays les plus combatifs, dont la France – représentée par une Dominique Voynet isolée, malmenée, mais courageuse et battante –, contraints d'accepter l'échange des « permis de polluer » entre pays pauvres et pays riches qu'exigeaient les États-Unis pour donner leur accord. Lesquels ont en effet signé la résolution finale, mais ne l'ont jamais ratifiée – et mènent depuis six ans une politique d'intimidation et de chantage auprès de la Russie et de la Chine pour qu'elles ne signent pas le protocole, ce qui le rendra caduc faute d'avoir atteint le quota de votes requis. Dès lors que l'exemple vient de la première puissance mondiale, comment s'étonner des blocages qui paralysent les grands sommets mondiaux, encore amplifiés par ce système aberrant de la quasi-unanimité que réclame la moindre décision ?

Johannesburg risque d'aboutir au même constat d'impuissance. Le sommet, annoncé comme le « Rio plus dix », pourrait s'avérer au contraire le « Rio moins dix », tant les problèmes se sont accrus pendant cette période dans une indifférence presque générale. Cette nouvelle grand-messe œcuménique bardée de vœux pieux et de bons sentiments n'a débouché sur presque rien. Et lorsque les promesses ne sont pas tenues, la crédibilité de ceux qui les ont faites s'en trouve d'autant affaiblie.

À plusieurs reprises, je me suis livré à un exercice délicat en déclarant que, si à Johannesburg la montagne avait accouché d'une souris, il ne fallait pas perdre de vue que les souris ont une grande capacité de prolifération. Il est grand temps que les souris prolifèrent. Et que les politiques comprennent que leurs déclarations suscitent autant de contraintes pour leur action future. Les avancées idéologiques doivent déboucher sur des objectifs précis, faute de quoi les mots restent des mots, alors que le sort de la planète exige d'autres attitudes. Le débat, le choc des idées, la fermentation intellectuelle doivent se dérouler tout le temps, et pas seulement lors de cérémonies spectaculaires mais trompeuses. Et puis, ne soyons pas naïfs : si le déplacement de chefs d'État pour d'autres motifs que la paix ou la guerre devait changer quoi que ce soit à l'ordre mondial, il y a longtemps que nous nous en serions rendu compte.

*

Pas de malentendu : j'ai été trop impliqué dans le sommet de Johannesburg pour jeter la pierre à qui que ce soit. Et certainement pas aux politiques. L'urgence des événements qu'ils doivent gérer est un fait. Derrière eux courent les journalistes. Derrière eux encore, les citoyens qui tentent de se forger une opinion. Au total, tout le monde court en croyant attraper quelque chose, une solution, une image, une vérité. Mais les problèmes du monde, eux, courent bien plus vite et nous ne semblons même pas nous en apercevoir. Le résultat : que nous le voulions ou pas, nous participons tous à ce que j'appelle le théâtre des apparences. Chacun y tient son rôle, à son niveau : le cérémonial et le protocole l'emportent sur les contenus, les uns prononcent de belles paroles, les autres filment de bonnes images, les citoyens observent et jugent mais sans se sentir vraiment concernés, chacun se donne bonne conscience et se rassure. Sans compter que la pièce qui est jouée – improvisée plutôt – donne plus souvent lieu à sifflets qu'à applaudissements. Qu'un ministre, quel qu'il soit, se déplace sur une plage mazoutée où l'attend une horde de caméras, et l'opinion juge aussitôt qu'il fait de l'autopromotion ; que ce même ministre ne se déplace pas, et la même opinion le taxe d'indifférence, voire de mépris à l'égard des souffrances humaines.

À une échelle plus modeste, les limites de toute action publique sont aisément perceptibles. Des leaders politiques, non des moindres et dans tous les camps, ont prêté l'oreille à mes constats comme à mes inquiétudes. Je ne le regrette pas. Mais sans doute mon action brille-t-elle d'un éclat trop pâle sur le théâtre des apparences. Qu'un micro ou une caméra se tourne vers moi, et je sais que la question rituelle va venir : que faut-il faire ? Ma réponse ne varie jamais : pas plus moi qu'un autre ne possède de formule magique, car si les choses étaient faciles je m'activerais à les résoudre au lieu de répondre à vos questions. Comme me l'a dit un jour Michel Rocard, il n'y a pas de problèmes simples et de solutions simples, seulement des problèmes compliqués et des solutions compliquées. L'écologie et l'environnement en sont les plus probantes démonstrations. Au mieux certains observateurs, dont je suis, perçoivent-ils quelques pistes. Et surtout l'extrême complexité des situations.

Aux puissants qui mènent le monde, j'ai donc envie de dire : bravo, vous avez obtenu 20 sur 20 à l'oral. Vos discours sont pertinents et je ne doute pas qu'ils le seront encore, des textes de loi naissent chaque jour, et force est de constater que le droit traduit bien cette réalité au plan international, où désormais plus de 300 traités concernent l'environnement, auxquels s'ajoutent plus de 900 traités bilatéraux. Très bien. Maintenant, il faut passer à l'écrit et retrousser ses manches, parce que l'état de la planète n'attendra pas indéfiniment votre bon vouloir et ne se contentera pas de textes de loi ponctuels. Aujourd'hui, le diagnostic est tragique, universel, pathétique, angoissant. Le temps est révolu où le doute pouvait encore s'immiscer dans vos analyses. Désormais, le sort de l'homme est en jeu, et seuls les naïfs peuvent refuser cette terrible réalité. Alors persuadez-nous avec des actes et non des paroles, sauvez ce qui peut encore l'être, préparez l'avenir et faites passer le monde d'une croissance quantitative à un développement qualitatif. Renoncez à ce théâtre des apparences et montez un véritable théâtre d'opérations – mais un théâtre d'opérations pacifique et progressiste, au bon sens du terme.

L'urgence consisterait pour chaque dossier à opérer un tri initial afin de séparer les problèmes à solution rapide de ceux qui réclament un examen approfondi. Ces études seraient menées en faisant appel à des compétences techniques et scientifiques reconnues. Rien n'est plus essentiel que de pousser les recherches afin d'y voir clair et de valider des hypothèses. Les pires décisions sont souvent celles que l'on prend trop vite et avec un déficit d'informations ; c'est la porte ouverte à tous les fantasmes, rumeurs, rejets massifs, conduites obscurantistes. Hugo mettait déjà en garde : « Si la science ne veut pas de ces faits, l'ignorance les prendra. » Il s'agirait donc d'instaurer des structures de réflexion qui échappent à la cadence quotidienne et évitent qu'un seul homme, si éminent soit-il, concentre toutes les décisions entre ses mains, ainsi que ce fut largement le cas dans les dossiers de la vache folle, de l'amiante, du sang contaminé. Une telle prudence ne changerait rien à un autre principe intangible : ne sacrifier ni le court ni le moyen terme. Les deux modes d'action devraient être menés en parallèle, sans précipitation mais sans concessions.

Une première tâche ne devrait pas s'avérer insurmontable : faire la chasse aux gaspillages inutiles. Là où aucune recherche poussée n'est nécessaire, des textes et des décrets d'application immédiate s'imposent ; et quand le support législatif existe, le minimum consiste à signer les décrets d'application. Un exemple : la loi oblige les constructeurs à prévoir des conduits de cheminée dans les immeubles. Or, comme les décrets d'application n'ont jamais été signés, le chauffage à l'électricité s'avère dans de nombreux cas la seule solution possible. Quant à la mise en œuvre concrète d'une loi plus ambitieuse qui porte sur la réversibilité du mode de chauffage dans les bâtiments – possibilité pour ses occupants d'opter pour tel ou tel type de chauffage, gaz, fioul, électricité –, les intérêts en jeu et les surcoûts immédiats sont tels qu'il est à craindre que les décrets ne se fassent attendre plus longtemps. Autre exemple : nul ne remet en cause les effets bénéfiques de la loi littorale ; mais on ignore souvent qu'elle devait s'appliquer également aux estuaires. Si son champ d'action est restreint, c'est parce que le décret n'est jamais sorti.

Il est un domaine où le gaspillage atteint des proportions effarantes : l'énergie. Les experts indépendants des lobbies s'accordent à le dire : une des solutions consiste à réduire la demande, alors que la politique actuelle vise au contraire à la doper pour répondre à une offre elle-même croissante. Le nucléaire est en perpétuelle surproduction pour faire face à un pic de demande dont l'opinion ne comprendrait pas qu'elle ne soit pas aussitôt satisfaite. L'offre se retrouve ainsi supérieure à la consommation normale. Conséquences : le stockage de la production électrique étant impossible, EDF développe une politique d'exportation tout en exerçant une pression permanente sur les consommateurs par le biais d'une politique de prix bas et de campagnes publicitaires en faveur du « tout-électrique ». Un des derniers avatars de ce choix : tout, bientôt, sera climatisé, les voitures, les bureaux, les appartements, les autobus même, dont les premiers spécimens ont fait leur apparition à Paris – maintenir à basse température un véhicule dont les portes s'ouvrent à chaque minute, quel exploit technologique !

Mais au lieu de pousser à la climatisation, coûteuse en énergie et néfaste pour le réchauffement climatique, le bon sens consisterait à privilégier des matériaux plus isolants dont les études montrent qu'ils permettraient des économies énergétiques de l'ordre de 50 à 60 %. Il faudrait simplement accepter de remplacer le cercle vicieux actuel – consommer toujours plus non par besoin, mais pour absorber une surproduction – par un cercle vertueux : réguler la production sur une consommation devenue plus économe. À moyen terme, le bilan énergétique et écologique ne pourrait qu'y gagner.

Autre exemple d'action à mener d'urgence : ouvrir des pistes pour résoudre les problèmes liés à la dégradation du milieu maritime. Il faut mener le combat au niveau européen pour résoudre le problème des pollutions en mer, zone de non-droit à l'heure actuelle, et ouvrir sans délai un dialogue responsable avec les métiers de la mer : les sensibiliser à la disparition des espèces, trouver des alternatives économiques, mettre en place des compensations financières. Ne pas baisser les yeux face aux problèmes, mais travailler ensemble à des solutions qui ménagent l'avenir sans étrangler le présent. Dans cette optique, la création d'une agence de l'environnement au niveau européen paraît indispensable. L'Europe a déjà montré ses vertus écologistes ; n'hésitons pas à accroître sa contribution.

Dans le domaine du transport, les dégâts environnementaux se révèlent plus profonds qu'ailleurs. L'action humaine devrait donc faire preuve de courage, et cela malgré le poids des résistances. Une véritable écologie industrielle parviendrait à atténuer le flux tendu et à mettre en place le ferroutage. Beaucoup de pistes existent dans ce domaine, sans qu'on les ait explorées de façon sérieuse. Donner des moyens à cette recherche, lui permettre de proposer des alternatives économiquement viables et écologiquement vertueuses, relève donc des actions prioritaires. Car plutôt avancer lentement que se résoudre à ne rien entreprendre au prétexte qu'on ne peut tout faire tout de suite.

Aussi ne faut-il pas hésiter à impliquer les citoyens eux-mêmes ; à les renvoyer à leurs responsabilités individuelles, aux choix qui s'offrent à eux dans la vie quotidienne et sont plus nombreux qu'ils ne le croient ; à briser le fatalisme ambiant fait d'un mélange de conformisme et d'esprit frondeur – ce n'est jamais la faute de personne, c'est toujours celle des autres. Bien sûr, posée sous cette forme, la question : que faire individuellement ? est aussi vaste qu'insoluble. Raison de plus pour que les responsables écologistes ouvrent des pistes, facilitent des choix, proposent des démarches, construisent une véritable pédagogie environnementale.

En tant que consommateur et citoyen, chacun de nous détient un pouvoir non négligeable. Nous avons tous la possibilité de choisir entre polluer ou ne pas polluer. Quelques exemples : 60 % de nos concitoyens jettent les piles usagées dans leur poubelle. D'autres continuent à effectuer la vidange de leur voiture en pleine nature. Certains détergents sont biodégradables, d'autres pas. Selon les modèles, les appareils ménagers, à service rendu équivalent, consomment trois à quatre fois plus d'électricité que d'autres – des indicateurs très clairs sont affichés sur les différents articles, mais, de l'avis général, peu nombreux sont les acheteurs qui s'en préoccupent.

Car dans la société de consommation, les hommes ignorent ou occultent l'amont et l'aval. D'où viennent les produits que nous achetons, où vont leurs déchets ? Ni ces questions ni leurs réponses ne nous traversent l'esprit. La même indifférence affecte notre notion du temps : on ignore aussi bien le futur, que l'on sacrifie, que le passé, dont les leçons ne sont pas prises en compte. Pour la pensée éprise de modernisme, seul le présent existe, et demain ne pourra être que meilleur. Ces *a priori* aboutissent à des comportements irresponsables. Et pourtant, quelle révolution plus facile à accomplir que celle dont chacun de nous peut choisir d'être l'agent ? Le citoyen peut passer de consommateur à consomm'acteur. Il suffit qu'il le décide. Car de même que la somme des petites pollutions individuelles peut avoir un impact pire que certaines catastrophes médiatisées, la somme des comportements civiques et des choix responsables peut infléchir la tendance générale.

Un ministère de l'Écologie et du Développement durable devrait nous fournir les outils nécessaires à l'identification des filières respectueuses de l'environnement. La notion d'empreinte écologique est ici centrale : elle consiste à dresser le bilan global de l'impact d'un produit sur l'environnement, depuis le moment de sa fabrication jusqu'à sa mort ou son recyclage. Un marquage simple permettrait à chacun de se repérer. À nous ensuite de choisir, en toute connaissance de cause. Qui sait qu'aujourd'hui, en France, si chacun de nous remplaçait ses ampoules normales par des ampoules à basse consommation, quatre centrales nucléaires deviendraient inutiles ? Il nous faut faire l'effort de raisonner sur des échelles plus longues pour consommer, non pas moins, mais mieux. À nous d'être moins légers, moins insouciants, et d'établir la relation entre nos gestes quotidiens et le sort de la planète.

Quelques signes doivent nous encourager à poursuivre dans cette direction. Par exemple, je ne lis pas sans plaisir que, dans son rapport social et environnemental, le fabricant de composants STMicroelectronics affirme que « l'écologie est gratuite ». La firme a tout simplement calculé que les coûts liés à la prise en compte de l'environnement, soit 32 milliards de dollars en 2002, sont plus que compensés par les économies d'énergie, de consommation d'eau et de produits chimiques. Qui osera après prétendre que les écolos responsables sont des adeptes de la pénurie et du retour à l'âge des cavernes ?

Le développement rapide de l'agriculture biologique constitue un autre signe que quelque chose bouge, aussi bien du côté des producteurs que de celui des consommateurs. Ces derniers ne s'y trompent pas ; un poulet issu de l'élevage biologique coûte plus cher à l'achat mais, une fois cuit, il pèse deux fois plus lourd qu'un poulet d'élevage intensif gorgé d'eau. Certes, des rumeurs circulent sur le peu de fiabilité de l'appellation, qui se réduirait parfois à un argument de vente entre les mains d'une publicité efficace. Ne sombrons pas pour autant dans la sinistrose : si certaines firmes se précipitent sur le biologique, au moins est-ce le signe que l'opinion y est sensible. Pour le reste, aux pouvoirs publics de mettre un terme à ces abus. En revanche, lorsque j'apprends que la moitié des produits biologiques que nous consommons est importée, alors que la France fut leader du développement et de l'officialisation du cycle « agriculture biologique » dans les années quatre-vingt, ma colère monte. Ne devrait-on pas encourager le développement de cette filière au sein de notre propre production, à l'image, par exemple, du gouvernement allemand, qui en 2000 attribuait l'équivalent de 1,6 milliard de francs à son agriculture biologique quand la France en octroyait douze fois moins à la sienne ?

Les études concernant l'impact de l'alimentation sur la santé sont encore balbutiantes. On sait cependant que toutes les molécules ingérées soit par traitement, soit par alimentation, sont conservées dans la mémoire corporelle. Et l'on a de sérieuses présomptions sur les conséquences directes de ces actes en apparence anodins. Il y a dix ou quinze ans, on a assisté à un échouage massif de dauphins sur le littoral français. Aussitôt, de vieux clichés ont fait leur réapparition. Quelques journalistes ont parlé de suicide collectif, de dépression généralisée et autres sornettes. Puis les scientifiques ont mené des analyses et retrouvé dans les tissus de ces pauvres animaux une concentration anormale de substances toxiques. Situé en bout de chaîne alimentaire, leur organisme avait stocké au fil des jours tous les polluants répandus dans la mer. Sur ce, de grandes tempêtes étaient survenues. Elles avaient obligé les dauphins à des dépenses d'énergie inhabituelles pour survivre, et donc à puiser dans leurs réserves. Les substances toxiques accumulées dans leur organisme étaient ainsi passées dans le sang, ce qui avait entraîné une hécatombe sanitaire.

Ce qui est vrai pour les dauphins doit être vrai pour l'homme. Il importe donc de donner aux consommateurs des informations fiables pour une meilleure nutrition, et d'appliquer ces principes dans les cantines, les hôpitaux et autres lieux de restauration publique en imposant des produits issus de la filière biologique.

*

Face à une telle pile de dossiers urgents, je ne peux que me poser des questions. Pourquoi la politique environnementale n'a-t-elle pas été inscrite parmi les chantiers prioritaires du quinquennat ? Pourquoi le ministère de l'Écologie et du Développement durable n'a-t-il pas été rattaché auprès du Premier ministre ? Pourquoi n'a-t-il pas pris des galons dans la hiérarchie gouvernementale ? Pourquoi, aujourd'hui autant que par le passé, accepte-t-on qu'il soit renvoyé à ses chères études au prétexte que la mesure envisagée dérange tel autre ministre ? Pourquoi a-t-il perdu l'aménagement du territoire ? Comment imaginer qu'on ait failli lui retirer la chasse pour la confier à l'agriculture ? Le constat peut se résumer d'une phrase : au lieu d'élargir les attributions de ce ministère, on les a réduites. Nous sommes ainsi revenus à la situation qui est celle de l'écologie depuis trois décennies : les ministres en charge des dossiers, constatant leur impuissance, se consolent comme ils le peuvent grâce à quelques mesures ponctuelles en se disant : « C'est toujours ça de pris. » Constat déplorable : ils sont pourtant les mieux placés pour savoir que l'heure n'est plus aux demi-mesures et que l'iceberg se rapproche dangereusement. Alors, je le répète : qu'est-ce qui empêche ce passage des mots aux actes ?

Laissons de côté les explications aussi simplistes que stériles sur les velléités des uns, les duplicités des autres, et tentons d'analyser les faits. Quels sont les verrous qui bloquent les décisions ?

On aura peut-être du mal à le croire, mais les faits sont là : certains obstacles ont été mis en place par le monde scientifique lui-même. Après le sommet de Rio, en 1992, l'appel d'Heidelberg a dénoncé « l'émergence d'une idéologie irrationnelle qui s'oppose au progrès scientifique et nuit au développement économique ». Le texte fut signé par plus de 250 scientifiques de renommée mondiale, dont 52 prix Nobel. L'affaire fit grand bruit à l'époque. Elle a ému l'opinion, mais aussi la communauté scientifique, dont de multiples représentants dénonçaient depuis des années les catastrophes écologiques qui nous guettent, au point qu'il ne se passe pas de semaine sans qu'un livre ou un article n'alerte l'opinion sur tel ou tel sujet sensible, réchauffement climatique, pollutions terrestres et marines, recyclage des déchets, déforestation, destruction de la biosphère. Qu'avaient alors en tête les personnalités qui signèrent ce manifeste ? Craignaient-elles un retour à l'obscurantisme, une nostalgie passéiste que, c'est vrai, certains mouvements écologistes radicaux pouvaient à l'époque laisser craindre ? Tout mouvement possède ses fondamentalistes, et on peut comprendre qu'à des écologistes « durs » aient envie de répondre des scientifiques « durs ». Dix ans plus tard, les attaques de la communauté scientifique se sont considérablement atténuées, et lorsque certaines refont surface, il n'est pas difficile de repérer derrière elles l'influence des lobbies industriels et le poids de ce que l'on appelle la recherche appliquée. Les ouvrages issus de la recherche fondamentale qui ne viennent pas confirmer les mises en garde des mouvements écologistes responsables, en revanche, sont nettement plus rares.

Récemment, le statisticien danois Bjørn Lomborg a défrayé la chronique. Longtemps situé, selon ses propres dires, « à la gauche de Greenpeace », ce jeune savant, aujourd'hui placé par un gouvernement de droite à la tête d'un institut pour l'évaluation de l'environnement, a publié en 2001 un livre, *The Skeptical Environmentalist*, *Measuring the Real State of the World* [L'écologiste sceptique : une évaluation de l'état réel de la planète], qui n'a pas à ce jour trouvé de traducteur en français. Les thèses de Lomborg tiennent en quelques idées simples : d'une part les écologistes exagèrent sur de nombreux points, par exemple la baisse des ressources naturelles, d'autre part les actions à entreprendre, telles que la lutte contre le réchauffement de la planète, pourront être menées à des coûts bien inférieurs aux chiffrages faramineux que donnent les défenseurs de l'environnement. En d'autres termes : il existe des problèmes, mais moins nombreux, moins graves et plus faciles à résoudre qu'on ne le dit. Morceaux choisis : Lomborg écrit dans un récent article de *Courrier international* que « c'est le coût d'accès, et non la rareté des ressources naturelles, qui constitue le principal obstacle à leur exploitation ». On le voit, il s'agit d'un raisonnement d'ordre économique. Et cela jusqu'à frôler la caricature. Notre auteur admet qu'en cas de réchauffement de la planète de 2 à 3 degrés dans le courant du XXIe siècle, hypothèse qu'il retient, « des problèmes considérables liés à ce réchauffement apparaîtront, surtout dans les pays en voie de développement, pour un coût total de 5 000 milliards de dollars ». Et de conclure que « la question est de savoir si le remède ne sera pas plus coûteux que la maladie ». J'aimerais connaître l'opinion des pays du Sud face à cette attitude purement comptable... Et voici le pompon : l'une des raisons de ce pessimisme ambiant, selon Lomborg ? La nécessité pour les organisations écologistes de se faire remarquer par les médias afin de remplir leurs caisses. À force de tout voir sous l'angle économique, notre auteur s'imagine sans doute que chacun possède la même vision que lui. Mais la crédibilité de ses thèses ne résiste pas à l'examen. Celui qu'Olivier Godard, directeur de recherche au CNRS, a surnommé le « Tintin au pays de l'écologie » confond ses rêves et la réalité : à le lire, un problème donné n'existe pas puisque les générations futures qui y seront confrontées feront le nécessaire pour le résoudre et s'y adapter. N'est-ce pas à cause d'œillères de cet ordre que nous en sommes rendus là où nous sommes ? À sa façon, Lomborg ne fait que répéter les schémas bien connus et hautement dommageables du scientisme le plus caricatural.

À l'approche du sommet de Johannesburg, de nombreux médias ont eux aussi connu des poussées d'urticaire. *Valeurs actuelles* n'hésitait pas à titrer en une, fin août 2002 : « Les mensonges des Verts : effet de serre, ozone, déforestation. » *Le Nouvel Observateur* accrochait quant à lui le lecteur avec une formule plus équilibrée, mais qui pouvait semer le doute : « Menaces sur la Terre, le vrai, le faux. » Jusqu'à *Sciences et Vie* qui demandait : « La planète est-elle vraiment malade ? » L'affichage en couverture d'interrogations sur des sujets où la quasi-totalité de la communauté scientifique voit désormais des certitudes ne peut que semer le trouble dans les esprits.

L'opinion publique n'a pourtant pas besoin de ça. Si difficile à se laisser convaincre des menaces, elle se rassure à bon compte dès qu'il s'agit de sa tranquillité. Raison pour laquelle, sans doute, les savants en sont réduits à crier dans le désert. Des personnalités aussi différentes que René Dumont, Jean Dorst, Théodore Monod, Jean-Marie Pelt ou Hubert Reeves, ont publié de nombreux ouvrages sans être écoutées autant qu'elles le méritaient. Elles ne s'adressaient pourtant pas au cercle restreint de la communauté scientifique mais s'efforçaient de rendre leur pensée accessible aux lecteurs, trouvaient les chiffres les plus parlants et les exemples les plus persuasifs.

Que les pionniers n'aient pas été entendus s'explique plus aisément. Il y a trente ou quarante ans, les urgences sociales se situaient ailleurs : dans la reconstruction de l'après-guerre, le logement, le travail, le souci d'indépendance alimentaire et énergétique, l'élargissement des avantages sociaux à toutes les couches de la population, etc. L'État providence avait alors d'autres chats à fouetter que de s'interroger sur les effets secondaires d'une prospérité qu'il mettait toutes ses forces à construire. Et puis l'écologie a souffert de nombreux excès ou erreurs de jeunesse, s'est empêtrée dans des dialectiques subtiles ou une rhétorique trop catastrophiste. Les mouvements radicaux de la *deep ecology*, par exemple, ont longtemps soutenu que si une espèce n'avait pas sa place sur la Terre, c'était l'homme... Une thèse peu susceptible de mobiliser les foules pour sauver la planète ! Enfin, un fossé artificiel a souvent été creusé entre écologie et progrès. On a trop longtemps vu dans les mouvements verts une nostalgie passéiste, un ultime avatar des mouvements « baba cool » réservés aux fils de famille blasés mais aux antipodes de l'idéologie dominante du progrès, du toujours plus, du bonheur par la consommation que réclamait la grande masse des travailleurs.

Sans compter des positions à la limite de la caricature et des erreurs de rhétorique fâcheuses – par exemple sur la protection des animaux, alors que le centre des préoccupations écologistes doit rester l'homme et son avenir. À cet égard, je ne suis pas convaincu que le bilan des combats courageux menés par Brigitte Bardot ait toujours été positif. Comme Plutarque le constatait déjà, « la bonté envers les animaux est un exercice préparatoire devant mener à l'amour de l'humanité ». Convaincu que les souffrances ne se comparent pas mais s'ajoutent et que le vivant est indivisible, je ne me vois ni par éthique ni par nécessité choisir les uns et mépriser les autres. L'amour du prochain et la compassion envers les animaux se nourrissent aux mêmes racines. Vingt siècles après Plutarque, et à la lumière d'une histoire tragique, Marguerite Yourcenar n'exprime pas une idée différente : « Si la cruauté humaine s'est tant exercée contre l'homme, c'est trop souvent qu'elle s'était fait la main sur les animaux. On aurait moins accepté les wagons plombés roulant vers les camps de concentration si on n'avait accepté sans même y songer la souffrance des bêtes dans les fourgons menant aux abattoirs. Tout homme qui chasse s'endurcit pour la guerre. » Cette affirmation, je la fais mienne sans réserve : le combat pour l'écologie ne peut être qu'un combat humaniste.

Ainsi, de multiples quiproquos ont longtemps brouillé aux yeux de l'opinion le combat pour l'environnement et contribué à le marginaliser. Un combat auquel, jusqu'à une date récente, les politiques n'ont jamais adhéré. En un mot : les sommités du monde écologiste n'ont guère trouvé de relais en direction du grand public. D'où leur sentiment d'impuissance. À leur insu, ils ont même participé à la bonne conscience générale. Car l'homme est ainsi fait qu'il lui suffit parfois de savoir que quelqu'un se soucie de son salut pour continuer dans la voie qui le conduit à la catastrophe. Les religions l'y encouragent. Péchons, il sera toujours temps de nous amender ! Le problème, comme le dit l'Évangile, c'est que nous ne savons ni le jour ni l'heure.

*

Mais aujourd'hui la prise de conscience est là. Les livres reçoivent un écho de plus en plus favorable, les différents journaux consacrent des pages entières aux problèmes environnementaux, et de nombreux militants sont sollicités pour des rencontres ou des forums divers. Malheureusement, de nouveaux obstacles sont venus contrarier cette sensibilisation nouvelle. Le corps social fonctionne en la matière tel un organisme trop longtemps gavé d'antibiotiques : cet abus a généré chez lui une résistance plus grande.

Au premier rang de ces forces hostiles, il faut bien sûr placer la volonté de certains décideurs. À cet égard, comment ne pas voir dans l'élection de George W. Bush une véritable catastrophe ? Depuis le début de son mandat, l'administration républicaine a adopté des attitudes d'une gravité exceptionnelle, dont elle restera comptable devant l'Histoire. Les ruses qu'elle déploie pour nier les évidences – les États-Unis sont responsables du quart des émissions industrielles mondiales de CO_2 mais refusent de ratifier le protocole de Kyoto –, l'affirmation selon laquelle rien ne sera fait qui puisse modifier le mode de vie américain, tout cela me remplit de dégoût. Le passé lui-même est revisité. Avec Bush, des décennies d'avancées réglementaires et de luttes pied à pied contre les lobbies industriels et agricoles américains se trouvent anéanties. Le programme qui prévoyait le retraitement de centaines de tonnes de rejets industriels a été gelé. Un autre programme, qui avait depuis quarante ans résisté à toutes les alternances politiques, est lui aussi gelé ; il concerne la protection des espaces et permet la transformation de certaines terres en réserves naturelles.

Troisième exemple : alors que, entre 1992 et 2000, pas moins de 572 animaux ont été ajoutés à la liste des espèces protégées, la nouvelle administration n'en a pas inscrit un seul. Malgré les pressions des mouvements écologistes, les demandes des industriels, agriculteurs et exploitants forestiers sont largement satisfaites. Ainsi, 10 % des arbres du Giant Sequoia Monument de Californie pourront être abattus, tandis que 60 % des cours d'eau, fleuves, lacs, devraient bientôt échapper au contrôle de l'État. La porte sera ainsi largement ouverte à toute forme de pollution, et cela permettra l'assèchement, l'arrosage et l'irrigation non contrôlés.

La liste risque de s'allonger, car ce sont des hommes venus de l'industrie, par nature farouches opposants à toute forme de régulation, qui occupent les postes stratégiques. Ajoutons que, dans le domaine environnemental, la tradition républicaine est bien ancrée dans ses certitudes. Le président Reagan n'avait-il pas soutenu en son temps que la pollution atmosphérique était en grande partie due... aux plantes ? Ainsi va le monde outre-Atlantique. Ce qui relevait, il y a vingt ans, de l'ignorance courtelinesque d'un acteur de série B s'est transformé en militantisme austère chez un fondamentaliste convaincu. Car ne doutons pas qu'un homme qui, en tant que gouverneur du Texas, a laissé fonctionner la chaise électrique avec la désinvolture qu'on lui connaît, soit capable de compromettre la vie des générations futures sans le moindre état d'âme. Sorti de son ranch texan, le président des États-Unis doit vomir la nature. Il est vrai que, ayant fait sa fortune dans le forage pétrolier, il n'est pas le mieux placé pour la défendre.

En avril 2001, j'ai écrit pour *Paris-Match* un article intitulé « L'autisme de George Bush », dans lequel j'écrivais que « l'arrivée au sommet de la pyramide de George W. Bush a fait reculer la réflexion écologique au Néolithique et encore, nul doute qu'à cette époque les hommes avaient avec leur environnement des liens plus étroits, donc plus sensés ». Le réécrivant aujourd'hui, je n'y changerais pas un mot.

*

Il existe des blocages à la fois plus subtils et plus structurels, dont les individus concernés eux-mêmes n'ont pas toujours conscience. Ils résident dans les limites de l'exercice du pouvoir.

Après les dernières élections, j'ai vu de fringants ministres prendre leur poste comme on monte à l'assaut d'une forteresse : armés de bonnes résolutions et d'enthousiasme. Les uns, professionnels reconnus dans leur domaine, au fait des réseaux d'influence, des pièges et des tabous d'un milieu qu'ils connaissent par cœur ; les autres, politiques endurcis, habitués aux embûches du métier, à l'aise avec les journalistes, tutoyant amis et ennemis, circulant sur la scène comme en coulisses avec aisance. Tous semblaient en pleine possession de leurs moyens et résolus à faire de grandes choses.

Moins de six mois plus tard, certains de ceux que j'ai croisés ne sont plus que l'ombre d'eux-mêmes. La plupart sont épuisés physiquement, lassés moralement, lessivés intellectuellement – Dominique Voynet déplorait « l'appauvrissement intellectuel » qu'elle avait constaté après sa période ministérielle. Leur fonction les dévore, leur emploi du temps les tue. À quoi passent-ils donc leur journée ? À courir. D'une inauguration à une audience, d'un conseil des ministres à un comité interministériel, d'une remise de décoration à une conférence de presse. Plus trivialement : d'une tâche de représentation à une autre tâche de représentation – et encore : la représentation de son pays jouit d'une noblesse que la figuration à laquelle on oblige nos excellences est loin de posséder. Dans de telles conditions, trouver même le temps de réfléchir devient problématique, *a fortiori* celui d'analyser les choses, de prendre le recul nécessaire pour penser une politique d'avenir. Certes, chacun s'accorde à dire que gouverner, c'est prévoir. Encore faut-il qu'on laisse aux politiques la marge de manœuvre pour prévoir. Or elle est infime.

Un bureau ministériel n'est plus à l'échelle humaine. Les problèmes quotidiens s'y accumulent en piles de plus en plus hautes. Le ministre, pardon pour la comparaison, est une oie qu'on gave chaque jour un peu plus. Et il lui faut tout digérer. Bien sûr, on lui mâche le travail. Mais le remède est parfois pire que le mal. Des rapports de mille pages se trouvent réduits à une note de synthèse de quelques dizaines de lignes rédigées par un conseiller – dont la vérité oblige à dire que beaucoup sont exposés à la pression des lobbies. Et plus on monte dans la hiérarchie gouvernementale, plus l'emploi du temps se fait écrasant. Un ex-occupant de Matignon que j'ai eu l'occasion de rencontrer m'a fait une confidence dont j'ai apprécié la franchise : « À propos de l'énergie, m'a-t-il dit, on m'a fait prendre beaucoup de vessies pour des lanternes, je m'en suis rendu compte après. » On admettra que, si même le Premier ministre ne dispose pas des informations nécessaires pour engager la politique énergétique de son pays pour des décennies, le citoyen de base a du souci à se faire... Seul le président paraît épargné par ce rythme de travail inhumain. Et encore. Pour ce que j'en connais, le rythme de travail à l'Élysée confine au surmenage, et le poids des tâches de représentation-figuration y est encore plus lourd.

Faut-il donc, pour faire ce métier, posséder des vertus, ou une inconscience, dont le commun des mortels serait démuni ? Je ne le crois pas. Difficile d'imaginer que les hommes politiques appartiennent à une espèce différente de la nôtre ; ils ne sont ni pires ni meilleurs, ni anges ni bêtes. C'est la chose politique elle-même qui est complexe. Ne nous voilons pas la face : le système est très hypocrite. Entre délégation de souveraineté et prises d'initiative, entre programme électoral et réalité concrète du pouvoir, il y a un gouffre. Et pas seulement creusé par les politiques. Dans ce domaine, le corps social porte une part de responsabilité qui n'est pas négligeable. Lorsque l'homme politique répond en écho à la société, on le taxe d'opportunisme. Lorsqu'il veut peser de manière décisive sur cette même société, il subit des réactions brutales de rejet. En un mot : l'opinion réclame des changements à cor et à cri pour peu qu'elle n'en paie pas le tribut. D'où l'inertie du système, la nécessité absolue de ne pas faire de vague, de ne pas mettre l'opinion à feu et à sang. Ce phénomène n'est pas propre à notre pays. Les élus américains qui veulent se garder de toute décision embarrassante utilisent une formule imagée : *not in my backyard, not under my mandate* – pas dans mon jardin, pas sous mon mandat. En d'autres termes : essayons autant que possible de refiler le bébé braillard aux collègues, quitte à lui administrer une dose de somnifère, voire à le jeter avec l'eau du bain.

Notre société hyperévoluée se résume trop souvent à une somme d'individualismes que des lobbies parviennent à fédérer autour d'intérêts catégoriels. De temps à autre, une fraction du corps social plus réactive parvient à faire une démonstration de force et paralyse la moindre velléité de changement. Des pans entiers de notre société se braquent alors face à des réformes qu'ils savent nécessaires mais rendent impossibles. Aussi, la marge de manœuvre des politiques face à une opinion qui réclame des effets immédiats dont aucun ne dérangera personne se retrouve-t-elle considérablement affaiblie, pour ne pas dire réduite à néant – songeons par exemple aux multiples tentatives de réformes de l'Éducation nationale ou de l'administration fiscale. Quand il est soumis à de telles pressions, peut-on en vouloir à l'homme politique de gérer son portefeuille ministériel, comme le disent les baux locatifs, « en bon père de famille », et de remiser sa vision de l'avenir au profit des seules urgences quotidiennes ?

D'autant que les médias contribuent à amplifier le phénomène. Leur omniprésence ne participe guère à la rationalisation, au progrès de la sagesse, au travail de l'esprit qui réclament du temps et de la patience. Comment, d'ailleurs, le pourraient-ils ? Ils informent l'opinion en la faisant réagir en temps presque réel à des faits de société, ce qui cristallise ses passions sans lui laisser le temps de la réflexion. En procédant de la sorte, ils créent des chocs émotionnels, lèvent des affects aux conséquences parfois incontrôlables et participent plus à l'hyperréactivité de la société qu'à sa réflexion. Or, si une société peut changer par réaction, elle n'évolue que par réflexion. Ainsi la rumeur du monde nous assaille-t-elle, mêlant vrai et faux, créant une inquiétude chronique. Une petite musique tragique accompagne désormais les moindres actes de notre vie. C'est une drogue douce, insidieuse. Comment faire le tri ? Car l'abondance de messages nous anesthésie plus qu'elle n'éveille notre conscience. Triste bilan : les régimes totalitaires ont choisi de museler l'information. Les démocraties, elles, ont fait le contraire : elles l'ont libérée, ouvrant toutes grandes les fréquences. Mais la saturation d'information aboutit au même résultat que son manque : qui trop entend mal écoute. Dans ce domaine comme dans d'autres, nous descendons le cours du fleuve à toute vitesse sans prendre le temps d'accoster. À force de nous figer dans la culpabilité et l'impuissance, l'information nous replie sur l'individualisme au lieu de nous relier au monde. Ainsi le bonheur devient-il un état d'inconscience. Pour faire semblant d'être heureux, il faut fermer les yeux. Nous vivons sous le joug du facteur vitesse, au sens propre comme au figuré, comme s'il allait augmenter le temps dont nous disposons. Alors que c'est évidemment l'inverse qui est vrai. Il faudrait ralentir le rythme pour se laisser le temps de la réflexion. Les personnalités qui m'importent, René Dubos, Jean Dorst, Théodore Monod et tant d'autres, ont su prendre leurs distances par rapport à cette frénésie.

Le passif du bilan est donc lourd : hyperréactivité de l'opinion, pour ne pas dire volatilité. Impuissance des politiques – une impuissance encore accrue en France par l'accroissement de la dette publique qui restreint les marges de manœuvre. Pouvoir, illusoire donc redoutable, des médias. Et face à tout cela, inertie de l'administration que les hommes politiques ne cessent de déplorer en privé tout en avouant leur incapacité à la faire bouger. Ajoutons la puissance de lobbies actifs jusqu'au cœur des cabinets ministériels et les clivages politiques qui interdisent tout consensus, et la réponse à la question posée devient tristement évidente : la marge de manœuvre d'un homme politique est proche de zéro.

On trouvera peut-être ce tableau bien noir et empreint d'une certaine nostalgie, comme si, jadis, les choses étaient plus faciles. On aurait tort de le croire. La vie en société n'a jamais été commode, ni l'action des hommes politiques aisée. Il y a quelque cent cinquante ans, Alexis de Tocqueville notait déjà : « L'individualisme est un sentiment réfléchi et paisible qui dispose chaque citoyen à s'isoler de la masse de ses semblables et à se retirer à l'écart avec sa famille et ses amis de telle sorte que, après s'être créé une petite société à son usage, il abandonne volontiers la grande société à elle-même. »

*

Le monde politique partage ainsi avec le monde industriel une caractéristique qui fait sa vulnérabilité : tous deux fonctionnent dans des chronologies courtes et selon des schémas simplificateurs. Le politique doit d'abord assumer la contrainte d'un canevas électoral qui laisse peu de temps à des responsables dont les électeurs, confrontés à de difficiles problèmes de vie quotidienne, attendent des résultats immédiats ; une attente d'autant plus compréhensible qu'elle rencontre les promesses d'anciens énarques persuadés que le monde se pliera toujours à leurs ukases. Dès lors, comment s'étonner que nos concitoyens connaissent des désillusions d'autant plus cruelles que leur confiance a été plus grande ? Plus le réel est complexe, plus les choix ont été précipités et simplistes, et plus dure est la chute. On le constate chaque année avec le douloureux problème des inondations, dont les causes anthropiques sont largement avérées. Cet aveuglement est plus flagrant en France qu'ailleurs. Trop souvent, nos responsables sont les premiers à croire au progrès comme seul capable de résoudre les problèmes posés par le progrès lui-même. À cette croyance vient s'ajouter une difficulté structurelle : regarder à la fois le court, le moyen et le long terme n'est pas chose facile.

Un tel rythme de décisions est incompatible avec les facteurs environnementaux. Notre société est caractérisée par une précarité constante qui l'empêche de prendre la vraie mesure des menaces qui lui sont ultérieures. L'une des grandes révolutions culturelles que propose l'écologie, c'est de raisonner et d'agir sur des échelles plus longues. Parce qu'à ses yeux le quotidien ne doit jamais hypothéquer l'avenir, mais aussi parce que présent et futur ne sont pas aussi incompatibles qu'on le croit souvent. Certaines mesures, coûteuses et difficiles à prendre dans un premier temps, s'avéreraient à moyen terme sources d'économies et de mieux-être. Ainsi des inondations qui, jusque dans nos régions tempérées, dévastent des régions entières à intervalles de plus en plus rapprochés. Le coût en est devenu si énorme que les assureurs ne suffisent plus à couvrir leurs dommages et qu'il faut faire appel à la solidarité collective. Sachant que la plupart de ces calamités dites naturelles sont d'origine anthropique, la sagesse voudrait qu'on mette l'argent en amont, qu'on réfléchisse sur les véritables causes et qu'on tente d'y remédier. Au lieu de cela, nous réagissons face à des catastrophes que nous qualifions d'imprévues afin de mieux cacher notre incurie, d'où des déficits croissants dans les budgets concernés, et l'impossibilité où se trouvent les élus d'engager des dépenses d'investissement.

Souvent je rêve à ce que pourrait être notre monde. Une communication plus judicieuse et moins tapageuse permettrait aux hommes politiques d'expliquer leur vision de l'avenir et de s'engager à construire d'autres modèles de développement ; non pas de manière brutale, mais en douceur, avec des étapes négociées et réfléchies. Si on me proposait cela, j'adhérerais tout de suite. Car si je ne crois pas aux solutions miracles, j'ai confiance dans une continuité possible entre gouvernements et gouvernés, ainsi qu'en une obligation d'État de faire changer les choses dans le sens de l'intérêt collectif. De nombreuses solutions naîtraient en même temps que les problèmes seraient posés, et les vertus requises pour aborder des questions plus délicates ne tarderaient pas à apparaître. Une vraie pédagogie se mettrait ainsi en place, car les premiers résultats créeraient une adhésion et une dynamique.

Suis-je trop naïf ? Peut-être pas. Ce monde dans lequel les politiques parviendraient à faire passer une vision à long terme est peut-être en germe sous nos yeux. J'en veux pour preuve que, aujourd'hui, l'Europe s'avère capable de tenir un langage courageux en matière d'environnement. Les commissaires de l'Union ont été les seuls à tirer la sonnette d'alarme en matière de ressources halieutiques, de chasse, de pollution atmosphérique, ainsi que dans d'autres domaines sensibles. Aujourd'hui, la véritable vision du futur se situe à ce niveau de compétence et de responsabilités. Mais les États freinent. Exemple : le programme Natura 2000, qui prévoit des zones écologiquement précieuses, donc protégées, avec des droits et des devoirs attachés à ces zones, et que chaque pays doit définir selon un calendrier précis. La France, pays compliqué où le dialogue est difficile, renâcle. Dès qu'on identifie une zone, une minirévolution locale éclate. La terre des droits de l'homme n'est pas encore celle des droits des animaux ou de la nature.

*

Une anecdote personnelle me revient en mémoire. Elle illustre combien notre société, malgré ses nombreux blocages, s'accommode de raccourcis surprenants.

En pleine campagne législative, le 30 mai 2002, j'ai rédigé pour *Libération* un article intitulé « La Terre, problème numéro 1 ». J'y pointais le « vide écologique » des programmes et mettais en garde l'ensemble des candidats sur l'urgence d'aborder les problèmes d'environnement. L'idée centrale était : prenez garde, si vous ne vous occupez pas de l'environnement, l'environnement, lui, s'occupera de vous. Et malgré les liens qui m'attachent à Jacques Chirac, je n'accordais au camp du président élu aucun traitement de faveur. Les premières lignes de mon texte en attestent : « Les campagnes se suivent et se ressemblent désespérément sous le seul angle du vide écologique. Des candidats, à foison, battent le pavé et les états-majors politiques tentent de se refaire un semblant de beauté après l'électrochoc du premier tour des présidentielles. Chacun jure avoir compris et entendu le message des électeurs comme touché par un accès subit de lucidité. La comédie des illusions fait de nouveau recette. »

L'article paraît. Je n'enregistre aucune réaction.

3

Itinéraire

Je suis entré dans l'âge adulte par la tragédie, celle de la mort de mon père, du suicide de mon frère, et cela m'a armé à tout jamais contre les séductions faciles, les paillettes, le merveilleux en toc. Très tôt, j'ai su où était l'essentiel. L'éducation que j'ai reçue m'a appris la différence entre le coût des choses et leur valeur. Quand j'ai commencé à avoir des revenus importants, je ne me suis pas identifié à l'argent que je gagnais. Au contraire, j'ai eu très vite conscience d'une démesure, d'une part d'injustice que contenaient ces événements qui m'étaient si favorables. Comme l'exprime avec délicatesse Hugo, « dans l'excès du bonheur, il y a peut-être quelque chose de pris à quelqu'un ».

Celui qui n'a pas cette lucidité rencontre très vite l'indécence. Je la connais. Dans le milieu des médias où l'argent circule beaucoup et vite, la frontière est rapidement franchie. L'exposition devient le but unique et perd son statut de simple outil. Sous sa lumière, si l'on se prend à confondre l'image que renvoient les autres avec ce que l'on est, et le salaire que l'on reçoit avec ce que l'on vaut, quand la notoriété tient place de critère de compétence, voire de qualités humaines, on devient Icare. On vole vers le soleil et on se brûle les ailes.

J'ai su éviter ces écueils. Mes repères sont en béton. Les lieux que j'aime, mes amis, rien de cela n'a beaucoup changé depuis mon enfance. Nomade dans mon cœur, je possède des ancrages multiples et profonds. Bien que haïssant les appartenances, qui sont des objets de clivage et aboutissent à des insularités culturelles ou sociales, je sais par expérience qu'être de nulle part pousse à l'uniformité, à la perte identitaire. J'aime l'image d'un être qui se nourrit par ses racines et s'enrichit de la lumière qui vient d'ailleurs. Pour moi, avoir la chance de naître dans un endroit sympathique et un milieu chaleureux crée des devoirs avant de créer des droits. Pensons aux autres. La Terre appartient à tout le monde.

Je crois au travail de persuasion et au cheminement des idées chez les autres parce que j'ai moi-même suivi cet itinéraire. Une série de facteurs, les uns innés, les autres acquis dans l'enfance, m'ont poussé dans cette direction. J'ai raconté dans mon premier livre les évasions familiales, le petit jardin d'Île-de-France où nous passions nos fins de semaine et qui me semblait alors immense, les étés en Bretagne. Je revois les rochers où ma mère s'installait pour contempler la mer. Mes parents m'ont appris le confort des sens, le parfum d'une fleur, la beauté d'un arbre, les bons gestes, le respect de la vie. Je ne leur serai jamais trop reconnaissant d'avoir préparé le terrain pour l'avenir.

Dès que je l'ai pu, j'ai choisi de vivre au contact de la nature plutôt que de m'en éloigner. J'avais besoin de mettre entre les autres et moi une distance salutaire pour tirer la quintessence de la vie et non fuir l'humanité de façon désabusée. Très vite, j'ai pu choisir mes activités professionnelles pour réaliser mes envies d'espace. Jeune photographe, je partais au bout du monde pour découvrir des terres inconnues autant que pour rapporter de bons clichés. Je saisissais les opportunités qui s'offraient à moi de réaliser des envies profondes, et moi qui n'ai jamais construit de plan de carrière, j'ai reçu à foison de la vie ce que j'attendais d'elle. Cette somme d'expériences a conforté en permanence l'idée que j'avais un besoin vital, boulimique, de nature. C'est elle qui m'a révélé à moi-même et m'a fait prendre conscience de ma place dans le monde.

Je ne suis pas né écologiste, je le suis devenu. Chacun de nous suit un voyage initiatique pour atteindre sa propre vérité. Des obstacles s'écartent, des verrous sautent. Nous naissons en position fœtale, tourné vers notre nombril, et puis nous nous redressons pour regarder au loin. À partir de ce moment, nous commençons à capter de l'extérieur et à restituer à la vie ce qu'elle nous a donné. Dans mon cas, un certain nombre de chocs émotionnels, des rencontres avec des paysages et des êtres ont joué ce rôle initiatique. De sorte que mon apprentissage s'est fait selon une ligne simple. Aujourd'hui, je crois être en pleine cohérence avec moi-même, et ne pas m'autoriser ce que je déplore chez les autres. Ce n'est pas parce que les politiques éprouvent le plus grand mal à regarder au-delà de l'horizon qu'il faut oublier les enjeux de l'avenir. Dans ce domaine, les hasards de la vie ont fait que je dispose de certaines cartes que d'autres n'ont peut-être pas en main.

D'abord, je me trouve au carrefour de ces deux entités, l'homme et la nature, et dans une situation quasi unique puisque je ne suis enfermé dans aucun milieu, prisonnier d'aucune insularité intellectuelle ou sociale. J'observe, je me déplace, je glane, et ce nomadisme me donne de l'humanité et des problèmes de la planète une vue sinon globale, du moins plus vaste que celle des autres.

Ensuite, je m'efforce d'identifier les verrous de la société d'une manière originale parce que non partisane. Je ne doute pas de l'énergie des hommes, je ne jette la pierre à personne, je refuse qu'au nom d'un manichéisme facile on regarde la vie comme un western en opposant bons et méchants, et je n'aime pas cette façon de jeter l'anathème sur les autres, qui s'accompagne souvent d'une déresponsabilisation de soi-même.

Enfin, je crois aux vertus d'une complémentarité de réflexion et d'une transversalité de décisions. Car, je le répète, on ne peut déléguer les questions d'écologie ni aux scientifiques, ni aux spécialistes, ni aux politiques. C'est un projet de société qui doit non pas fermenter verticalement mais se disséminer horizontalement. Et seule une profession de foi ambitieuse peut élever les consciences et rendre sensibles les enjeux. C'est la raison pour laquelle, dans mes émissions, je n'ai jamais eu pour objectif d'établir une chronologie tragique du chaos ; tout le monde aurait fui et seuls les convaincus nous seraient restés fidèles. Rajouter une couche de laideur à la misère ambiante n'a jamais été un bon moyen de convaincre les autres de la justesse de sa cause, et on ne progresse pas en culpabilisant les gens. Pour beaucoup d'entre eux, la vie est difficile ; même ceux qui ont su tirer leur épingle du jeu conservent à l'esprit la précarité permanente de notre société. Dans ce monde ingrat, moins solidaire, plus âpre, ajouter une angoisse supplémentaire à des personnes qui font ce qu'elles peuvent pour s'en tirer n'apporte rien. Je suis un adepte de stratégies plus subtiles que le coup de poing à l'estomac, et je préfère parler d'éthique plutôt que faire la morale. Jouer avec l'émotionnel est primordial pour faire ressentir aux spectateurs le lien entre l'homme et la nature. La beauté est un langage universel, et il faut viser l'universel puisque le problème environnemental que nous avons à affronter l'est lui-même. Je m'efforce donc d'amener le téléspectateur à se poser cette question : Pourquoi cette beauté ? Lorsqu'il y verra un signe du lien avec l'indicible, une grande victoire sera acquise. La phrase de Gandhi prendra alors tout son sens : « La nature, c'est la partie visible du jardin de Dieu. »

Par culture, par formation, par habitude, j'aime pratiquer l'écoute et aboutir à des transformations graduelles qui ne sont pas sans valeur. Johannesburg est sans doute insuffisant, peut-être inabouti, mais pas insignifiant. Et c'eût été une faute de ma part de ne pas y conserver toute l'énergie dont je disposais alors. Demain, d'autres combats mobiliseront de nouvelles énergies, et c'est tant mieux. Je les attends d'un pied d'autant plus ferme que mes choix sont clairs. Je ne suis encarté nulle part, inféodé à personne, j'ai des affinités pour des êtres, des rejets pour d'autres, mais je n'ai aucun goût pour les partis. Comme le proclame si superbement Hugo : « Préférer la consigne à la conscience ? Non merci. » Impératif catégorique : quoi qu'il arrive et quel qu'en soit le prix à payer, rester libre de ses paroles. Cela demande un minimum de courage et d'intégrité. Les relations dans lesquelles on n'attend aucun renvoi d'ascenseur tirent leur noblesse de leur rareté. Et lorsqu'elles débouchent sur l'estime, le respect réciproque, elles n'en sont que plus enrichissantes.

Donc, je revendique pleinement ma place d'électron libre. Je m'investis là où personne ne m'imagine, quitte, à l'inverse, à ne jamais prendre les engagements qu'on attend de moi – parce que je n'en vois pas l'utilité, et surtout parce que je ne m'en sens pas capable. La vie d'aventure que j'ai menée pendant vingt-cinq ans m'a appris que la sagesse commence par la juste connaissance de ses propres limites. Quitte, parfois, à brusquer les choses. René Char : « Ce qui vient au monde pour ne rien troubler ne mérite ni égard ni patience. »

En affirmant qu'on ne doit pas sous-traiter l'écologie, je dois, à mon niveau, incarner ce principe ; travailler dans le cadre de ma fondation avec des élèves de CM1 et CM2, mais aussi avec une prud'homie de pêcheurs, pour voir comment changer leurs méthodes de pêche, dialoguer avec des agriculteurs, des scientifiques, des industriels et des hommes politiques, sans exclusive. Me répéter que personne n'a de solution globale, mais qu'à la fois tout le monde en détient une parcelle. Faire agir des leviers partout où je le peux. Une porte s'entrouvre, je m'y engouffre. Car je sais que, malgré les nombreux blocages de notre société, les ouvertures sont possibles – et les bonnes surprises, jamais impossibles. N'en déplaise à certains, plutôt que de pérorer devant des auditoires acquis à la cause que je défends, je préfère convaincre un homme aussi éloigné de moi que peut l'être Jacques Chirac. Ramener dans ma sphère de pensée des gens qui en sont les plus étrangers, c'est à la fois l'intérêt de ma démarche et un vrai défi. Envoyer ici ou là des messages, des informations, susciter des questionnements, me paraissent plus fructueux que de rester parmi ceux qui partagent mon combat. Même si je connais les aléas de la pollinisation.

*

Je n'ai jamais rangé mes valises. Depuis l'âge de vingt ans, j'arpente le monde en tous sens. Vingt-huit ans après mon premier voyage, je dresse le constat suivant : nulle part la situation ne s'est améliorée, partout elle s'est dégradée. De chaque voyage je rapporte des images dramatiques qui ne font qu'accentuer mon inquiétude. Constatation effrayante : à l'échelle d'un tiers de vie humaine, les dégradations sont partout perceptibles et les points de non-retour souvent atteints. Partout où je retourne, trois ans, cinq ans seulement après mon précédent voyage, les méfaits sont visibles à l'œil nu. L'Amazonie est ruinée. Dans certains atolls polynésiens, la qualité du corail se dégrade tandis que la profusion n'est plus la même. Les pêcheurs coréens lancent des dizaines de kilomètres de lignes munies d'un hameçon tous les mètres et vident la mer de tout son contenu. La méthode est simple : dans les passes des atolls, grâce au mouvement de flux et de reflux, les pêcheurs attrapent l'intégralité de ce qui rentre comme de ce qui sort. Les lagons ne sont pas plus épargnés. On y construit n'importe quoi, on y rejette toutes les saletés possibles sans le moindre souci des conséquences. En quelques années, des paradis deviennent ainsi des poubelles.

En Indonésie, entre Java et Sumatra, se trouve une île volcanique minuscule nommée Krakatoa. Elle n'héberge aucun habitant. Elle est pourtant entourée d'un liseré de déchets solides amenés là par les courants. En Méditerranée, sur le plateau continental, je plonge avec un sous-marin de l'IFREMER. À 4 000 mètres de profondeur, une vision effrayante s'offre à moi : toute la société de consommation est là, sous forme de déchets.

Bouteilles d'eau minérale, si bien conservées qu'on peut en lire les étiquettes, boîtes de conserve, cannettes de boisson, sacs plastique... Facteur aggravant : la quasi-absence d'oxygène entraîne une dégradation très lente. Il y a cinq ans, nous effectuions un tournage dans la région mexicaine du Chiapas. Nous nagions dans les eaux souterraines du Rio Chumala, et notre éblouissement était total. Les eaux offraient une transparence parfaite, traversées seulement de longues stalactites formées alors que la rivière n'avait pas encore envahi ces grottes souterraines, il y a des centaines de milliers d'années. Soudain, au plus profond, nous découvrons des bouteilles en plastique flottant à la surface. Combien de dizaines, voire de centaines de kilomètres avaient-elles parcourus pour aboutir ici ? En tout cas, elles étaient là, et bien là. Voilà ce que trouveront les archéologues du futur, n'ai-je pu m'empêcher de dire en commentant cette sinistre trouvaille. Lors d'un autre voyage, je découvre une île de Madagascar livrée à l'incurie, c'est peu de le dire : soumise à une déforestation massive, ses paysages, ses sols, sa faune et sa flore sont massacrés.

À la fin des années quatre-vingt, la Chine ne connaissait pas les plastiques. Quelques années plus tard, ces derniers y règnent en maîtres. Comme aucun retraitement n'est prévu dans ce pays où une surréglementation tatillonne voisine avec la déréglementation la plus absolue, les plastiques envahissent l'espace, polluent tout, colmatent tout. À Dacca, capitale du Bangladesh, il est quasiment impossible de se promener dans les rues tellement on y étouffe. À Lima, au Pérou, la mer ondule de déchets à perte de vue.

Je pourrais poursuivre cette litanie pendant des pages. Plus que jamais, l'homme affirme son pouvoir en écrasant tout sur son passage, et la pertinence de la vision hugolienne, vieille d'un siècle et demi, ne peut que nous frapper : « À force de vouloir posséder, nous sommes nous-mêmes possédés. » Pourtant, si effrayante que soit cette liste, elle risque de nous induire en erreur. La catastrophe écologique qui se dresse devant nous n'est pas égale à la somme de ces multiples dysfonctionnements ; ils ne forment que la pointe visible de l'iceberg vers lequel notre navire file à toute vapeur.

Cette catastrophe porte un nom : le réchauffement climatique. Naguère encore soumise à débat scientifique, sa cause est désormais entendue ; le phénomène est entré dans une phase décisive. À la question que l'on posait, en février 2003, au président du groupe intergouvernemental sur l'évolution du climat, l'Indien Rajendra Pachauri, « Que pensez-vous des critiques de la théorie du changement climatique ? », celui-ci répondait par une boutade qui nous ferait sourire si la réalité n'était pas aussi dramatique : « Il y a environ trois cents ans, une Société de la Terre plate a été fondée par ceux qui ne croyaient pas à la rotondité de la planète. Cette société existe toujours, elle doit compter une dizaine de membres. »

Le mécanisme est bien connu. L'homme ne

cesse d'émettre dans l'atmosphère des gaz, essentiellement gaz carboniques et protoxydes d'azote, qui amplifient l'effet de serre, phénomène naturel dont l'équilibre s'est longtemps maintenu. Il est aujourd'hui largement compromis. Les transports sont la première cause d'émission de ces gaz ; l'agriculture, le second. Les effets de ce réchauffement sont considérables. Une récente étude menée par des chercheurs internationaux et publiée le 8 janvier 2004 par la revue *Nature* en trace les contours : la biodiversité connaîtrait des bouleversements tels qu'un million d'espèces vivantes pourrait disparaître dans le prochain demi-siècle. La santé humaine serait quant à elle gravement affectée. L'OMS tire la sonnette d'alarme en chiffrant les morts dues aux émissions de gaz à effet de serre à quelque 150 000 pour la seule année 2000. Que la température moyenne monte d'un ou deux degrés supplémentaires, et des maladies de tous ordres se répandront sur l'ensemble du globe.

J'apprends que des éleveurs corses ont perdu plusieurs centaines de bêtes à cause d'une fièvre catarrhale qui a affecté les troupeaux d'ovins. Je n'en ai vu aucun écho dans la presse. Sans doute parce que la maladie est circonscrite à la Corse et est apparue de façon simultanée avec les crises de fièvre aphteuse sur le continent.

L'hypothèse probable de l'arrivée de cette fièvre jusqu'en Corse est pourtant du plus haut intérêt ; elle fournit un exemple précis de la réalité des changements climatiques et de leurs impacts multiples. Son virus se propage par un petit moustique jusqu'à présent limité à l'Afrique du Nord. Mais, par suite de l'élévation des températures, la barrière climatique s'est déplacée et le moustique est remonté d'abord vers la Sardaigne, puis vers la Corse. Des maladies jusqu'alors circonscrites à des zones géographiques précises se mettent à émigrer, jusqu'à déclencher des épidémies, voire des pandémies.

Par ailleurs, la sécheresse s'amplifiera, le phénomène de désertification s'accroîtra, le problème de l'accès à l'eau potable prendra une dimension dramatique, tandis que, dans les zones tempérées, le niveau des mers montera, inondant les estuaires, noyant les ports, dégradant le littoral de façon irréversible. On conçoit que de tels effets cumulés nécessiteront des efforts collectifs sans commune mesure avec ceux que l'on imagine aujourd'hui.

Scénario catastrophe, mais vraisemblable : selon les scientifiques, le phénomène risque bientôt de connaître un brutal emballement par inversion d'un des cycles naturels les plus vitaux de la nature. Les puits de carbone, c'est-à-dire les forêts, les océans, le permafrost – le sol perpétuellement gelé des régions arctiques –, vont devenir à leur tour des sources de carbone. Ainsi la déforestation va-t-elle abaisser de manière drastique les capacités d'absorption de gaz carbonique par le monde végétal et contribuer à une nouvelle élévation de température ; le permafrost, qui fixe des matériaux organiques en décomposition et empêche la libération de méthane, va, en se réchauffant, libérer ces gaz qui, à leur tour, vont élever la température et contribuer à faire fondre le permafrost, et ainsi de suite. La machine naturelle va donc s'emballer, entraînant des changements colossaux dont nul ne peut prévoir les effets.

D'ores et déjà, le phénomène de réchauffement est observable à l'œil nu. La revue américaine *Science* publie des chiffres alarmants : « Une équipe de chercheurs de l'Institut de géophysique de l'université de l'Alaska, située à Fairbanks, a pu établir que 85 % de ces glaciers fondaient à un rythme alarmant, bien plus qu'on ne le pensait jusqu'à présent, et que ce rythme avait même doublé depuis le début des années quatre-vingt-dix. Ce volume de fonte est équivalent à celui généré chaque année par la calotte polaire du Groenland. Deux glaciers en particulier, celui de Columbia, dans la baie de Prince-Williams, et celui de Béring, dans les monts Saint-Elias, diminuent de volume à un rythme inquiétant : le premier perd environ huit mètres de longueur par an, le second environ trois. »

Les spécialistes prévoient dans un premier temps l'amplification des extrêmes. Les étés chauds seront de plus en plus chauds, les précipitations de plus en plus fortes, les cyclones de plus en plus violents. Ensuite, les effets s'amplifieront en cascade, avec des conséquences en partie inconnues mais suffisamment dramatiques pour poser dès maintenant la question de la survie de l'espèce humaine sur Terre.

Lorsque nous prenons conscience de tels changements radicaux, qui s'opéreront de toute façon, le bon sens voudrait que nous les anticipions. Or il n'en est rien. Face à ces mutations, nous restons des spectateurs passifs. Parfois nous osons un pas en avant – aussitôt suivi de deux pas en arrière. L'objectif est pourtant simple : pour respecter la capacité naturelle de stockage des gaz et rééquilibrer l'atmosphère, il nous faudrait diviser par quatre nos émissions de gaz à effet de serre. Envisage-t-on seulement de le faire ? Même pas. Les accords de Kyoto, en prévoyant de ramener les émissions à leur niveau de 1990, n'abordaient que 5 % du problème. Sans doute étaient-ils encore trop ambitieux, puisqu'ils risquent de demeurer lettre morte. L'accord, bien que signé par cent cinquante pays, n'a pas été ratifié par les États-Unis et ne le sera sans doute pas par la Russie. Ce qui rendra ses dispositions caduques. Dans ces conditions, les gouvernements européens, vertueux en paroles mais non en actes, s'interrogent sur le bien-fondé de dispositions nationales qui déséquilibreraient la sacro-sainte concurrence... Précautions dérisoires : plus nous attendons, plus il sera dur d'agir ; et un jour, cela sera devenu tout à fait impossible. Que se passera-t-il alors ? N'en doutons pas : les changements que nous n'aurons pas su opérer, la planète s'en chargera elle-même. Des mécanismes régulateurs se mettront en place, sans l'homme et probablement contre lui.

*

Me voici donc partagé entre une inquiétude et une impatience. Inquiétude pour le futur immédiat. Impatience parce que l'objectif d'inscrire le progrès dans la durée est extraordinaire et représente une occasion historique de nous débarrasser d'un certain nombre de clivages idéologiques qui scindent nos sociétés. L'écologie nous offre l'occasion trop rare de faire cause commune, de tirer le meilleur de nos systèmes de pensée tout en abandonnant les excès et rigidités qui nous ont conduits dans des impasses. Car chacun constate que les systèmes anciens, qu'ils soient libéraux ou collectivistes, ont atteint leurs limites. Aujourd'hui, il n'y a pas d'autre alternative que de construire une troisième société. C'est une chance unique que nous devrions saisir à bras-le-corps.

Pour la première fois dans l'histoire, les ennemis les plus redoutables que nous avons à affronter ne sont pas les autres, mais nous-mêmes. Pendant des siècles, les maux qui s'abattaient sur les hommes venaient d'ailleurs, des dieux, du destin, des ennemis d'en face. Aujourd'hui, l'ennemi de l'homme n'est autre que l'homme, et le voici contraint d'endosser le double rôle de responsable et de victime. Mais il ne tient qu'à lui d'en prendre un troisième et de devenir son propre sauveur.

Encore faut-il pour cela qu'il mette son amour-propre en sourdine. Celui-ci a déjà reçu plusieurs secousses sérieuses. Freud a écrit que l'homme a connu trois blessures narcissiques : la première lui a été infligée par Copernic, qui lui a démontré qu'il n'était pas le centre de l'univers, la seconde par Darwin, qui lui a expliqué qu'il n'avait pas fait l'objet d'une création séparée du reste de la nature, et la troisième par lui-même, qui lui révélait être largement dominé par ses pulsions. Voici venu le temps de la quatrième blessure narcissique, celle qui lui fait prendre conscience qu'il est son pire ennemi. Découverte dérangeante, sinon insupportable. Tout ce à quoi l'homme a cru perd soudain son sens. Il perçoit soudain que la profusion scientifique, loin de le sauver, risque de le conduire à sa perte. Et qu'il lui faut passer de toute urgence non pas un nouveau contrat social, mais un nouveau pacte humain, naturel, qui poserait comme priorité l'urgence de se reconstruire collectivement et non plus de s'autodétruire. Nous voici donc solidaires du pire comme du meilleur. À nous de choisir. Car c'est au moment où la catastrophe va se produire que le sursaut est possible.

*

Le bilan de tout cela ? Il m'arrive de traverser des moments de doute durant lesquels j'ai l'impression, tel Don Quichotte, de me battre contre des moulins à vent. J'aimerais alors m'endormir dans le confort du quotidien, profiter de ma maison, de ma femme, de nos enfants. L'envie de lâcher prise, je la connais ; l'attirance pour le confort étriqué du désabusement ; la tentation égoïste de dire : après moi le déluge.

Mais tout cela ne dure jamais longtemps. Je refuse de me laisser abattre par les maigres résultats obtenus, pas plus que je ne veux me laisser aller à la facilité de l'aigreur, du désespoir, de la révolte stérile, qui me donnerait tous les jours de bonnes raisons de laisser tomber le combat. J'ouvre le journal, j'allume la radio, une nouvelle me scandalise, la déclaration de celui-ci me redonne espoir, l'inconscience de celui-là me navre. Et je reprends la plume, donne de la voix, cherche encore et toujours à convaincre mes interlocuteurs. Moins que jamais il ne faut baisser les bras. L'urgence de la menace doit dicter ma conduite et celle de mes amis.

Au moins cette course contre une catastrophe annoncée possède-t-elle une vertu : m'ôter le souci d'arrière-pensées quelconques, de prudences excessives, de préventions inutiles. Partout où je trouve une tribune, un espace disponible, je l'utilise.

Car l'heure n'est ni aux questions ni aux bilans. Elle est au changement de cap immédiat.

ESCALE AFRICAINE

Retour sur mes pas. Au commencement, un jeune homme de vingt ans qui prend en pleine figure l'éblouissement de cette Afrique survolée lors de son aller-retour à Johannesburg.

L'Afrique, ma seconde terre natale. Ma marque d'origine.

Comprendre mon itinéraire, c'est d'abord comprendre cette immersion dans une beauté rude autant que fascinante. Je revois ce premier voyage en canoë au fil du Zambèze, avec des amis rhodésiens. Quel éveil au monde sauvage ! Nous avions passé plusieurs semaines au fil de l'eau, descendant le fleuve et campant sur ses berges. Nous ne possédions pas d'armes, détail qui a son importance. Refuser d'en porter amène à composer avec la nature, sans forfanterie, hors des rapports de force dont les humains sont si friands. Ce qui n'empêche pas, quand un troupeau d'une soixantaine d'éléphants avance et qu'on est au fond de son duvet, de sentir la brusque augmentation de son rythme cardiaque ! Sans oublier les hippopotames qui descendent le fleuve et qui, en se redressant, peuvent propulser le canoë à plusieurs mètres de hauteur...

Et pourtant, la surprise et la peur des premiers jours laissèrent bientôt place à une sérénité toujours vigilante mais jamais inquiète. J'avais l'impression que, autour de moi, mes compagnons détenaient une science et une sagesse ancestrales, et qu'il ne tenait qu'à ma propre disponibilité de cœur et d'esprit d'en recueillir les leçons. J'éprouvais une profonde humilité devant ces êtres qui connaissaient les choses de façon intuitive et retrouvaient sans effort l'exacte distance à conserver avec la nature : suffisamment proche pour s'en imprégner, suffisamment loin pour la respecter et ne pas la craindre. Et tout cela au milieu du silence et du calme. Leur assurance et la sûreté de leur regard constituaient mes meilleurs guides.

J'ai vécu ce premier voyage en m'y abandonnant corps et âme. Il n'y a pas d'autre solution. L'impatience, ici, n'est pas de mise. Comme m'a dit un jour un Africain : « Vous, les Occidentaux, vous avez l'heure. Mais vous n'avez jamais le temps. » Un intrus se doit d'être humble et attentif s'il veut gagner sa place. Car, là plus qu'ailleurs, l'arrogance tue. Le monde sauvage ne laisse pas de seconde chance. Apprendre où l'on peut bivouaquer parce que, à cet endroit-là, on n'est pas sur le territoire d'autrui relève de l'opération délicate. Il faut savoir observer, écouter, voir. Comprendre, par exemple, que face à des buffles isolés on court un danger parce qu'ils ont peur. Tandis que face à un troupeau, on peut construire une tactique et s'en sortir. Quand cet apprentis-

sage est fait, tout devient possible. On gagne une assurance, on ose frapper dans ses mains pour chasser l'intrus, qui partira parce qu'il existe des règles intangibles que chacun respecte. Pénétrer sur le territoire des éléphants, c'est prendre un risque. Les laisser pénétrer sur le sien, c'est en prendre un autre. En revanche, faire comprendre à un troupeau d'éléphants qu'il n'est pas chez lui, c'est assurer sa propre tranquillité.

Cet apprentissage, rien ne peut le remplacer. En pénétrant dans ce monde qu'on appelle sauvage, l'homme doit laisser son orgueil à la porte et accepter de s'inscrire dans un ensemble plus vaste que lui. À défaut de cela, il ne lui reste qu'à partir. Bien sûr, il peut entrer en force en faisant usage de ses armes. Cette solution, on s'en doute, est à mes yeux hautement méprisable. Faire mouche sur l'animal qui fait face s'apparente à grimper la hiérarchie sociale en démolissant ses collègues plutôt qu'en faisant la preuve de sa propre valeur. J'ai été élevé et j'ai vécu aux antipodes de cette manière d'agir. Pour moi, respect des autres et amour de la vie vont de pair. Les animaux ne sont ni des cibles ni des objets, mais des êtres emplis de beauté par leurs formes, leurs couleurs, leurs gestes, leur instinct, leurs comportements. Un lion qui chasse un buffle, c'est beau, parce que le lion est un prédateur magnifique et qu'ordre naturel et beauté animale ne prennent sens que l'un par l'autre.

Est-ce que je réalisais pleinement à l'époque ce qui m'arrivait ? Pas sûr. Je ne me représentais pas que dormir à la belle étoile au bord d'un fleuve, c'est se retrouver au cœur d'une nature indomptable. Le fleuve : à la fois mère nourricière et lieu de passage. Ce qui vit dans la brousse se nourrit dans le fleuve, ce qui vit dans le fleuve en sort. Sur ses berges s'effectue un va-et-vient permanent qui échappe aux regards superficiels. Mais que l'œil apprenne à voir, et c'est là qu'il déchiffrera le mieux les mystères de la nature, les marques, les repères, les pistes. Ici sont passés des éléphants, mais les traces ne sont pas fraîches, donc on peut s'installer. On entend les lions, mais ils sont loin, en chasse ; pas de souci. Ici, prendre son temps, observer, ne relèvent pas du luxe mais de la nécessité. Il faut opérer sans cesse des choix à la fois délicats et magnifiques, comprendre à quelle place on ne dérangera pas l'ordre environnant, prévenir par son attitude les affrontements, même s'il faut garder à l'esprit l'accident stupide toujours possible, le dérapage.

La nuit, nous prenions des quarts de veille. Attention : une orange qui traîne risque d'attirer les éléphants, qui en raffolent. Mais si le campement a été installé sur un territoire qui n'est pas celui des éléphants, ceux-ci se détourneront et l'homme dormira en paix. C'est au bord du fleuve que j'ai compris ces notions-clés de territoire, de niche écologique, d'équilibre naturel, de répartition des ressources – et au-delà, les principes de tolérance, l'acceptation de l'altérité. Je ne connais pas de plus bel éloge de la différence que la biodiversité : toutes les espèces vivantes y sont égales et nécessaires, parce que complémentaires. C'est la meilleure école de la vie. Dans un monde prétendument civilisé qui tend vers l'uniformisation et le nivellement, mon amour de la variété vient de là.

Une seule fois, j'ai accepté de partir avec un fusil. C'était en Arctique. La raison en est simple : face à un ours affamé qui rentre dans le camp, on ne peut sauver sa peau qu'à l'aide d'une arme. Notre chance a été de ne pas avoir à nous en servir. Si cela avait été le cas, j'aurais sur-le-champ mis un terme à une expédition soudain dénaturée, au sens strict du mot. Le tribut payé par l'Arctique à notre présence se serait avéré trop lourd. Notre vanité aurait cassé quelque chose dans l'ordre naturel, et les barrières entre le monde des bêtes et celui des hommes se seraient reconstruites aussitôt. Quel intérêt ? Telle est mon éthique. Elle n'a pas varié depuis trente ans. Une vie au sein de la civilisation ne parvient pas à modifier le premier regard qu'on a jeté sur la nature encore vierge.

Souvent, des membres de mes équipes de tournage disent que je vois tout. C'est à ces premières expériences africaines que je le dois. Un terrain émotionnel et sensoriel s'est ouvert là-bas. Mes sens ont été exposés en permanence, la réceptivité était absolue. Depuis, tout me parle, la moindre image forte laisse en moi son empreinte. L'émotion, a dit quelqu'un, c'est la porte de la conscience. Je ressens la formule comme une profonde vérité, moi qui absorbe le monde extérieur comme un buvard.

*

En même temps que la beauté du monde, il m'a fallu très tôt découvrir les notions de précarité, d'éphémère, de perte, et je les porte en moi. J'ai raconté ailleurs les deuils dont ma jeunesse fut ponctuée. Je sais que rien n'est immuable. D'où, aujourd'hui, mon engagement sans réserve pour protéger ce qui peut encore l'être. Combat perdu d'avance ? Je ne peux ni ne veux le croire. Au contraire. Le mener, c'est puiser de nouvelles forces, reculer mes propres limites, me réaliser moi-même. « Cette poétique du défi que j'affectionne », ai-je jadis écrit. À mes yeux, la notion de défi ne renferme aucune prétention ni vanité de l'exploit gratuit. Encore moins le combat avec mon semblable. La domination ne m'intéresse pas. C'est l'inverse qui me motive. Se mesurer à l'autre... jamais. Le véritable défi n'est qu'avec soi-même. Il consiste à mettre en phase la raison et la compréhension du phénomène extérieur avec l'irrationnel et la peur qui nous habitent. Ainsi, voler est un défi. Et la vision du ciel est poétique. J'aime ces deux mots accolés. Le programme qu'ils proposent dépasse largement l'exploit conçu au sens habituel ; il est véritable leçon de vie. Qu'il s'agisse de voler en ULM au-dessus du pôle ou en compagnie de grues cendrées comme de parler à des gosses du poids de leurs gestes quotidiens, de gravir une montagne comme de rédiger un billet d'humeur pour ma fondation, je m'efforce d'aborder ces tâches en mobilisant mes forces intellectuelles et en gardant un pouvoir d'émotion intact. Défi et poésie mêlés. Mon cher Hugo, encore, citant un précepte de saint Barnabé : « Soyez simple de cœur et riche d'esprit. »

Devenir un sage plein de savoir, et un savant plein d'humanité... Beau et vaste programme. Toujours la poétique du défi.

4

Fatalisme et fatalité

Je rencontre qui me le demande. Sans sectarisme. De la gauche à la droite. En revanche, j'ai toujours refusé tout contact avec l'extrême droite. Ayant créé une fondation qui mène un combat pour la nature et pour l'homme, je refuse le contact avec des êtres qui n'ont que haine et mépris à la bouche.

Les intérêts éventuels qui pourraient se cacher derrière les demandes des uns et des autres, je m'en moque. L'opportunisme des êtres ne m'intéresse pas. Et puis, qui suis-je pour trancher du désintéressement de ceux-ci et de l'opportunisme de ceux-là ? Qui peut juger de la vertu d'autrui ? Au pire, si cet opportunisme permet à certaines personnes de comprendre et de changer, je m'en félicite. Je ne suis pas là pour distribuer des bons et des mauvais points, mais pour opérer des brèches dans des certitudes établies. Ce qu'il faut viser, ce sont des changements de conscience et des progrès raisonnables. Mon rôle : être le passeur entre des idées et des hommes qui *a priori* ne communiquent pas. Rassembler les énergies.

Créer des ponts et non creuser des tranchées, ni ériger des barricades. Et, pour cela, œuvrer et combattre de l'intérieur du système plutôt que de tout faire voler en éclats de l'extérieur. De ce point de vue, l'image du cheval de Troie me plaît assez.

Je suis un radical des équilibres. À mes yeux, tout ce qui est excessif est insignifiant, sinon néfaste. Sans doute est-ce la raison pour laquelle ma vision de la société ressemble à celle que j'ai de la nature. Elle est organique : chacun de nous y occupe une place légitime, et je me refuse à procéder par manichéisme en opposant telle catégorie d'êtres à telle autre. Lorsqu'une catégorie devient trop forte ou trop importante, elle déstabilise cet équilibre que d'aucuns appellent l'ordre social – la formule me gêne, car j'y perçois une statique stérile, alors que le mot d'équilibre porte en lui un mouvement, une recherche, une précarité. Mais pas de malentendu : je ne suis pas un tiède. L'équilibre dont je parle ne s'accommode ni des compromis faciles ni des compromissions honteuses. L'équilibre, à mes yeux, c'est la recherche de l'intérêt général et du mieux-être collectif.

Souvent, la vérité se trouve au milieu de ce qui scinde notre société, une observation de bon sens que certains Verts extrêmes sont loin d'admettre. Exemple : arrêter du jour au lendemain le transport routier au prétexte, légitime, qu'il pollue s'avère impossible. Il faut savoir le reconnaître et ne pas gaspiller son temps à demander la lune. Ce qui ne signifie pas qu'avec de la patience, de la réflexion et la mise en place de nouvelles normes, nous ne pouvons pas venir à bout d'un problème aussi grave. Pour peu qu'il soit couplé avec l'intelligence, le temps saura résoudre ce que la rigidité des principes n'aurait su faire.

Car notre époque s'accommode d'un singulier paradoxe : elle se trouve embarquée dans une précipitation sans pour autant l'aimer. En fait, chacun de nous a besoin de sentir que les actes ne se perdent pas dans l'inutile mais servent à quelque chose, et chacun possède une sorte de décodeur intime qui lui permet de séparer le futile de l'essentiel – encore faut-il le brancher ! Ainsi, nous sommes nombreux à trouver stupide l'image de tel ministre donnant à boire aux petits vieux ou de tel autre pataugeant en bottes en caoutchouc dans les flaques d'une marée noire. Nous savons bien que cette communication de crise n'a aucune importance, aucune incidence autre que médiatique. Nous le savons, mais nous n'éteignons pas notre téléviseur.

Allons donc jusqu'au bout de nos choix. Projetons-nous dans l'avenir. Réfléchissons, par exemple, à la ville que nous pouvons construire ensemble, dans tant d'années, et à quel prix. Je fais le pari qu'alors des forces se lèveront et qu'un enthousiasme naîtra. Comment la gestion de la catastrophe, les réponses plus ou moins improvisées à des crises de plus en plus nombreuses pourraient-elles soulever un quelconque enthousiasme ? À quelles aberrations notre propre folie nous a-t-elle conduits ? Qui sait, par exemple, que le coût du désamiantage de Jussieu est égal au budget annuel du ministère de l'Environnement ? Par notre imprévoyance et notre vue à court terme, nous voici une fois de plus précipités dans une course à l'abîme qui, si elle n'était tragique, pourrait paraître dérisoire.

Voilà donc à l'œuvre la pulsion de mort dont parle Freud. Le plus surprenant est qu'elle est tournée vers le sujet lui-même plutôt que vers les autres. Cette force qui nous pousse vers la destruction, c'est d'abord à nous-même que nous l'appliquons, dans une course en avant qui devient un appel du vide. Ainsi le progrès se condamne-t-il lui-même, et de la manière la plus absurde qui soit : il est devenu si boulimique de toute forme de vie qui lui échappe qu'il en viendrait à être capable de se dévorer lui-même.

*

Le XXe siècle a réussi de tels prodiges que beaucoup ont pu croire à la réalisation du rêve prométhéen : alors que la population mondiale triplait, les chiffres de l'économie mondiale étaient multipliés par vingt, la consommation des combustibles fossiles par trente, la production industrielle par cinquante. Et les quatre cinquièmes de cette augmentation se sont produits après 1950.

Autant de performances indéniables qui nous interdisent de nier les fantastiques capacités de la civilisation moderne à s'adapter aux besoins du marché. Mais il s'agit maintenant de réviser ces objectifs : la question n'est plus de produire plus, mais mieux. Pour cela, nous devons envoyer au monde de la production des signaux clairs et lui fixer des objectifs précis, en nous gardant aussi bien de la taxer d'impuissance que de cautionner son arrogance. La prudence et l'humilité constituent, en la matière, des garde-fous imparables.

Car pour être d'une autre nature, la tâche qui nous attend au XXIe siècle n'en est pas moins noble : il s'agit de donner du sens au progrès, et de n'avoir de cesse de le redéfinir. Qu'est-ce que cela veut dire ?

Avant tout, opérer un changement radical dans la réflexion. Accepter, comme je l'ai maintes fois dit et écrit, de passer du siècle des vanités à celui de l'humilité. Comprendre une fois pour toutes que le temps du quantitatif est révolu, et qu'il nous faut aborder ce progrès d'un type nouveau sous l'angle du qualitatif. Pour l'heure, beaucoup de nos prétendues avancées ne sont que des trompe-l'œil, des illusions démenties par des effets secondaires redoutables. Le souci qui doit devenir essentiel est : telle décision, tel choix public peut-il améliorer la condition humaine ? Va-t-il contribuer à son bonheur ? Questions fondamentales que nous ne nous posons plus, mais dont nous ne pourrons faire l'économie dans un futur proche.

À la place d'un individualisme farouche, il s'agit de placer au centre de nos valeurs l'accord avec soi-même et avec les autres, de créer une véritable solidarité qui fonctionne dans l'espace, se préoccupe du sort des autres, cherche les équilibres et les contre-pouvoirs qui permettront à notre société d'être plus humaine et plus juste. Nous ne devons plus accepter que, chaque minute, quinze personnes meurent de faim dans le monde. S'ensuivront nécessairement des actions courageuses fondées sur un authentique respect d'une nature dont nous aurons enfin compris que notre propre destin est solidaire.

Il nous faudra aussi étendre notre devoir de solidarité aux temps futurs ; nous sentir liés aux générations suivantes, accepter notre responsabilité écrasante face à elles, être comptables de nos actes afin que nous ne lisions jamais dans les yeux de nos enfants l'échec de nos vanités. Nous n'avons pas le droit de leur laisser comme seul héritage la gestion de nos faillites et nos incuries, comme nous leur abandonnons aujourd'hui nos déchets nucléaires. Nous devons refuser de fonder une éthique sur des comportements dont la plupart pourraient se résumer à cette formule lapidaire : après nous, le déluge.

Pour cela, les sociétés devront construire une technologie plus juste, plus humaine, plus adaptée à ce monde fini qu'annonçait jadis Paul Valéry et qui est désormais le nôtre. Il est temps d'abandonner nos positions impérialistes, de sortir d'une mégalomanie qui n'a plus lieu d'être, puisque, d'un strict point de vue productif, l'homme a fait la démonstration qu'il pouvait tout : produire plus, consommer plus – et tuer plus. Il a même réussi un exploit sans équivalent : se construire une impasse dans laquelle il s'est enfermé. Aura-t-il la lucidité, le courage et la force de s'en sortir ?

Telle est ma profession de foi. Le nœud de ma colère et mon espérance, mêlées.

*

Exemple de bonnes questions : pourquoi s'acharner à construire des avions toujours plus gros ? Parce qu'on sait le faire, répondra-t-on. Mais est-ce nécessaire pour l'homme ? Vivra-t-il mieux ainsi ? Le bilan écologique en sera-t-il meilleur ? De manière plus radicale encore : voyager plus souvent et moins cher participe-t-il à notre bonheur ? Ne devrions-nous pas apprendre aussi à découvrir ce qui est près de nous, les merveilles auxquelles notre œil est tellement accoutumé qu'il ne les remarque même plus ? L'exotisme ne nous attend-il pas au bout de la rue autant qu'au bout de la planète ? Je note au passage que les habitants du monde entier eux aussi se déplacent, par exemple pour venir chez nous admirer des paysages où nous négligeons parfois de mettre les pieds. Ce sont ces questions, et beaucoup d'autres, que ce nouveau siècle devra poser.

Et il nous faudra des réponses. Trouver les solutions d'un progrès durable, et non vorace en énergie, en ressources naturelles non renouvelables, en déchets, en coûts environnementaux divers. Inventer des normes nouvelles. Jouer sur la fiabilité et la durée des biens consommables, et non sur leur séduction apparente et leur brièveté réelle. Utopie ? Je ne crois pas. Mais changement radical d'attitude, à coup sûr.

Nous avons du mal à nous convaincre que des normes nouvelles généreront une imagination. La science a toujours eu cette vertu créative, elle ne repose même que sur elle ; il n'y a aucune raison qu'elle cesse d'en faire usage, sous prétexte que certaines règles du jeu vont subir des modifications. Bien sûr, si le XXe siècle nous avait laissés orphelins, la situation serait tristement compromise. Mais que nous a-t-il posé sur la table, ce siècle ? Des outils formidables dans tous les domaines, scientifique, technologique, philosophique, économique. Ses erreurs grandioses et parfois monstrueuses nous ont permis de mieux comprendre l'histoire. Et face à tout cela, nous n'avons pas encore trouvé la bonne attitude. Nous sommes semblables à un cavalier fou qui n'a plus qu'un pied dans l'étrier, qui tente de reprendre les rênes en faisant semblant de les avoir toujours en main, mais qui ne les a plus. La bête est lancée à toute allure. Il nous faut reprendre au plus vite les rênes du progrès, l'empêcher de nous conduire là où il veut. En d'autres termes : ne pas laisser la bride sur le cou des industriels et des techniciens. Car si le progrès n'a pas de sens, l'existence n'en aura pas non plus, et le seul comportement valable deviendra l'égoïsme. Pour le moment, ce sens demeure caché, confus. À nous de le construire. Alors qu'elle est en pleine divagation, l'humanité pourra alors progresser.

*

Invité à l'université d'été du MEDEF, j'ai tenu ce discours. Ambiance attentive et feutrée, comme j'en ai l'habitude dans ce genre de rencontres. Dans un premier temps, on me regarde comme une curiosité, une star des médias descendue dans l'arène ; souvent, quelqu'un me gratifie d'un « mes enfants aiment beaucoup ce que vous faites », et puis les choses sérieuses démarrent. Je prends la parole pour dire ce que j'ai à dire et certains visages s'allongent, des sourires jusque-là bienveillants se crispent. Je ne prépare jamais rien. Je me laisse guider par l'inspiration et l'ambiance de la salle. Ce jour-là, j'ai caressé l'auditoire à rebrousse-poil, un exercice qui ne me déplaît pas. J'ai martelé que ce n'était pas aux industriels d'imposer des choix de société, mais à la société de leur imposer des choix. C'est de leur capacité d'adaptation qu'ils seront comptables devant leurs enfants. Le public m'a écouté avec attention. Certains chefs d'entreprise sont même venus me dire ensuite à quel point ils partageaient mes idées, et combien le concept de développement durable leur semblait positif. Je ne me fais pas d'illusion pour autant : ce jour-là, je n'ai sans doute pas convaincu tout le monde. Du moins en ai-je fait réfléchir certains.

Comment pourrait-il en être autrement ? Bien outrecuidant celui qui pense que les autres sont dénués de la belle intelligence et de la formidable raison dont lui-même ne doute pas de disposer. Même appartenant au monde industriel, des êtres sensés peuvent-ils se satisfaire des gigantesques gâchis auxquels notre course effrénée au « toujours plus » nous condamne ? Loin de se complaire dans leurs seules réussites, j'imagine que nombreux sont ceux qui dressent la liste de nos échecs communs. Chaque fois que je constate qu'il existe des solutions et qu'on ne les applique pas, je me sens devenir fou. Je n'ai pas la vanité de croire que je suis le seul.

*

L'équation du progrès raisonnable pourrait tenir en une formule : en toute chose, savoir opérer la distinction entre fatalité et fatalisme. D'une part un ensemble de nécessités existe : nous devons nous nourrir, nous déplacer, nous chauffer, nous éclairer, etc. Appelons cet ensemble fatalité. En son nom, il nous faut faire payer un tribut à la nature puisque, du moins dans l'état actuel des choses, nous n'avons pas trouvé d'autres solutions.

Mais à côté de cette fatalité existe le fatalisme. Il consiste à ne pas chercher d'alternatives pour économiser, gérer mieux, faire moins de dégâts et entraîner moins de gâchis. Cette attitude foncièrement conservatrice peut se résumer en deux ou trois formules simples. Par exemple : nous avons toujours fait ainsi, inutile de chercher à faire autrement. Ou bien : travailler sur d'autres solutions serait trop coûteux.

Au cœur même de ce que l'optimiste appellera naïveté là où le pessimiste parlera de mauvaise foi, je discerne une erreur de méthode. Certes, il nous faut tuer des animaux pour manger – fatalité. Mais ne pourrions-nous pas manger mieux ? En l'occurrence moins de viande, et de meilleure qualité ? Économiquement, le résultat ne conduirait à aucune catastrophe, mais plutôt à une somme nulle : une production moins abondante et de meilleure qualité, donc plus chère. Qui serait perdant ? Ni le producteur, ni le consommateur, ni la nature. Autre exemple de fatalité : il nous faut de l'énergie. Mais le fatalisme affirme : c'est le nucléaire et rien d'autre. Nous sommes-nous seulement donné les moyens d'explorer d'autres voies ? Fatalité : nous avons besoin de papier, donc nous devons déforester. Fatalisme : nous ne pouvons pas le faire par bandes car les coûts augmenteraient. Avons-nous seulement calculé quel surcoût nous devrons acquitter le jour où il n'y aura plus de forêt ? Dans certaines parties du Canada, j'ai pu constater les désastres qu'engendrent les coupes à blanc – 90 % des coupes pratiquées là-bas sont à blanc. Sans parler de ces mêmes coupes effectuées dans les zones tropicales pour exploiter trois ou quatre espèces d'arbres rares, au risque de détruire toute la couverture végétale. Qui osera dire que de telles pratiques présentent un caractère de nécessité ? Qui pourra nier que le prix à payer demain sera infiniment supérieur aux quelques économies réalisées aujourd'hui ?

Fatalité : nous devons pêcher du poisson pour

nous nourrir. Fatalisme : les espèces s'épuisent, mais tant pis, tant qu'il y en a encore... Et le chalut pélagique continue de rejeter parfois jusqu'à 50 % de ses prises à l'eau parce que ses filets ont des mailles trop petites. Quel aveuglement pousse le patron pêcheur à ne voir que son intérêt, au mépris de l'avenir de ses propres enfants ? Fatalité : les plantes ont besoin d'humidité pour croître, donc l'agriculture consomme de l'eau. Fatalisme : les canons à eau tournent à plein régime au cœur de l'été, alors qu'une toute petite partie seulement profite à la plante.

Dans ces domaines comme dans bien d'autres, je veux croire que la recherche est capable de trouver des solutions satisfaisantes pour tous. Des cas encore trop ponctuels prouvent que cela est possible. En 1999, le groupe PSA présentait un filtre à particules pour moteur diesel qui a été commercialisé en 2000. Soixante et un millions d'euros d'investissement ont été nécessaires, mais la pollution des modèles équipés a baissé de manière sensible.

On peut sortir du fatalisme par la science fondamentale – je laisse la recherche appliquée aux mains des industriels qui lui dictent les buts à atteindre. Sachant aujourd'hui que l'ultralibéralisme ne marche guère mieux que le collectivisme, il s'avère urgent de débrider la recherche à tous les niveaux. Et d'inventer une société compatible écologiquement et économiquement. Nous nous trouvons en effet devant un paradoxe tragique : ce qui constitue une bonne nouvelle pour l'économie représente souvent une mauvaise nouvelle pour l'écologie. Il nous faudra donc trouver la pierre de Rosette capable de traduire le langage du progrès débridé en un autre : quelles sont les solutions à mettre en place pour qu'une croissance économique ne génère pas des dépenses supplémentaires en énergie et en ressources naturelles ? Car si je crois utopique et déraisonnable de prôner purement et simplement la décroissance économique, je n'en suis pas moins convaincu que nous ne pourrons faire l'impasse sur une décroissance énergétique. C'est à ce prix qu'un véritable développement durable pourra voir le jour. Il devra concilier les impératifs d'aujourd'hui et les nécessités de demain et mettre en place une véritable solidarité avec les générations futures.

Les décisions qui répondraient à ces critères seraient validées. Les autres, rejetées. Chacun voit l'ampleur de la révolution. À un tel niveau d'engagement, nous passons du politique à l'éthique. Mais sans doute est-ce ce changement d'échelle qui est susceptible de créer l'enthousiasme, parce qu'il sera la conséquence d'un choix et non d'une fatalité.

Cette notion de choix est à remettre au cœur de notre réflexion. Darwin l'a exprimée mieux que quiconque : une espèce qui n'a plus de choix d'adaptation est vouée à disparaître. Quand j'entends dire à propos de tel ou tel problème – énergie, transport, agriculture ou autre – que nous n'avons pas le choix, qu'une seule solution s'impose, un clignotant rouge s'allume dans mon esprit : je cherche la faille dans le raisonnement. Qui veut me vendre quoi ? Quel lobby est à l'œuvre ? Quelle paresse intellectuelle appuie sur le frein ? Après la catastrophe du tunnel du Mont-Blanc, des solutions alternatives ont été proposées qui ont paru un temps faire hésiter les pouvoirs publics. Mais très vite, on nous a expliqué qu'il n'y avait pas d'autre choix possible. Les autorités ont donc rouvert le tunnel à l'identique, sans tirer de véritables leçons de l'accident – hormis un renfort des mesures de sécurité, certes bienvenues, mais qui s'attaquent aux effets éventuels et non aux causes certaines du phénomène.

De telles décisions sont lourdes de conséquences. À force de répéter aux citoyens qu'il n'existe pas de solutions autres que celles que choisissent les politiques, comment s'étonner de leur désinvestissement progressif face aux problèmes ? Même les bonnes volontés sont découragées. À quelque proposition que ce soit répondront toujours un rapport, une étude, des travaux de spécialistes qui semblent avoir rédigé les conclusions avant d'étudier le problème. Le terrible principe de Montaigne, « il est besoin que le peuple ignore beaucoup de choses vraies et en croit beaucoup de fausses », deviendrait-il un mode de gouvernance ? Attention, dans ce cas, au réveil du peuple. Il risque d'être difficile pour tout le monde. Et l'abstentionnisme aux élections ne me semble être que le signe le plus apparent de ce désintérêt.

Nous devons croire à la pluralité des choix

autant qu'à la nécessité d'une éthique ; rien n'est joué d'avance, à nous de définir nos valeurs sur lesquelles l'avenir s'appuiera. Pas besoin, pour cela, de nous lancer dans des constructions intellectuelles si ambitieuses qu'elles en deviennent incompréhensibles et inapplicables. Certaines lumières plus éclairantes que d'autres devraient suffire à baliser notre chemin. Par exemple, ces deux phrases de Gandhi : « Le monde contient bien assez pour les besoins de chacun mais pas assez pour la cupidité de tous. » « Vivre simplement pour que simplement les autres puissent vivre. »

L'écologie et le développement durable n'ont guère besoin d'autres principes.

*

D'autres rencontres.

Pendant la campagne électorale des municipales de 2001, entre les deux tours, Arlette Chabot m'invite à intervenir dans un débat qui oppose Laurent Fabius à Philippe Douste-Blazy. J'écoute les propos qu'échangent les deux interlocuteurs : brillants, aimables, convenus. Chacun dans son rôle. À jouer au ping-pong avec les chiffres, à durcir parfois le ton, à s'adresser des sourires condescendants... Le même théâtre des apparences depuis des décennies. Les quelques phrases que je prononce font l'effet d'une douche froide. « Je vous écoute, dis-je en substance aux deux débatteurs, et j'entends bien que les problèmes que vous avez à résoudre sont compliqués ; n'empêche que le jour où la planète va se dérober sous vos pieds, le problème que vous aurez à résoudre ne sera plus à la même échelle. Votre méconnaissance des questions environnementales est abyssale. Mais ce n'est pas de votre faute. Structurellement, à cause de la pression électorale et des urgences auxquelles vous vous trouvez confrontés, vous ne pouvez qu'être frappés de myopie. »

Silence gêné sur le plateau, suivi d'une ou deux phrases bafouillantes et convenues des protagonistes.

Mais, après l'émission, Fabius s'approche de moi pour échanger quelques mots et je perçois chez lui une amorce d'intérêt. Un ou deux mois s'écoulent, je reçois un message d'un des assistants parlementaires de l'ex-Premier ministre, et j'ai avec lui un entretien soutenu d'une heure et demie. Il se montre attentif, bien disposé, voulant saisir les enjeux. Je perçois chez lui une volonté d'écoute et un désir de comprendre que je ne lui aurais pas soupçonnés. Sans doute faut-il y voir les fruits de son parcours et de la profonde réflexion qui a suivi l'affaire du sang contaminé. Il a d'ailleurs affirmé peu de temps après, lors d'un congrès du Parti socialiste qui se tenait à Besançon, que l'écologie faisait partie des priorités.

Chirac, Fabius – et Gorbatchev, on le verra plus tard : je trouve positif que, loin du pouvoir, de tels hommes prennent le temps de l'écoute et de la réflexion. Au passage, cela confirme l'analyse déjà faite : moins que leurs capacités, ce sont les charges et le rythme de leurs obligations qui interdisent aux hommes de pouvoir la distance nécessaire par rapport à l'événement.

Un autre jour, le Parti communiste m'envoie un élu, un sénateur je crois. Notre conversation se déroule dans un bar parisien. Je me trouve face à un homme de bonne foi et attentif. Mais au bout de quelques minutes, lui-même me fait part des difficultés qu'il rencontre au sein de son propre parti pour infléchir la réflexion vers les problèmes environnementaux.

Quant aux parlementaires... Enfermés dans les affres de la lutte quotidienne contre leurs adversaires, leur attitude est souvent consternante. Nous avons tous à l'esprit ces images de séances à l'Assemblée nationale qui ressemblent plus à des batailles de chiffonniers ou à des jeux de cour de récréation qu'au débat raisonnable qu'on serait en droit d'attendre d'élus de la nation. Plus grave : leur bilan en matière d'écologie est d'une pauvreté effarante. Les rares projets de loi qui leur sont soumis, sur l'énergie ou les déchets par exemple, déjà amendés à la baisse lors des arbitrages ministériels, sont la plupart du temps défigurés lors des débats parlementaires. Le nouveau directeur de cabinet du Premier ministre, Michel Boyon, l'admet en privé : l'écologie ne sort pas vainqueur de ces différents filtres.

C'est un euphémisme. Dans les premiers jours de l'année 2004, la commission des Affaires économiques de l'Assemblée nationale a voté plusieurs amendements pour « favoriser l'activité cynégétique », dont l'un offre la possibilité aux entreprises de déduire de leurs impôts les chasses d'affaires... On croit rêver. Le lobby des chasseurs, auquel s'ajoute celui des grosses entreprises, le tout sur fond de cadeaux fiscaux, l'ensemble fait un gâteau très indigeste !

Je prévois des empoignades farouches lorsque la charte sur l'environnement viendra devant les chambres. Malgré des considérants d'une vraie générosité, et qui reprennent la plupart des propos présidentiels tenus à Johannesburg, l'article 5 déclenche une grande peur parmi les élus de la majorité : beaucoup y voient la paralysie potentielle de la production industrielle, et n'ont d'autre but que de réduire ce texte à une peau de chagrin. Que dit donc cet article 5 ? « Lorsque la réalisation d'un dommage, bien qu'incertaine en l'état des connaissances scientifiques, pourrait affecter de manière grave et irréversible l'environnement, les autorités publiques veillent, par application du principe de précaution, à l'adoption de mesures provisoires et proportionnées afin d'éviter la réalisation du dommage ainsi qu'à la mise en œuvre de procédures d'évaluation des risques encourus. » Chacun notera la prudence et la modération du texte. Au goût de nos parlementaires, il sent pourtant le soufre.

Une grande partie de la droite parlementaire flirte avec des lobbies industriels ultra-puissants, et malgré l'effet d'entraînement de la volonté présidentielle, les oppositions qui se mettent en place ne seront pas faciles à vaincre. Inertie et frilosité partisane triomphent. Il suffit pour s'en convaincre de voir combien une jeune députée courageuse comme Nathalie Kosciusko-Morizet, polytechnicienne, la seule que j'ai identifiée comme spécialiste et motivée, doit déployer d'efforts pour obtenir de légères avancées en matière écologique. Elle se retrouve dans un isolement absolu au sein de son propre camp, l'UMP, où elle essuie parfois des sarcasmes, par exemple lorsqu'elle déplore l'absence d'un secrétaire national à l'Environnement, ce qui semble ne choquer qu'elle. Il m'est arrivé d'émettre des jugements critiques sur la frilosité des ministres de l'Écologie successifs ; mais je reconnais à leur décharge que, loin d'être portés par leur propre parti, ils se trouvent souvent freinés dans leur action. Attitude d'autant plus dommageable que jamais un président français n'a défini une telle ligne, et qu'il revenait aux ministres et aux parlementaires de le prendre au mot. C'est tout le contraire qui se produit. Les élus fonctionnent comme chambre d'écho des inquiétudes de leurs électeurs – on le voit en particulier dans le domaine de la chasse –, mais le niveau de la pédagogie qu'ils devraient exercer en retour est proche de zéro. Comment attendre des citoyens qu'ils travaillent pour l'avenir lorsque leurs représentants ne voient pas plus loin que le bout de leur mandat ?

Une enquête récente jette d'ailleurs un éclairage inquiétant sur la légèreté des préoccupations environnementales de nos parlementaires. Leur niveau de connaissance en matière d'écologie est semblable à celui de l'ensemble de la population ;

autant dire, faible. Mais leur volonté d'agir dans ce domaine se situe, elle, de 15 à 30 %, selon les dossiers, en dessous de celle de la population.

Et pourtant, ces mêmes parlementaires me convient eux aussi à les rencontrer. Sans doute sentent-ils la pression venue aussi bien de l'Élysée que de l'opinion publique – qu'ils redoutent l'une et l'autre. La vérité m'oblige à dire que les résultats de telles rencontres sont minces. Les élus assistent à une conférence. À peine posent-ils quelques questions, le plus souvent banales, du style : « Mais que faudrait-il faire ? » Formule qui ne manque pas de sel quand elle émane de gens censés faire la loi. Au demeurant, je ne constate dans les hémicycles aucune production législative réelle, aucun débat ni aucune confrontation dignes des enjeux. Comme de nombreux Premiers ministres antérieurs, les parlementaires se contentent d'un service minimum.

Pourtant, je le répète, je refuse cette démagogie facile qui consiste à voir dans les politiques les responsables de tous nos maux. Michel Rocard, par exemple ; il a longtemps siégé au conseil d'administration de la fondation. Alors qu'il était Premier ministre, il a su faire en sorte que le traité de protection de l'Antarctique, tombé en désuétude, soit à nouveau signé par la France et les États membres de l'Union européenne. Autre exemple : Laurent Fabius, qui depuis quelque temps se démène pour sensibiliser l'opinion, à commencer par celle de son propre parti, aux questions environnementales.

*

Tous les auditoires existent donc : intéressés, attentifs, simplement polis. Mais il en est aussi de vraiment pénibles. Il y a quelque temps, le Presse Club m'invite et je me retrouve face à un parterre de gens fort convenables, chefs de cabinet, parlementaires, etc. Enfin, pas vraiment face à eux ; debout, au centre, à jeter en pâture des idées à des participants qui n'en ont pas grand-chose à faire puisque eux dégustent leur repas. Première impression négative. J'éprouve le sentiment désagréable d'être assimilé à une musique d'ambiance telle qu'en diffusent les salles d'attente d'aéroport ou les restaurants qui se veulent chic. Je me plie cependant à l'exercice sans trop montrer mon agacement. Je réprime les répliques cinglantes qui me viennent à l'esprit lorsqu'un auditeur croit bon d'opposer au discours mesuré que je tiens un argument excessif avec un petit air narquois, du genre : « Vous qui voulez nous faire revenir à l'âge des cavernes... » (ou à l'époque de la lampe à pétrole, autre variante du même humour).

La conversation roule bientôt sur l'agriculture. J'émets des réserves sur les arrosages dispendieux lorsqu'un sénateur de l'Aube prend la parole, et affirme que les canons à eau ne consomment pas plus d'eau que le système d'irrigation du goutte-à-goutte. Devant mon silence sidéré mais poli, il enchaîne sur les vertus des champs de betteraves qui sont de véritables puits de carbone, part ensuite sur l'absence d'effet nocif des pesticides, puis sur d'autres sujets encore, je ne sais plus lesquels, m'assénant ses idées avec une telle force que je ne sais pas quoi lui répondre. « Vos observations me surprennent », lui dis-je, refusant de nourrir la polémique. Je lui fais simplement valoir que, si la preuve est faite que l'agriculture actuelle est vertueuse, j'en serai le premier heureux. Je sens bien que les soutiens éventuels que je pourrais attendre de la salle sont inexistants. La réunion s'achève dans une indifférence ponctuée de coups de fourchette et de conversations entre voisins de table. Mais je n'en ronge pas moins mon frein. Pris en otage dans un genre de mondanité que je déteste et face à un auditoire résolument hostile, j'ai usé de mesure pour me voir interrompre avec une mauvaise foi caractérisée.

Je mobilise aussitôt mes conseillers du comité de veille écologique au sein de la fondation. Et quelques jours après, nous adressons au sénateur le document suivant :

Monsieur le Sénateur,

À l'occasion du dîner-débat « Forum de la nouvelle législature », vous avez bien voulu attirer mon attention sur différents aspects de l'agriculture industrielle et de ses conséquences écologiques.

Surpris par ces informations, je les ai soumises aux membres du Comité de veille écologique de la fondation, composé de personnalités et de scientifiques reconnus pour leur compétence en matière d'environnement et d'écologie.

Je me permets à mon tour de vous livrer ci-après quelques réactions et éléments d'information contradictoires rassemblés par le Comité sur chacun des points.

Nous restons à votre disposition pour en discuter et serions heureux de connaître vos sources d'information, afin de réviser notre point de vue en conséquence.

Je vous prie d'agréer, Monsieur le Sénateur, l'expression de ma respectueuse considération.

Nicolas HULOT,
Président.

1) Les émissions de carbone liées aux différentes formes d'agriculture

Toutes les études publiées sur ce sujet montrent que l'agriculture a une très grande part de responsabilité dans l'émission des gaz à effet de serre et c'est surtout le modèle d'agriculture intensif qui est incriminé plutôt que la production agricole « en bon père de famille ».

Les engrais azotés représentent 53 % de la totalité des émissions de gaz, à effet de serre, d'origine agricole.

Le travail du sol, notamment les labours fréquents et les labours profonds sont responsables des émissions de CO_2. À ce sujet, vous pouvez lire dans les travaux de D. Reicosky (voir annexe), une formule très forte : « La terre labourée réagit comme lorsqu'on fait sauter le bouchon d'une bouteille de champagne qui laisse échapper ses gaz. » Cette expression montre bien l'ampleur et l'intensité du phénomène.

Les cultures annuelles et surtout les monocultures sont les plus dévastatrices en matière de carbone stocké dans le sol et largué dans l'atmosphère chaque année.

Les meilleures pratiques agricoles sont en conséquence les cultures pérennes avec rotations longues et utilisation d'engrais organiques, et les prairies. Les plantations de forêts étant les plus efficaces.

L'étude publiée dans le n° 19 de *Techniques culturales simplifiées* de septembre-octobre 2002 résume assez bien les connaissances actuelles sur la question, en indiquant que les meilleurs pratiques agricoles pour séquestrer le carbone dans les sols sont :

– les cultures traditionnelles avec arbres, haies, bocages ;

– la réduction du travail du sol, avec peu ou pas de labours ;

– l'augmentation de la couverture végétale, reforestation, etc. ;

– la réduction des engrais industriels (il faut 2,5 tonnes de pétrole pour 1 tonne d'azote).

En conclusion, les cultures annuelles comme betteraves, maïs et autres céréales cultivés intensivement sont les plus dévastatrices et re-larguent dans l'atmosphère les stocks de CO_2 séquestrés dans les sols et dans les plantes pérennes depuis des millénaires.

2) Les pesticides

Chiffres et informations-clés :

– la consommation annuelle en France (le 2e pays après les États-Unis) est de 110 000 tonnes/an, pour environ 20 millions d'hectares de SAU cultivée (surface agricole utile) ;

– la part de l'agriculture : c'est 5,5 kg de matière active par hectare et par an (source Eurostat) ;

– la part du jardinage est donc très faible, quelque 1 ou 2 % ;

– s'il y a accumulation dans l'environnement de substances toxiques, c'est surtout à l'agriculture qu'on le doit.

Un livre de référence de François Veillerette : *Pesticides : le piège se referme*, Terre Vivante, 2002.

3) Le rapport de l'irrigation par aspersion est globalement négatif

Il suffit pour s'en rendre compte d'observer les résultats des grands programmes agricoles de culture industrielle intensive.

Le plus spectaculaire est celui de la mer d'Aral : 2 millions d'hectares de cultures de coton irriguées, décidés en 1970 par le gouvernement soviétique, ont eu raison en 30 ans de la 4e mer intérieure du globe.

Apparemment l'eau utilisée n'est pas revenue à sa source par les nuages et le cycle de l'eau a été profondément déséquilibré.

On trouve le même phénomène en Californie, cité dans l'excellent ouvrage de Michel Barnier (*Atlas des risques majeurs*, Plon, 1992) :

Les nappes aquifères de Californie et d'Arizona ont été épuisées en trente ans par l'irrigation intensive. Elles ne pourront pas se reconstituer, car les poches géologiques qui les constituaient se sont effondrées. L'usage systématique de l'irrigation aux États-Unis met en péril la dernière grande nappe aquifère qui arrose douze États du centre, du Dakota du Nord au Nouveau-Mexique. La nappe Ogalalla, la plus vaste des États-Unis, sera tarie dans trente ans.

Le gouvernement de Washington étudie la possibilité de détourner vers le centre du pays les réserves d'eau du Canada pour des projets pharaoniques permettant de continuer le gaspillage sans chercher de solutions alternatives ou d'économie. Michel Barnier parle à son sujet d'« apprentis sorciers ».

NB : 73 % de l'eau douce utilisée sur la planète est dévolue à l'agriculture.

Il faut savoir que cette eau est indispensable pour l'efficacité des engrais solubles et les performances de l'agriculture industrielle. S'il n'y a plus d'eau, le système est donc condamné à revenir à l'agriculture biologique.

Sans parler de l'importance du coût énergétique du pompage et de la salinisation progressive des terres (remontée du sel) qui accompagnent ce genre de pratiques.

Le bilan écologique de l'agriculture industrielle est globalement négatif. Cette agriculture détruit plus de biens qu'elle n'en crée. Il suffit d'observer la disparition accélérée des ressources vitales, la détérioration des infrastructures foncières et des paysages, et la désertification galopante pour s'en convaincre.

Le bilan économique est catastrophique : l'agriculture industrielle dépense trois fois la valeur des produits qu'elle récolte. Dans les cas extrêmes, on s'aperçoit qu'il faut 1 litre de fuel pour produire une salade de serre chauffée, soit 500 calories utilisées pour la production d'une seule calorie de nourriture.

(Éléments rassemblés par Philippe Desbrosses, agriculteur, docteur en sciences de l'environnement, membre du Comité de veille écologique.)

Ce document est resté sans réponse.

J'ai aussi gardé en mémoire un autre dîner, celui-là au secrétariat à la Condition féminine. J'avais accepté de bon cœur l'invitation. Le résultat a été calamiteux. J'arrive, aimable, bien disposé, et les participants m'accueillent avec politesse et intérêt. Je commence à parler d'écologie et de développement durable, et déjà une première anicroche me met en boule. Quelqu'un me lance : « Vous qui voulez supprimer les autoroutes, expliquez-nous comment vous allez vous y prendre. » Bien sûr, je n'ai jamais proposé de supprimer les autoroutes, mais seulement de nous interroger sur le bien-fondé et le coût de tel ou tel programme qui prévoit de traverser un paysage semi-désertique pour relier deux chefs-lieux de canton. Je mets vaguement les choses au point et les rieurs de mon côté avant de poursuivre par l'importance de la charte pour l'environnement. Nouvelle intervention dans la salle. « Votre machin... » commence quelqu'un. Je rectifie le mot : « Le machin dont vous cherchez le mot, c'est peut-être la charte ? » La coupe est pleine. Quand on me cherche, je peux être provocateur et incorrect. Je propose à la personne d'aller consulter rapidement pour surdité. Et je ponctue mon intervention par une phrase du genre : « Lorsque vous verrez le regard de vos enfants vous juger, vous comprendrez où est la vérité. » Une organisatrice bafouille de vagues excuses : « Vous vous méprenez, nous n'avons pas plus d'hostilité à votre égard qu'envers les idées que vous défendez, mais enfin, le respect des interlocuteurs commande que toute opinion puisse s'exprimer », etc. Ce genre de laïus ne m'intéresse pas. Je quitte la salle, écœuré d'un tel public et déçu aussi par mes propres réactions. Il est rare que je perde face à un public, mais quand je perds, je m'en veux.

J'ai donc appris à mon corps défendant qu'il y a des joutes auxquelles il est inutile de participer. On ne peut pas convaincre d'idées profondes des gens superficiels. Pas plus qu'on ne peut inquiéter ceux qui campent sur leurs certitudes.

*

Mais quelques expériences malheureuses ne modifient pas mon point de vue. J'ai la volonté de croire que, si l'ensemble de la société acceptait de participer à un mouvement d'écologie raisonnée, les résultats étonneraient plus d'un sceptique. Nous entrerions alors dans un monde où, sous l'éclairage des scientifiques, les politiques oseraient prendre des décisions orientées vers l'avenir, où les industriels s'adapteraient, et où les citoyens participeraient. Est-ce utopique ? Je ne le crois pas. Une telle société fonctionnerait d'autant mieux que les résultats deviendraient rapidement perceptibles. Je sais bien que, compte tenu des menaces qui pèsent sur nous, l'objectif ne saurait être que planétaire. Du moins peut-on modéliser les solutions dans un pays. Je le répète, la prise de conscience ne suffit plus. Sa traduction en actes devient une urgence vitale. Individuellement et collectivement, il faut cesser de voir dans tout changement une récession. Et ceux qui détiennent les commandes doivent comprendre que leur crédibilité leur dicte de forcer les certitudes. Il y a plus de trois siècles, Bossuet a résumé de façon prémonitoire la situation dans laquelle nous nous trouvons. « Les hommes s'affligent des effets mais s'accommodent des causes », a-t-il dit.

Voilà où nous en sommes. L'affliction est

bien là. Mais l'accommodement aussi. Et comme aucun de nous n'a envie de concurrencer le célèbre orateur d'oraisons funèbres, essayons tous ensemble de célébrer un hymne à la vie.

5

Et l'orchestre jouait...

Dans *L'Heure de s'enivrer*, Hubert Reeves résume la situation en des termes plus modernes que ceux qu'emploie Bossuet : « Ça va mal, très mal, dit le pessimiste ; ça ne pourrait pas aller plus mal. – Mais si, mais si, répond l'optimiste. »

Je me reconnais dans ces deux personnages comme dans leurs contradictions. Je suis naturellement optimiste et politiquement pessimiste.

Pessimiste, par exemple, quand, à l'occasion d'une série du journal *Le Monde* sur le progrès, je lis sous la plume de l'un de nos plus brillants scientifiques, Yves Coppens, les lignes suivantes. Elles sont d'un optimisme tel qu'aucun scientiste du XIXe siècle n'aurait osé le rêver :

> Mais ces pleurs, après tout, ont ceci de bon qu'ils remettent de l'ordre là où il n'y en a plus et redonnent cahin-caha à l'humanité son équilibre chaque fois qu'elle l'a perdu. Qu'on cesse donc de peindre l'avenir en noir ! L'avenir est superbe. La génération qui arrive va apprendre à peigner sa carte génétique, accroître l'efficacité de son système nerveux, faire les enfants de ses rêves, maîtriser la tectonique des plaques, programmer

les climats, se promener dans les étoiles et coloniser les planètes qui lui plairont. Elle va apprendre à bouger la Terre pour la mettre en orbite autour d'un plus jeune soleil. Elle va comprendre le processus de l'évolution biologique et comprendre aussi que c'est l'éducation qui rend tolérant.

Diantre ! Bouger la Terre pour la mettre en orbite auprès d'un plus jeune soleil... Que de miracles ! Quelle croyance en la faculté d'adaptation du génie humain face aux désastres annoncés ! Jamais le rêve prométhéen n'avait été aussi fou. Connaissant Yves Coppens, je ne puis imaginer que, au moment où il rédigeait ces lignes, il se trouvait dans un état normal. Lucy lui avait-elle tourné la tête au point de lui faire perdre la raison, même si ceux qui le connaissent savent que cette raison est souvent teintée d'humour ?

Quelques jours plus tard, le hasard a voulu que je puisse évoquer le contenu de l'article, pour le moins étonnant, avec son auteur. Ce dernier venait d'être placé à la tête du comité de réflexion sur la charte de l'environnement. Tout en le félicitant de cette nomination, je n'ai pu m'empêcher de m'interroger à haute voix : n'avait-on pas fait entrer le loup dans la bergerie ? Yves Coppens m'a alors garanti qu'il abordait cette longue réflexion sur les problèmes environnementaux et le principe de précaution sans aucun préjugé, qu'il écouterait les uns ct les autres, qu'il était ouvert à toutes les analyses et disponible pour tous les constats. La suite a prouvé, en effet, sa totale indépendance d'esprit et sa profonde honnêteté. Le véritable Yves Coppens ne ressemblait donc pas à celui de l'article.

D'autres savants, moins connus, moins fiables, mais aussi moins excusables parce que moins sollicités de toutes parts, tiennent parfois des propos fous. En fouillant un peu dans leur CV, on les découvre souvent inféodés à l'industrie, pour le meilleur et pour le pire. Heureusement il y a les purs, et j'en rencontre beaucoup sur ma route. Eux doutent, cherchent, restent humbles, pourraient nous ouvrir des voies mais manquent cruellement de moyens. Là encore, mélange d'optimisme et de pessimisme ; voilà des gens lucides sur le diagnostic et imaginatifs quant aux solutions, mais tellement isolés et démunis...

L'objection mise en avant par la partie de la société la plus conformiste ne varie pas : les recherches de tels savants n'ont pas de but utilement identifiable. Objection rejetée. Je prends un exemple. Yvon Le Maho, écophysiologiste, n'appartient pas à la catégorie des bidouilleurs d'arrière-cuisine ou des candidats au concours Lépine. Il est directeur de recherche au CNRS, membre de l'Académie des sciences, et par ailleurs membre du comité de veille scientifique de ma fondation. Un jour, il s'est étonné d'un phénomène étrange : peu avant l'éclosion des œufs, les manchots mâles partent faire provision de nourriture au large, d'où ils reviennent l'estomac gavé de poissons. Surprise : les poissons ainsi stockés dans l'organisme restent frais pendant plusieurs semaines. L'origine de cet apparent mystère ? Yvon Le Maho a identifié la protéine responsable du phénomène, puis l'a synthétisée. Qui peut aujourd'hui imaginer les applications possibles d'une telle découverte sur la conservation des aliments ? Combien de divagations scientifiques ou techniques ont ainsi pu paraître étranges à leur époque avant de déboucher sur des applications considérables ? Le fax, aujourd'hui d'un usage si courant et commode, a par exemple mis des décennies à sortir des commissariats de police, où le confinait le seul usage d'envoi de portraits-robots de suspects !

La science doit sortir du conformisme, échapper à cette loi universelle et imbécile du rendement maximum immédiat. Elle doit retrouver sa poésie, voire sa folie. Et les savants retrouver le chemin d'un véritable humanisme dont ils n'auraient jamais dû accepter de dévier. Reste que la situation des moyens dévolus à ce que l'on nomme à juste titre la recherche désintéressée est de pire en pire, en France comme ailleurs. Là aussi, des choix devraient être faits. À défaut, notre incurie risque d'apparaître dramatique dans quelques années.

*

Autre forme que revêt souvent mon pessimisme : je déplore la frilosité de nombreuses décisions politiques mi-chèvre mi-chou, sous prétexte que les travaux scientifiques ne sont pas parvenus à un niveau de certitude absolue. Comme si les faisceaux de présomptions ne suffisaient pas pour agir. Prenons l'exemple du changement climatique : pendant de longues années, il n'était pas facile de démontrer ses origines anthropiques, on a donc perdu un temps précieux en controverses stériles. Aujourd'hui, chacun déplore le temps perdu et personne n'ignore qu'une élévation moyenne d'un degré peut entraîner des effets dévastateurs. Il y a vingt mille ans, lors de la dernière glaciation, la moyenne des températures était inférieure de seulement quatre degrés par rapport à celle que nous connaissons aujourd'hui. Il est donc temps d'admettre qu'à petits changements, grands bouleversements. Sans compter que les échelles de temps sont incomparables. En Alaska, les glaciers ont reculé de centaines de mètres en seulement trente ans, alors que la température s'y élevait de trois degrés. Dans quelques années, les neiges du Kilimandjaro auront disparu. Elles remontent de plusieurs dizaines de mètres par an. Longtemps on les a dit éternelles ; elles ne le sont plus. D'où l'importance du principe de précaution, qui est souvent contestée par certains scientifiques. Mais l'heure est à la prise de responsabilités et non plus aux atermoiements.

Malheureusement, je le répète, le fonctionnement du monde politique ne me pousse pas à l'optimisme. Trois qualités lui font particulièrement défaut : le courage, la prudence et la capacité d'anticipation. Et il en faudrait beaucoup pour accepter le passage du siècle des vanités à celui de l'humilité, pour cesser de voir en la croissance le seul indice de progrès humain, pour ne pas proposer des solutions dont on sait d'avance qu'elles compromettent gravement l'avenir. Pour refuser, et peut-être s'agit-il là du point crucial, de se faire les interprètes des frilosités des électeurs et garder à l'esprit la notion d'intérêt général.

Convaincu de la complexité et de la densité qui forment le lot de toute charge politique, je m'étonne que les fonctions soient à ce point cumulables. Quel que soit le mandat confié, le servir nécessite un travail à plein temps. Au lieu de cela, l'élu à mandats multiples – ils le sont tous – passe deux jours ici, trois jours là. Or il faut de la sérénité pour prendre des décisions, être à l'écoute et ne pas se contenter de notes rapides des conseillers ou de discours découverts au moment où l'élu les prononce. Enfin, l'image des politiques gagnerait, selon moi, à être débarrassée de ce sectarisme selon lequel une proposition est forcément bonne quand elle vient de son propre camp mais mauvaise dès qu'elle émane du camp opposé. La démocratie n'a rien à gagner de cette caricature qui stérilise le dialogue et interdit les grands projets d'avenir sur lesquels, du moins ai-je la faiblesse de le penser, un large consensus serait possible. Encore faudrait-il pour cela sortir du court terme au profit du moyen ou du long terme, et donc, prendre le risque de sacrifier sa réélection. Là comme ailleurs, les politiques devraient tenir un langage de vérité : nous sommes là pour prévoir l'avenir, non pour nous contenter d'une gestion du présent, et ceux qui prétendent pouvoir mener cette tâche en un seul mandat vous mentent.

Les grands choix de société sont-ils condamnés à être pris soit dans le secret des cabinets ministériels, soit dans une agitation médiatique exacerbée ? On peut rêver de décisions élaborées sans frénésie ni panique. Et validées à la suite d'un débat public digne de ce nom.

Certaines occasions sont ainsi manquées par aveuglement, urgence, démagogie – ou, tout simplement, défaut de réflexion. En voici un exemple : quand on a supprimé le service national, il y a quelques années, j'ai été surpris que personne n'ait l'idée de lui substituer un service humanitaire. Dès lors qu'il apparaissait inutile de préparer une guerre bien hypothétique, nul n'a eu l'idée qu'œuvrer pour la paix pouvait présenter une plus-value sociale féconde. Pourtant, une telle initiative présentait à mes yeux deux vertus : elle aurait permis un brassage culturel et une rencontre d'êtres différents, juste équilibre à la ghettoïsation de la société que chacun déplore. En outre, un service humanitaire plaçait toutes ces complémentarités individuelles au service de l'intérêt général et répondait à des urgences bien ciblées, par exemple l'engorgement des hôpitaux à certaines périodes de l'année, l'accomplissement de tâches environnementales telles que la réalisation de pare-feu dans les massifs forestiers ou la lutte contre les pollutions marines. La vertu psychologique de semblables actions me semble énorme. Les nantis en retireraient une vision plus réaliste de la société et toucheraient du doigt les vertus de la générosité et de la solidarité. Les autres, en découvrant qu'il existe des souffrances supérieures aux leurs, cesseraient de se croire les plus bas, les plus maudits, les plus pauvres, et comprendraient que chacun porte en soi une fraction d'un destin plus collectif. En un mot, ce service humanitaire aurait permis de transformer un temps perdu en temps utile, individuellement et socialement. Une fois dans sa vie, chaque jeune aurait contribué à apaiser le sort des défavorisés et à améliorer la vie en collectivité. Inscrit dans un lien avec les autres, il aurait lutté contre les formes les plus insidieuses de l'individualisme ambiant.

Mais personne ne s'est interrogé. On est aveugle à l'essentiel, surtout lorsqu'il est simple à mettre en œuvre. Je m'en suis à l'époque voulu de ne pas en avoir parlé à Jacques Chirac ; mais, après l'élection présidentielle, je m'étais astreint à rester dans l'ombre. En admettant qu'aujourd'hui un homme politique partage ce point de vue, il lui serait impossible de revenir en arrière. Semblable changement se concevait lorsque le système était en place et que les oppositions à un projet alternatif étaient faibles – pour une fois, le politique aurait pris la société de vitesse. J'ose à peine imaginer les réactions que susciterait aujourd'hui dans le pays la seule éventualité d'un service humanitaire !

Sans doute, pour changer le fonctionnement des politiques, la sagesse a-t-elle encore de nombreuses difficultés à vaincre. On peut se consoler en pensant que, semblable à l'eau qui s'écoule quels que soient les obstacles, elle finira par faire son chemin. Malheureusement la comparaison s'arrête là. L'eau a l'éternité devant elle, alors que, pour la sagesse dont nous avons besoin, le compte à rebours est largement avancé. Car si la plupart des événements progressent à un rythme dont nous finissons par nous accommoder, les catastrophes, elles, surgissent brutalement. Si nous avions le siècle pour réagir, mon pessimisme serait moins grave. Mais nous ne l'avons pas.

Syndrome du *Titanic* : c'était le plus beau paquebot du monde, le fleuron de la technique, l'œuvre parfaite en laquelle se conjuguaient beauté, confort et sécurité. Au point qu'on l'avait qualifié, avant même sa mise à l'eau, d'insubmersible. Ses fameuses cloisons étanches, merveilles de l'architecture navale la plus avancée, empêcheraient l'eau d'envahir l'ensemble de la coque si par malheur une brèche devait survenir – mais vraiment par malheur, car nul ne devait douter que toutes les précautions avaient été prises. Cela ne l'a pas empêché d'heurter un iceberg et de sombrer en quelques heures.

Ainsi notre société se précipite-t-elle vers la catastrophe. Les cloisons étanches entre l'économique et l'écologique, la consommation et le gâchis ? Qu'un accroc un peu plus dur que les autres survienne, et elles voleront en éclats. Les différentes classes ? Des milliardaires qui occupent les suites de luxe jusqu'aux immigrants entassés à fond de cale, tous sont embarqués dans le même voyage – et pour le même naufrage. Et pourtant, alors que l'iceberg approche et que le bateau devrait dévier de son cap, l'orchestre continue de jouer, les passagers de se distraire, et l'équipage de passer de groupe en groupe afin de rassurer tout le monde.

*

Il existe parmi nos contemporains une croyance largement partagée : celle qui postule une bonté naturelle chez l'homme. Certains jours, lorsque mon optimisme en a pris un coup, j'avoue avoir grand mal à y adhérer. Et si l'homme était foncièrement égoïste et mauvais ? S'il se fichait complètement du sort de son prochain ? S'il y avait en lui une plus grande propension à la barbarie qu'à la civilisation, comme le siècle précédent nous en a apporté à maintes reprises la sinistre preuve ? Je dois alors me battre pour ne pas céder à une idée définitivement négative de l'humanité et m'enfermer dans une forme de misanthropie.

Le moins que l'on puisse dire, c'est que les leçons du passé n'ont pas été entendues. Les pacifistes sont peu nombreux alors que les conflits, latents ou déclarés, sont omniprésents, et que dans la plupart des pays les dépenses militaires l'emportent sur les dépenses alimentaires. Un rien suffit donc à contrarier les équilibres précaires entre les hommes : une formule maladroite, un geste de travers, les hurlements des voisins. La psychologie de la horde, où la conscience de chacun abdique devant l'inconscience collective, me terrifie. J'en perçois les effets désastreux bien sûr dans les conflits armés, mais aussi dans l'affrontement des religions et jusque dans certaines manifestations sportives. J'ai vu, dans un stade italien, des bras tendus qui m'ont rappelé de funestes souvenirs. Lorsque le PSG et l'OM se rencontrent, il faut mobiliser des forces militaires pour endiguer les débordements de supporters fanatisés.

Et puis, inutile de se voiler la face : dans le monde actuel, des îlots d'opulence narguent en permanence un océan de misère et de tristesse. Un phénomène d'autant plus visible que le XXe siècle a porté les moyens de communication à leur apogée. Jamais les hommes n'ont autant voyagé, tandis que l'information nous rend spectateurs d'événements qui se produisent à des milliers de kilomètres. Tout d'un coup, le monde entier a connaissance des misères – ou de la prospérité – d'une fraction de lui-même. Les perspectives s'en trouvent bouleversées. Outre que les disparités s'amplifient de jour en jour, qu'elles soient entre les pays du Nord et ceux du Sud ou internes à nos sociétés riches, ces décalages sonnent aujourd'hui comme autant d'indécences insupportables parce qu'elles ne s'ignorent plus. À l'affichage cynique des avantages outranciers des uns répondent les divertissements de la plus grande masse – télé, vacances, loisirs divers –, chacun s'accordant à oublier les laissés-pour-compte. Dans ces conditions, ceux qui décident malgré tout d'avancer au milieu de cette jungle doivent parfois mettre des œillères. Et il leur faut un grand courage, ou une grande naïveté, pour continuer à croire, tel le héros de Camus à la fin de *La Peste*, « qu'il y a dans les hommes plus de choses à admirer que de choses à mépriser ».

J'appartiens pourtant à cette catégorie. Optimiste, donc, au final ? Oui et non. Ma philosophie personnelle se résume en une phrase : n'ayant plus d'illusions sur la nature humaine, je ne peux donc avoir que de bonnes surprises. Chaque jour, des individus m'étonnent en bien, partout je rencontre des hommes extraordinaires, qui n'occupent pas l'espace médiatique mais n'en agissent pas moins. Je veux croire que ceux-là finiront par triompher. J'essaie donc à mon niveau d'avancer contre le défaitisme. Je tente de faire appel à ce qu'il y a de bon partout, je cherche des points d'appui. Je gravis la montagne lentement, mais je la gravis, car la méfiance que j'éprouve face au monde actuel ne doit pas empêcher la lutte contre la bêtise et ses bassesses.

Je me force au sursaut salutaire. C'est entendu, la barbarie est plus bruyante et plus spectaculaire que la sagesse, mais l'élimine-t-elle pour autant ? Dans une salle, on ne prête attention qu'aux deux ou trois excités de service. Ce qui n'empêche pas les autres de réfléchir, voire de condamner les gêneurs. C'est à ces autres que je veux m'adresser.

*

Par bonheur, la nature est là. Elle me montre le chemin à suivre et regonfle un optimisme soumis à rude épreuve par cette vie en société. Comme le dit Khalil Gibran, l'auteur du *Prophète* : « Nous ne vivons que pour découvrir la beauté. Tout le reste n'est qu'attente. » Je le répète : sans cette complicité avec la nature, le combat que je mène serait impossible. Tels les oiseaux, j'ai connu très tôt une forme d'imprégnation qui dépasse ma volonté propre. Nager dans une eau cristalline entouré de quatre baleines à bosse dont le chant magnifique vous envahit, voilà, prise au hasard parmi des centaines d'autres, une expérience qui porte un homme, un authentique langage d'espoir. Je connais ma chance : les nuages, les masses d'air, les oiseaux, je les sens, ils me font vivre des plaisirs inépuisables. La nature est pour moi une réserve d'innocence et d'émotion sans fin, la matrice originelle, la source inépuisable où je retourne puiser des forces. D'où ma passion pour elle, ma compassion aussi pour ses malheurs. Une anecdote m'émeut particulièrement : lorsqu'on a enregistré des messages à destination des mondes lointains, éventuellement habités, on a inclus parmi les messages des chants de baleines à bosse.

J'ai la chance d'être habité par une certitude : je ne place pas l'intelligence au-dessus de toutes les qualités du vivant. Je me refuse à ne voir dans l'instinct qu'une simple somme de réflexes conditionnés venus du fond des âges, un fourre-tout où nous rangeons des phénomènes largement inconnus et dont la subtilité nous échappe encore. Cette vision pyramidale : à la base, les êtres vivants doués du seul instinct, et régnant en maître au sommet, l'homme et sa belle intelligence... n'est pas la mienne. J'ai naguère écrit un texte dans lequel je rappelais d'abord la phrase de Van Gogh : « La vie est probablement ronde. » Vision poétique qui en dit long sur ce que doit être la dynamique du vivant : une sphère du « tous ensemble » et de l'entraide, et non une pyramide du pouvoir. Quant à l'instinct animal, je me plaisais à le revaloriser face à l'intelligence humaine. Voici ce texte. Il exprime une de mes certitudes les plus enracinées. Dix ans après l'avoir écrit, je n'y change pas un mot : « Et si l'inné qui anime si brillamment l'organisation animale n'était en réalité qu'une somme d'acquis définitif ? Ce capital génétique lui épargne de solliciter abusivement ces fameux neurones. En serait-il moins admirable, lui qui compense largement ses déficits d'intelligence par une ingéniosité sans limites et parfois sans pareille ? Et si l'instinct n'était qu'une forme d'intelligence fossile ? L'animal est peut-être un être accompli, ayant atteint l'accord parfait, et vivant en harmonie avec son environnement. »

Il me plaît de voir dans l'instinct une forme d'intelligence aboutie, la somme d'acquis parvenus à leur point de perfection. Et puis, entre l'intelligence et elle, les frontières sont plus floues qu'on ne le croit au premier abord. Je reste pantois à la lecture de certains textes d'Edward Wilson célébrant la diversité de la vie – c'est d'ailleurs le titre de son ouvrage le plus fameux. Par exemple sur la loutre marine. Celle-ci raffole des oursins. Quand elle en attrape un, elle le pose sur un rocher et tente de l'ouvrir. Si elle n'y parvient pas, elle descend au fond de l'eau, prend un galet, remonte, et brise l'oursin. Qui a dit que l'invention de l'outil marquait la frontière infranchissable entre l'animal et l'homme ? Ne serait-ce pas plutôt l'usage des armes qui différencierait notre espèce des autres ?

Selon la théorie darwinienne, on le sait, la sélection naturelle expliquerait l'évolution. J'ai pourtant du mal à croire que seuls le hasard et la pression environnementale aient pu créer autant de prodiges. L'être vivant lui-même ne conditionnerait-il rien ? Lamarck, lui, donne à l'individu et à l'être une part de l'intention. On se trouve en face d'une causalité, certes, mais vers le milieu, et pas depuis le milieu. Je n'ai bien sûr pas les compétences scientifiques pour m'insérer dans un tel débat. Mais mon intuition me dicte une réponse plus mitigée que celle généralement admise.

Pour ces raisons, et pour beaucoup d'autres, la clé de ma vie tient dans un accord profond avec la nature. Celle-ci a été pendant des années mon université avant de devenir mon bureau quotidien. Elle m'a tout appris, m'a tout fait vivre. La leçon principale que je tire de notre longue fréquentation tient en une phrase simple : la plupart de nos maux sociaux viennent de notre arrogance ; de cet orgueil démesuré qui fait dire à Pascal Picq, cité par Karine Lou Matignon dans *La Plus Belle Histoire des animaux* : « L'homme n'est pas le seul animal à penser, mais il est le seul à penser qu'il n'est pas un animal. » Face à cela, la nature nous enseigne l'écoute, l'humilité, nous remet à notre juste place ; ni en haut ni en bas – quelque part dans le cercle. Un animal ou un troupeau nous prennent-ils au dépourvu ? Si cela se produit, c'est souvent à cause de nos propres erreurs. Passer en canoë sur un hippopotame et se faire soulever, ça fait drôle. Mais il ne faut s'en prendre qu'à soi-même, et pas à l'hippopotame. Vivant semblables expériences, je me retrouve dans la situation de cet homme que Montaigne place dans une cage en haut des tours de Notre-Dame ; mon seul problème est d'accorder raison et émotions afin que je n'éprouve plus de peur et puisse jouir du spectacle en toute tranquillité.

Un grand requin-marteau, aux Marquises, bouche la porte de la grotte où je viens de pénétrer. Bref moment d'incertitude, petit frisson de peur. En fin de compte, c'est lui qui s'est poussé. Il a senti que je ne lui voulais pas de mal ; que face à lui, j'avançais avec appréhension mais sans violence ; que j'avais déposé ma belle intelligence au vestiaire et que je le laissais libre de suivre son instinct.

En plongée toujours, voici qu'une raie manta de sept mètres de large vient se plaquer sur moi. Je ne suis pas trop rassuré. Une claque de nageoire peut m'assommer en moins de temps qu'il ne faut pour le dire. Mais je saisis bientôt qu'elle attend de moi un service : lui ôter certains parasites collés à sa chair. Ce que je fais. Nous nous séparons bons amis.

Dans une tente au cœur de l'Okavango j'entends les lions, mais pas là-bas, au loin, sur leur territoire ; tout près, à quelques mètres des tentes. Et le souffle que je perçois bientôt dans le silence, c'est celui d'un lion qui se promène à quelques centimètres de moi. J'ai beau savoir que le lion ne rentre pas dans une tente, cette dernière me semble soudain bien mince, fragile, dérisoire. Puis le lion s'éloigne, et je me rendors.

Une nuit, toujours dans l'Okavango, nous volons en ballon. Nous devons récupérer notre hélicoptère dans un camp proche, mais les choses ne se passent pas comme elles devraient et je me retrouve seul avec un gamin qui m'accompagne en expédition sur une île. Parmi des hippopotames, des buffles, des lions, sans lampe, avec le seul brûleur de la montgolfière que j'allume de temps à autre pour faire partir les bêtes qui s'aventurent trop près de nous. Et puis nous sommes repérés et on nous sauve. De tels moments ne s'oublient pas.

Vivre au sein du monde sauvage, dormir sous la tente n'importe où, ça crée une vision des choses ; une perception plus juste des risques encourus, de la fragilité humaine, mais aussi une force en soi qu'aucun jeu social ne pourra ébranler durablement. Cette intensité folle que j'ai vécue pendant quelques minutes dans l'Okavango, à quelques centimètres d'un lion, je ne l'oublierai jamais. Pas plus que je n'oublierai le froid ou la chaleur terribles que j'ai endurés dans d'autres lieux, la saleté, la poussière, le manque de sommeil. D'où la colère qui parfois s'empare de moi.

Voir des êtres prétendument raisonnables piétiner la nature, massacrer en quelques secondes l'opiniâtreté de la vie, les stratégies qu'elle a su développer, la force de son instinct... Comme disait si joliment Lanza del Vasto : « D'accord, il t'a fallu un dixième de seconde pour écraser cette araignée ; maintenant, refais-la. »

Car l'arrivée de l'homme au sein de la nature vierge, je la compare à l'arrivée du Blanc dans certaines contrées africaines ou américaines : un massacre absolu de qui n'a pas sa couleur de peau, sa religion, sa langue. Singulier bilan de l'Histoire : là où les choses et les êtres avaient trouvé un équilibre, nous avons apporté le déséquilibre. Cioran le dit en une phrase terrible : « L'homme est un animal qui a trahi, et l'Histoire est sa sanction. »

Telle est notre arrogance. Elle me rend fou. Alors qu'il nous faudrait une solide dose d'humilité, bien plus que nous n'en utilisons dans nos meilleurs jours. Qui sommes-nous donc pour nous croire au centre de tout, au sommet de la pyramide ? Une métaphore verticale me revient en mémoire. Théodore Monod comparait l'histoire de notre Terre à l'obélisque de la place de la Concorde. La vie de l'un est égale à la hauteur de l'autre. En haut de l'obélisque, une pièce de monnaie est posée ; son épaisseur correspond à l'histoire de l'homme depuis son apparition sur Terre. Sur cette pièce, une feuille de papier à cigarette : ce que nous appelons l'Histoire. Variation sur le même thème : si la Terre était née il y a un an, l'homme apparaîtrait à sa surface ce soir, quelques dizaines de secondes avant minuit. Paradoxe à faire hurler de colère n'importe quel homme sensé : ce sont ces secondes que nous vivons qui risquent de tout flanquer en l'air.

Dernière métaphore, histoire de passer des larmes de colère au rire – mais en conservant la colère. Il y a quelques années, une campagne écologiste anglo-saxonne montrait la coupe d'un arbre gigantesque. Sur certaines stries, une date et un fait marquant de l'histoire des hommes sur deux mille ans étaient marqués – naissance du Christ, première croisade, découverte de l'Amérique, fondation de New York, etc. Et sur la plus extérieure, cette simple formule : « Rencontre avec ce connard de bûcheron. »

*

J'aime cette pensée de René Dubos : « Nous ne devenons jamais que l'une des nombreuses personnes que nous aurions été capables de devenir. Nous ne développons que certaines potentialités de notre nature, celles compatibles, certes, avec les conditions d'environnement auxquelles nous sommes exposés, mais celles aussi qui dépendent des choix que nous faisons dans le cours de nos propres vies. » Les choix que nous faisons... Belle formule, à contre-courant du fatalisme, du pseudo-déterminisme dans lesquels nous nous sommes installés. Oui, une infinité de vies sont possibles, et il nous revient de choisir celle qui nous convient. Le choix, et le courage qui l'accompagne. Car choix et risque sont liés. Il faut prendre les chemins que nous décidons de prendre, pas ceux qu'on nous indique – à moins que nous ne les acceptions. Et puis s'autoriser le droit au changement, au cours de sa vie, au même titre que la société a instauré le droit à la formation.

De telles idées sont pourtant difficiles à admettre. Paradoxe majeur : adeptes convaincus de la mobilité et du changement, nous avons généré de terribles inerties. Simplement, nous confondons mobilité et vitesse de déplacement, changement d'apparence et changement de vie. « Vous vous changez, changez de Kelton », proposait fièrement une publicité déjà ancienne. Et tel est bien notre drame : nous ne changeons que l'écorce des choses – la montre et non notre rapport au temps. Alors que nous devrions sans cesse placer nos choix individuels et collectifs en perspective. Mais une remise en cause apparaîtrait comme une récession, un risque de perte irréversible et non une chance de développement ultérieur. Là encore, nous retrouvons l'attitude réactive face à l'attitude réflexive. Nous avons des atouts, et nous les jouons mal. Nous nous habituons trop facilement à l'inertie, au faux confort, aux vrais conformismes. Nous vieillissons sans même nous en apercevoir, puisque nous préférons les remords aux regrets.

*

La litanie des motifs de pessimisme est donc longue. Pourtant, il faut une solide dose d'optimisme pour oser dire aux gens : le monde pourrait être autre, à vous de le décider, vous êtes libres – mais faites vite. Car un jour nous buterons sur l'entrave de trop. Nous nous réveillerons résignés, ou pire, dépendants d'une situation face à laquelle nous n'aurons plus de choix.

Oui, il faut être optimiste pour croire qu'un tel langage est encore possible. Et que les autres l'entendront.

ESCALE NÉO-ZÉLANDAISE

La scène se déroule en 1999. Mon équipe et moi filmons au large d'une île du sud de la Nouvelle-Zélande, Kalkoa, réputée pour ses quantités innombrables de dauphins et de cachalots. Je me trouve en compagnie de Jean-Michel Bompar, anesthésiste et spécialiste des cétacés. Nous devisons au large sur nos deux kayaks, quand tout à coup quelque chose se met à moutonner sur la mer, devant nous, au loin.

Sur un front de plusieurs kilomètres de large, des centaines et des centaines de dauphins nagent dans notre direction.

Nous n'en croyons pas nos yeux. Sous nos pagaies, la mer devient blanche. Certains membres du troupeau poursuivent leur route, mais d'autres se joignent à nous. En quelques instants, nous voici devenus conducteurs du plus grand troupeau de dauphins du monde. Nous faisons demi-tour, ils font demi-tour. Ils frôlent nos kayaks, pour s'amuser sans doute, mais aussi pour nous accompagner. On dirait qu'ils pratiquent un jeu de séduction sexuelle, qu'ils veulent nous montrer comme ils sont beaux, forts, agiles... D'évidence ils cherchent un accord avec nous.

Scène si émouvante que, y repensant aujourd'hui, j'en ai encore la chair de poule. Quel signal nous adressaient ces dauphins ? Quel amour nous offraient-ils, et quel amour attendaient-ils de nous ? Sur un de mes carnets, je retrouve cette phrase de Tolstoï que m'évoque cette scène : « Est-il possible que le sentiment d'amertume, de vengeance, la passion pour la destruction de notre propre espèce, puissent survivre dans un homme confronté à de tels spectacles ? Tout ce qui est mauvais dans le cœur d'un homme devrait, me semble-t-il, disparaître tant cette beauté est l'expression même de Dieu. »

Méfions-nous cependant. Cette beauté qu'évoque Tolstoï ne doit pas être réduite à une vision anthropomorphique ou utilitaire. Comme avec les plantes, gardons-nous de distribuer les animaux en deux catégories, les bons et les mauvais. Certes, tout le monde aime les dauphins. Leur gentillesse, leur sourire anatomique, leur envie permanente de jeu, tout cela crée avec l'humain une complicité sympathique, mais qui ne doit pas nous faire écran. Ne réduisons pas le dauphin à un animal pour enfants et loisirs de plage, n'opposons pas sa gentillesse à la nocivité d'autres animaux aquatiques. Le requin apparaît trop souvent comme l'animal imprévisible et rusé, le héros inquiétant des Dents de la mer. *Cette aversion n'est qu'irrationnelle. Les requins ont la même légitimité, en tant qu'habitants de cette Terre, que les dauphins. Jamais je n'ai présenté ces animaux splendides avec les clichés habituels, ni tiré une gloriole ridicule de mes évolutions au milieu d'eux. Cet élégant sélacien, tellement abouti qu'il n'a pas évolué depuis des millions d'années, est une des « machines » les plus prodigieuses que nous offre la nature.*

*

Les eaux situées au large des côtes de la Nouvelle-Zélande renferment 38 des 77 espèces de mammifères marins réparties sur la planète. Ces animaux magnifiques, revenus de la terre dans les océans il y a des dizaines de milliers d'années, forment comme un prolongement éveillé de nos rêves. Leur beauté, leur innocence, leur caractère commun avec notre espèce de mammifère, cette ancienne histoire terrestre que nous partageons avec eux, tout les rapproche de nous.

Lors de ce même voyage nous avons pu approcher au plus près des baleines à bosse qui se reposaient à la surface de l'eau avant de plonger dans les profondeurs, et nous extasier face à la magie de la nature, de ces équilibres subtils qui régissent la vie de ces grands cétacés. Chaque année, les baleines à bosse accomplissent un voyage de 5 000 kilomètres qui les conduit de l'Antarctique aux îles Tonga et à leurs eaux chaudes, près de 30 degrés, où elles s'accouplent et mettent au monde leurs petits. Pendant tout leur séjour au large de la Nouvelle-Zélande, elles ne s'alimentent pas, la mer ne leur offrant pas la nourriture souhaitée. Mais elles allaitent leurs petits et les habituent à un milieu plus hospitalier que celui des eaux polaires. Lorsqu'elles redescendent vers les eaux froides, elles ont perdu plus du quart de leur poids.

Force de l'instinct, énergie formidable d'un amour maternel allant jusqu'à l'abnégation de soi, sens de la continuité de l'espèce ; telles sont les leçons que nous donnent ces animaux. Mais nous ne les entendons plus ; nous sommes devenus aveugles à ce qui nous entoure. Murés en nous-mêmes. Réduits à nos seules fonctions langagière et intellectuelle qui, pour nobles qu'elles soient, ne doivent pas occulter les autres. Phrase terrible de Michel Serres dans Le Contrat naturel *: « L'essentiel se passe en dedans et en paroles, jamais plus dehors avec les choses. »*

Il n'y a pas que l'agriculture qui soit devenue hors sol. La civilisation elle-même a coupé ses racines avec la Terre.

*

Si j'évoque certains moments-clés de mes expériences, c'est parce que cet itinéraire a nourri ma prise de conscience et ne cesse de la nourrir. Cette proximité quasi biologique que j'ai eue dans mon enfance avec la nature, et dont j'ai déjà parlé, n'a pas suffi à faire de moi un écologiste. Beaucoup de gens adorent la nature et n'ont pas du tout la fibre environnementale. Ça aide, ça met sur la bonne longueur d'onde, mais c'est tout. Le déclic s'effectue lorsque l'on prend conscience que nous ne sommes pas dissociés de la nature qui nous entoure, que nous en sommes partie prenante et dépendante. Sauf à n'avoir aucun sentiment pour le sort de l'humanité de demain, on réalise alors que la dégradation de la nature compromet ni plus ni moins le sort de l'humanité tout entière, et le besoin d'un engagement pour les combats à mener devient une évidence. Après seulement s'opère le partage entre ce qui est du domaine du doute, de l'intuition, et de la certitude. Le doute : où tout cela va-t-il nous mener ? L'humanité sera-t-elle capable de se transcender, existe-t-il des énergies en mouvement qui vont tout d'un coup converger et faire en sorte que la sagesse se matérialise ? Peut-être.

Mais il faudra que ces énergies soient très puissantes. Suffisamment pour contrebalancer l'erreur tragique dans laquelle notre société s'enferre depuis des siècles : avoir créé un schisme entre la nature et nous. Une erreur tragique doublée d'une absence d'éthique absolue, puisqu'elle s'accompagne d'un irrespect pour ce qui, dans l'ordre du vivant, n'appartient pas à l'humain. Théodore Monod faisait remonter ce schisme aux racines mêmes du judéo-christianisme, aux textes bibliques selon lesquels l'homme, créé par Dieu et à son image, est placé à la tête de l'univers ; quelque part entre la nature et Dieu, comme il est lui-même double, corps et esprit. Il ne restait plus à nos sociétés qu'à se conforter dans une illusion si bien entretenue. Nous sommes les rois du monde, à l'instar de Dieu, maître suprême de la Création.

Disposons donc de cette Terre qui nous appartient, affirmons sur elle notre toute-puissance, usons-la et abusons-en.

6

Des animaux et des hommes

De toutes mes forces, je cherche à vivre en symbiose avec le monde vivant qui m'entoure. J'ignore l'indifférence ou l'hostilité envers les autres espèces. Un animal qui erre sur les routes, je le remarque, il m'emplit de compassion ; je vis ses difficultés, ses errances, sa douleur. Car nous ne sommes plus à lutte égale, inscrits les uns et les autres dans une chaîne alimentaire. Notre orgueil peut être satisfait : nous avons remporté le combat au point de devenir prédateurs universels. Alors qu'une large part du monde animal nous est soumise, à un point tel qu'elle a perdu son instinct de survie ; nous menaçons de disparition des espèces restées sauvages ! Les grands animaux d'Afrique et d'Asie, par exemple : inutile de lire dans une boule de cristal pour savoir que la plupart sont condamnés à terme. Les scientifiques doivent mener un combat permanent pour maintenir la classification de l'annexe à la convention de Washington sur les espèces protégées. Ils épuisent leurs forces à résister aux pressions constantes, même s'ils savent que les solutions prônées ne sont pas les meilleures.

Les vastes réserves africaines, qui ont eu leur heure de gloire, s'avèrent souvent contre-productives. Le projet s'est en quelque sorte retourné contre lui-même. La raison en est simple : les grands animaux ont besoin de sortir de ces espaces clos pour permettre la dispersion génétique et éviter le surpâturage. La première raison est la seule réponse à une dégénérescence rapide, la seconde est liée à la trop grande densité de l'espèce. J'ai vu dans les réserves du Zimbabwe, à la frontière de la Namibie, des baobabs émiettés, rongés, détruits par des éléphants affamés. Le paradoxe est criant : alors que d'autres pays d'Afrique en manquent cruellement, on abat presque chaque année au Zimbabwe des milliers d'éléphants parce qu'ils sont en surnombre – un spectacle monstrueux, source de cauchemars à vie. Et le cercle vicieux s'installe. Pensant de bonne foi rectifier des abus antérieurs, l'homme en crée d'autres qu'à leur tour il ne parvient plus à contrôler. Aux îles Galapagos, il y a quelques décennies, un homme a eu l'idée d'installer trois chèvres. Résultat : aujourd'hui, des centaines de milliers de chèvres détruisent tout. Les autorités ont fini par trouver le moyen de mettre fin à ce désastre : elles ont envoyé des forces militaires pour anéantir les chèvres...

Les spécialistes sont tous d'accord : pour résoudre le problème, il faut certes maintenir des zones de réserve intégrale, mais également veiller à ce qu'au-delà de leurs limites ne s'instaure pas un no man's land réglementaire. Jean Dorst proposait déjà il y a près d'un demi-siècle l'instauration de zones de cohabitation entre les différentes espèces animales et les hommes, car c'est dans ces espaces intermédiaires que les équilibres se font. Le problème est le même pour la protection des forêts tropicales. Seule la création de corridors entre les bandes de déforestation permettra la régénération de la forêt. Faute de quoi, l'extinction des espèces végétales aussi bien qu'animales ne pourra que s'accélérer – soit par la disparition pure et simple, soit par la prolifération d'une espèce prédatrice. Car, là encore, le temps doit être pris en compte. À des périodes d'inertie pendant lesquelles l'équilibre naturel paraît maintenu succèdent souvent des désastres environnementaux dus à des phénomènes cumulatifs. L'homme s'aperçoit alors qu'il est trop tard pour agir.

Dans les espaces non protégés, la dévastation de la biosphère atteint des proportions incroyables en un laps de temps tout aussi incroyable. La situation à Bornéo, par exemple, est à cet égard éloquente. Il y a quelques décennies, les orangs-outans (dont le nom signifie en malais « hommes des bois ») franchissaient l'île de Kalimantan du nord au sud, soit une distance d'un millier de kilomètres, sans quitter la cime des arbres. Ils sont maintenant acculés dans de ridicules forêts en trompe l'œil, des morceaux résiduels plus proches du jardin d'acclimatation que de la vraie nature. Et quand ils en sortent, privés de tout repère naturel et perdus dans un monde hostile, ils se font écraser par les automobiles, électrocuter par les fils électriques, tuer par des éleveurs de palmiers à huile... À l'inverse, un bébé orang-outan né dans un zoo puis relâché dans la nature hurle de peur. Il sait qu'il n'a aucune chance de s'en sortir.

Mille orangs-outans disparaissent chaque année à Sumatra, plus de 80 % de leur habitat ayant été détruit. J'ai vu aux Philippines un grand singe errer dans une ville. Il avait été chassé de son milieu naturel par un incendie et se retrouvait au cœur de la circulation, harcelé par une horde moqueuse et ricanante. Le soir, dans ma chambre d'hôtel, j'ai vu les images de cette errance pitoyable passer en boucle à la télé. Un amusement comme un autre, sans doute, et qui ne laissait pas de place à des sentiments comme l'émotion ou la compassion. Mais comment ne pas penser que, si le sort de ces animaux qui sont nos proches cousins ne nous touche pas, il ne nous reste plus qu'à pleurer – autant sur notre insensibilité que sur leur sort ? J'ai eu la chance de pouvoir observer de près dans des salines de la forêt gabonaise ou congolaise des familles de gorilles. J'avais en face de moi les membres d'une tribu inconnue, avec leurs gestes, leurs facéties, leurs codes, leur organisation, et c'était merveilleux. Penser que de tels animaux sont arrivés dans la dernière ligne droite, c'est déprimant. Que des êtres vivants qui partagent 99,4 % de leurs génomes avec les proches cousins que nous sommes ne suscitent pas plus de compassion conduit à désespérer de l'être humain.

Étrange phénomène : la souffrance des animaux déclenche un sourire moqueur chez beaucoup de nos contemporains – dans certains zoos, des oursons ont la truffe brûlée par des cigarettes – tandis que le combat avec l'animal recueille de nombreux suffrages. Je pense à des phénomènes comme la corrida ou la pêche au gros. Il m'arrive de croiser à Roissy des chasseurs en partance pour l'Afrique, bourrés d'armes et déjà déguisés pour l'inévitable safari. Je sais que là-bas tout est prêt pour le tableau de chasse. Le regard que je leur envoie n'est pas empreint d'une grande sympathie. Un jour, en Arctique, je partageais un camp avec un type qui venait de débarquer en jet privé pour « se faire un ours ». Son attitude arrogante m'a mis hors de moi, et ça s'est assez vite mal passé entre nous.

*

J'aime le végétal à parité avec l'animal. Il n'est pas pour moi de concepts plus absurdes que ceux d'animal nuisible ou de mauvaise herbe. Tout être vivant possède son utilité et sa place. Et puis, notre vision se déroule dans une échelle de temps bien spécifique. Mais imaginons qu'une seconde devienne une année : le rythme de vie des animaux serait si rapide que nous ne les remarquerions même pas, alors que le végétal croîtrait sous nos yeux dans toute sa beauté. Mon ami Patrick Blanc, botaniste hors normes, un peu excentrique, que j'ai souvent emmené dans mes voyages, m'a fait sentir à quel point les hommes méprisent le monde végétal puisqu'ils n'hésitent pas à employer certaines formules telles que « grosse légume », « belle plante », « état végétatif », avec des connotations dépréciatives ou ridicules qui mettent Patrick hors de lui. Comme d'autres grands esprits tels que Théodore Monod, Francis Hallé ou Jean-Marie Pelt, il place le végétal à égalité avec le reste du vivant. Tous prononcent de merveilleux plaidoyers en faveur de la plante. Ils mettent l'accent sur les stratégies du végétal pour compenser sa fixité en développant des ingéniosités compensatoires et transformer ainsi un handicap initial en atout. Les plantes ne peuvent pas aller chercher leur nourriture ? Elles ont inventé la photosynthèse, transformant ainsi l'inerte en vivant. Le vent, les animaux les aident à se disperser et à se reproduire. Certains, comme Francis Hallé, n'hésitent pas à forcer le trait, affirmant qu'on pourrait plus facilement se passer d'animaux que de plantes... Chacun est libre d'adhérer ou non à ce militantisme végétal. Mais observons que les frontières entre le vivant et l'inerte, pas plus que la hiérarchie des règnes et, à l'intérieur de chacun d'eux, des espèces, ne résistent guère à l'analyse. Vouloir les séparer relève pour le moins d'une vision un peu courte, pour le pire d'un anthropomorphisme insupportable. Il se peut que le programme cartésien de rendre l'homme maître et possesseur de la nature ait jadis signifié quelque chose. Aujourd'hui, il ne fait que révéler un incommensurable orgueil.

Nous jugeons ou méprisons trop souvent par ignorance. Changeons nos échelles de temps et d'espace, et les réalités du vivant nous apparaîtront sous un tout autre visage. Sachons entendre la leçon d'humilité de Michel Serres dans son superbe livre, *Le Contrat naturel* : « Par dispersion de l'ordure matérielle et sensorielle, nous recouvrons ou effaçons la beauté du monde et réduisons la prolifération luxueuse de ses multiplicités à l'unité désertique et solaire de nos seules lois. »

Mais cette beauté conservera-t-elle encore longtemps sa place ? On peut en douter. Car, pour notre plus grand malheur, le monde industriel, lui, a bien intégré les changements d'échelle. Entre les dégâts qu'il opérait jadis et ceux de maintenant, il n'y a pas différence de degré, mais de nature. Ainsi, bien des choses que nous pensions immuables se sont-elles écroulées, et pas seulement dans l'ordre des civilisations humaines. Il existe des seuils au-delà desquels les forces de la nature ne peuvent plus se régénérer, que ce soit dans le domaine végétal ou animal. Et martelons-le encore et toujours : ces seuils sont atteints en ce qui concerne la protection de nombreuses espèces.

Ce n'est pas faute d'avoir été alertés. Depuis longtemps, les philosophes attirent l'attention des hommes sur ces phénomènes irréversibles. Ils n'ont pas été entendus. Ou bien l'on a cru qu'ils ne parlaient aux hommes que d'eux-mêmes, sans voir que leur vision était plus large. Lorsque Henri Bergson écrit que « l'avenir de l'humanité est incertain parce qu'il dépend d'elle », il ne pense sans doute pas aux seuls conflits qui déchirent la planète. Et quand Paul Valéry annonce en 1946 que « le temps du monde fini commence », je soupçonne que, au-delà des horreurs de la Seconde Guerre mondiale et des dérives scientifiques qui ont mené à Hiroshima, il interpelle l'homme dans son orgueil de domination. Non, tout n'est pas indéfiniment possible. L'espace n'est pas extensible, le temps lui-même nous est compté. Un jour, s'ils n'y prennent garde, les hommes n'auront même plus les cartes en main.

Il y a trois ans, j'ai rédigé un billet d'humeur pour la fondation, dans lequel je m'en prenais violemment à cette domination, à cette domestication même que l'homme exerce sur la nature.

> Haro sur le sauvage, ne conservons que les élevages en batterie, quelques officines secrètes pour tranquillement faire subir à ces boules de poils les expérimentations médicales, les zoos, les delphinariums, les arènes, les cirques. Gardons quelques pit-bulls pour nous divertir de leurs combats les jours de pluie, quelques faisans et sangliers pour que les fusils ne rouillent pas. Tolérons les poissons rouges à l'image d'un bon ami qui a mis le sien dans un minuscule vase sur la cheminée à telle enseigne que l'hiver, lors des flambées, l'eau frise l'ébullition. Mettons de côté quelques grenouilles pour les disséquer en cours de sciences de la Terre, conservons quelques singes pour les laboratoires ou pour faire le pitre sur les plateaux de télé, quelques taureaux pour flatter l'ego des artistes toreros et amuser les foules. Bienvenue à Dolly et les siens, vive les vaches folles et les cochons nourris au transgénique. Ils sont les pionniers de la nature version troisième millénaire !

Éradiquons ces cerfs et chevreuils qui saccagent nos récoltes, ces oiseaux qui pillent les semences et salissent nos villes, les cétacés qui volent une part du butin océanique aux pêcheurs. Sacrifions tout aux lobbies, aux corporatismes, aux intérêts des uns et des autres, aux passions désuètes, aux instincts primitifs et quand les animaux auront rassasié nos pulsions barbares nous retournerons à nos guerres fratricides. Buvons le vin jusqu'à la lie, dressons une liste exhaustive de toutes ces petites bêtes qui troublent nos convoitises et empiètent sur nos vanités. Inscrivons l'école de la chasse dès le primaire pour que nos chères têtes blondes puissent au plus tôt participer à la curée. Sonnons l'hallali, finissons-en avec ces animaux inutiles et gênants. Vive l'anthropocentrisme !

Je me battrai toujours contre les affections sélectives, parce qu'il faut aller jusqu'au bout de ses idées ; respecter l'araignée et pas seulement le papillon ; la guêpe et non la seule abeille ; les poulets que rien n'oblige à souffrir dans des hangars sordides ; les bêtes que l'on mène à l'abattoir dans des camions surchauffés ; les requins qui nous font – à tort – peur, et pas seulement les dauphins qui nous amusent. Le respect du vivant se nourrit aux mêmes racines que le respect de son prochain. Les valeurs morales ne se comparent pas, elles s'ajoutent. Ceux qui veulent contrer le respect des animaux au nom d'un excès de sensiblerie, d'un transfert d'affection, n'ont rien compris. Depuis des années, je conserve un court et magnifique texte de Romain Gary, une lettre à ce pachyderme pour lequel je partage la même passion que l'auteur des *Racines du ciel*.

Lettre à l'éléphant.

Il n'est pas douteux que votre disparition signifiera le commencement d'un monde entièrement fait pour l'homme. Mais laissez-moi vous dire ceci, mon vieil ami, dans un monde entièrement fait pour l'homme, il se pourrait bien qu'il n'y ait pas non plus place pour l'homme.

C'est ainsi, monsieur et cher éléphant, que nous nous trouvons, vous et moi, sur le même bateau, poussé vers l'oubli par le même vent puissant du rationalisme absolu. Dans une société vraiment matérialiste et réaliste, poètes, écrivains, artistes, rêveurs et éléphants ne sont plus que des gêneurs.

Un souvenir comparable me revient en mémoire. Je me trouvais en compagnie de Jacques Perrin et de Jean-Marie Pelt à une tribune européenne où nous devions tous trois recevoir une distinction. Alors que je prononçais un discours devant des jeunes à l'occasion d'une semaine sur l'environnement, Jean-Marie m'a tendu un mot, écrit par un certain Mac Millan, ornithologue américain du XIXe siècle : « Il faut sauver les condors. Pas tellement parce que nous avons besoin des condors, mais parce que nous avons besoin de développer les qualités humaines nécessaires pour les sauver. Car ce seront celles-là mêmes dont nous avons besoin pour nous sauver nous-mêmes. »

Mais par quel miracle voudrait-on que l'homme ait une conscience spontanée de cette chaîne naturelle qui n'offre jamais que la résistance de son maillon le plus faible ? Nous nous refusons même à voir la fragilité de notre propre destin, nous entretenons un rapport faux avec notre réalité individuelle. Notre tendance première, c'est de fuir ce qui fait notre destinée : nier la mort, faire semblant d'être éternels. Est-ce la raison pour laquelle nous nous sommes dotés d'outils de plus en plus complexes et avons construit tant d'artefacts ? Cyrulnik en fait le constat dans *Mémoires de singe et paroles d'homme* : « Notre représentation intellectuelle du monde peut nous gouverner jusqu'à nous rendre aveugles à tout ce qui n'est pas compris dans cette représentation. » Et plus loin, citant P. Watzlawick : « La réalité est une illusion que nous passons notre vie à étayer. » Aussi, dès qu'il se détourne de nous, notre regard se laisse prendre à ses propres pièges ; il parvient à changer l'objet de ce regard. L'univers qui nous entoure n'existe plus en lui-même, mais pour nous-mêmes, et nous nous retrouvons coincés entre deux antagonismes fantasmés : la mauvaise nature toute-puissante et la bonne nature, celle à laquelle croyait Rousseau, loin des artifices et des méchancetés des hommes.

Il me semble que cette position doublement naïve – la nature n'est ni bonne ni mauvaise, elle est, simplement – a contribué elle aussi à déprécier les idées environnementales. Beaucoup de gens pensaient, dans les années soixante-dix, que tout ce qui est naturel est bon. D'où la mise en place du grand mythe du « retour à la nature », l'époque heureuse des traitements par les plantes, médecines douces, régimes végétariens, etc. Non pas que ces idées fussent méprisables en soi. Elles étaient simplement coupées des réalités de la plupart de nos contemporains, condamnés au rituel du métro-boulot-dodo et incapables de partir élever des chèvres sur le Larzac ou de fonder une communauté hippie en Californie. Adaptant, comme le dit si bien Cyrulnik, la vision de la réalité à nos désirs.

Je découperais volontiers le cycle de la vie humaine en trois temps. D'abord aveugle au monde qui l'entoure et tourné vers soi, l'homme récupère peu à peu cette vision, mais le plus souvent pour ne considérer la nature qu'à travers le filtre de ses désirs. Seuls certains passent au troisième stade et deviennent lucides ; au sens strict, clairvoyants. Parfois ce passage ne s'effectue qu'à l'approche de notre agonie, lorsqu'il est trop tard pour changer de route. Faisons en sorte que ce ne soit pas le cas pour la nature et que notre clairvoyance anticipe sur sa disparition.

*

Tous ceux qui prennent la peine de réfléchir l'affirment : il n'y a pas l'homme d'un côté, la nature de l'autre, et entre les deux les animaux classifiés selon leur degré d'utilité ou de proximité avec l'homme. Nous devons respecter la vie sous toutes ses formes, sans condition. Boris Cyrulnik : « Plus nous grappillons quelques vérités, plus nous perdons le vert paradis de nos certitudes. Le jour où l'on comprendra qu'une pensée sans langage existe chez les animaux, nous mourrons de honte pour les avoir enfermés dans les zoos et les avoir humiliés par nos rigueurs. »

La chaîne alimentaire existe, bien sûr, comme les autres lois qui gouvernent le vivant. Mais pas au prix d'une souffrance inutile – toujours le fatalisme opposé à la fatalité. Luttons pour la réduire au minimum. Tuons des animaux parce qu'il y a une raison, mais faisons-le proprement, dignement, pour eux comme pour nous. Et gardons-nous bien d'en massacrer certains par gêne ou par plaisir tout en réduisant les autres à une servitude honteuse. Les animaux ne sont pas faits pour évoluer sur une piste de cirque, pas plus que pour bêtifier dans des shows devant un public hilare. Cessons d'entretenir une relation hystérique avec des animaux que nous maîtriserons, que nous contrôlerons, que nous encadrerons, alors que les bêtes sauvages nous font peur. Cessons de n'accepter la nature que quand elle ne nous occasionne aucune gêne. Car qui sommes-nous donc, pour considérer que seuls méritent notre respect les êtres vivants qui voient l'univers à notre échelle ? Encore une fois, écoutons Boris Cyrulnik : « Pour chaque être vivant, le monde est cohérent, porteur de sens, chargé de significations. Un monde de sangsue n'est pas un monde d'homme qui n'est pas non plus un monde de souris. » J'ajoute : le monde de la sangsue ou celui de la souris n'est en rien inférieur au nôtre – sauf aux yeux de certains que la politesse m'interdit d'appeler par leur vrai nom.

*

À la différence de tels individus, notre dette à l'égard des autres êtres vivants ne cesse de m'étonner. Au point que, allergique à de nombreux contemporains qui font de l'anthropomorphisme à tout bout de champ, je serais volontiers adepte d'un « animalocentrisme » !

Le grand mérite de l'éthologie est de nous ouvrir les yeux sur ce que les animaux nous ont légué. Sait-on ainsi que notre baiser trouve son origine chez la maman chimpanzé qui prémâche la nourriture pour ses petits ? Ou encore qu'enfermés dans un lieu clos, un ascenseur par exemple, nous nous répartissons comme les souris, nous éloignant les uns des autres afin de protéger notre territoire ? Restons un instant dans cet ascenseur où chacun s'observe sous cape. Rapprochons-nous d'un autre usager ; celui-ci, dont nous venons de pénétrer l'espace péricorporel, voit s'accroître d'un coup tous ses indices d'anxiété. Pourtant nous ne cherchons pas l'agression. Nous avons simplement pénétré sa sphère intime, une sorte de bulle spatiale d'un rayon de quarante centimètres environ, qui est celle de la proximité sexuelle, des actes violents et des manifestations de tendresse. En deçà de cette barrière invisible, l'intimité peut se déployer à son aise ; mais qu'elle soit franchie, et le stress gagne. Au-delà se trouve un autre cercle, compris entre quarante centimètres et un mètre vingt autour de la personne, qui constitue la zone interindividuelle de la communication sociale par le langage, le regard ou le geste. Encore au-delà commence la zone des espaces séparés. Un ouvrage vieux de presque quarante ans, *La Dimension cachée* de Edward Hall, analyse de façon passionnante ces phénomènes. Nous devrions les garder en tête chaque fois que nous menons une réflexion sur la ville, l'habitat, les transports en commun.

Car, de la même façon que les animaux possèdent tous leurs distances de fuite, les hommes ne peuvent pas se supporter dès lors que ces notions d'espace sont bafouées. Ainsi, les tours de bureaux ou d'habitation signent un incontestable triomphe technique dont les architectes, ingénieurs et bâtisseurs peuvent à juste titre s'enorgueillir. Et sans doute le confort matériel qui y règne est-il en tout point parfait. Mais, de grâce, installez-les dans un musée à la gloire des prodiges technologiques ! N'y faites surtout pas vivre des hommes ! Nous en connaissons trop les méfaits psychologiques et sociaux. Nous savons trop que ces tours favorisent le regroupement des hommes selon les schémas les plus archaïqucs – les bureaux des dirigeants s'y trouvent toujours en haut, près des dieux, donnant ainsi une justification complémentaire à la formule « cadres supérieurs » ; qu'elles morcellent l'espace de façon insupportable pour les habitants ; qu'en opérant une rupture complète avec le monde extérieur, elles confortent un sens absurde de l'excellence humaine. Car, vu d'une tour, comme le reste du monde semble bas et vil !

Mais vues du dehors, toutes les tours pourraient s'appeler Babel. On connaît la suite.

7

Lectures

Lorsque je prends l'avion, mes bagages affichent souvent un excédent de poids. Il n'est jamais dû aux vêtements que j'emporte. Seulement aux livres. Vivre, voyager sans eux relèvent pour moi de l'impossible. J'installe ma bibliothèque aussi bien dans une chambre d'hôtel où je ne reste que deux nuits que sous une tente où, chaque soir, je lirai à la lueur de ma lampe frontale.

Ces livres que je traîne partout, leur couverture est cassée, leurs pages cornées. En plus je souligne, j'annote. D'où une archéologie très personnelle. Rouvrant un livre, je retrouve grâce à la couleur des encres les strates de mes lectures successives. Et j'en remets une couche. Tel ou tel passage de Hugo, je pourrais lc relire cent fois, je le soulignerais, le surlignerais, le cocherais, l'annoterais cent fois aussi. À la énième lecture, parfois à la première, telle phrase me semblera si bien synthétiser une pensée forte que je la recopierai sur un carnet, ou au hasard de mon agenda. Les livres que j'aime m'accompagnent partout en voyage ; les phrases que j'aime ponctuent ce texte.

À votre tour, je l'espère, d'en goûter la saveur. Elles sont mes traces à moi, mes repères. Sans elles, j'avance dans le noir. Je tâtonne, alors que d'autres ont si bien su trouver les raccourcis. Chacun ses sherpas pour aider à l'escalade des sommets. Les hommes d'État ont leurs conseillers. Pour moi, ce sont ces phrases qui m'accompagnent et concentrent en elles une sagesse éternelle, comme ces gouttes d'eau enfermées au cœur du minéral depuis des millions d'années.

*

Certains livres sont de chaque voyage, ou presque. Ceux de Boris Cyrulnik, toujours présents. Et puis les livres de Théodore Monod, d'Hubert Reeves, de Pierre Rabhi, personnage étonnant découvert il y a peu, d'Edward Wilson, de Francis Hallé, certains ouvrages des membres du comité de veille écologiste de la fondation. Bien sûr, j'emporte aussi tous mes documents de travail. Pour ma dernière émission, j'ai annoté pas moins de huit ouvrages sur l'évolution, de Darwin à Mendel. À une époque, j'ai beaucoup lu sur le mimétisme, cette étonnante capacité au camouflage – d'où mon goût pour les milieux divers où j'essaie de me couler en restant moi-même, penseront certains.

Mais je ne me sépare presque jamais de mes livres fétiches, ceux que je peux ouvrir à n'importe quelle page et à n'importe quel moment de ma vie avec la même joie. Parmi eux, *Les Fleurs du mal* de Baudelaire, le poète qui, selon moi, a le mieux exprimé la fascination de l'homme face au mystère de la nature. Ainsi, dans le poème *Correspondances* :

> La Nature est un temple où de vivants piliers
> Laissent parfois sortir de confuses paroles
> L'homme y passe à travers des forêts de symboles
> Qui l'observent avec des regards familiers.

Ou encore évoquant, dans *Élévation*, cet homme « Qui plane sur la vie et comprend sans effort / Le langage des fleurs et des choses muettes ».

J'ai lu et relu Hugo pendant des années. Peu le poète, le romancier, l'auteur théâtral, pour lesquels j'avoue n'avoir guère d'attirance. L'artiste me fascine moins que le témoin de son époque, le personnage public qui traverse son siècle, fréquente tous les milieux, s'approche un temps du pouvoir, s'expatrie pour fuir la dictature de Napoléon III avant d'achever sa vie en véritable père de la nation. À mes yeux, il représente pour le XIXe siècle le pendant d'une personnalité telle que Mandela au XXe. Je retrouve chez ces deux êtres d'exception la même intransigeance, couplée à une semblable bonté. L'un a connu l'exil, l'autre la prison. Tous deux ont senti leur époque et incarnent un humanisme qui me plaît.

Hugo était porteur d'une vraie générosité, et son moralisme est d'autant plus crédible qu'il ne prône pas l'ascétisme. Je ne peux oublier ses magnifiques plaidoyers contre la peine de mort, les combats menés pour la défense des pauvres et des opprimés, l'école, l'Europe. Ses interventions au Sénat attestent que les joutes oratoires brillaient alors d'un autre éclat que celles d'aujourd'hui. Et puis j'aime sa vision des rapports entre l'homme et la nature. Ainsi, il participe en 1837, aux côtés de George Sand et de peintres de Barbizon, à la première manifestation écologiste de l'histoire en faveur de la forêt de Fontainebleau, pour laquelle ces militants verts avant la lettre veulent faire prendre des mesures de protection. Cette lutte aboutira en 1853 à la création d'une réserve de plus de 600 hectares. La forêt était sauvée.

J'aime le ton hugolien. Cet homme savait être aussi acerbe envers ses ennemis qu'indulgent avec les faibles et les opprimés. À sa lecture, j'ai acquis un sens profond de la révolte lorsque la cause qu'elle défend est légitime. Hugo possédait cette sorte de fureur sacrée ; et aussi une formidable capacité de discernement dont ses notes au jour le jour rassemblées sous le titre de *Choses vues* apportent sans cesse la preuve. Lui qu'on accuse parfois de faire du texte, d'allonger ses tirades, d'en rajouter des couches – c'est la raison pour laquelle son théâtre ou sa poésie ne me plaisent pas trop – possédait, dans sa prose quotidienne, le génie de la brièveté. Bien souvent, j'ai découvert au détour d'une de ses pages la confirmation de sentiments que je ne parvenais à exprimer que de manière imprécise ou confuse. Certains de ses aphorismes me reviennent en mémoire : « L'intuition est la vigie de la raison. » « La mélancolie, c'est le bonheur d'être triste. » Parfois, en quelques lignes, sa réflexion s'élargit, devient visionnaire : « Il faut libérer l'homme de son tyran. Quel tyran ? La pesanteur. Ouvrons la vieille cage des siècles. C'est la mise en liberté du genre humain. L'homme devient oiseau, mais quel oiseau ? L'oiseau qui pense, l'aigle plus l'âme. » Quelle noblesse dans de telles phrases ! Moi qui ai fait du delta, qui ai connu la jubilation de glisser entre les nuages et d'imiter maladroitement les oiseaux, comment dire l'émotion que ces mots créent en moi ? Sur l'amour et le respect des animaux, Hugo a écrit des textes visionnaires. Certaines pages, de lui et d'un autre grand sage du même siècle, Michelet, ont été redécouvertes lors de la crise de la vache folle. Beaucoup s'interrogeaient alors sur les conséquences de cette transformation d'animaux végétariens en cannibales et, face aux massacres de troupeaux entiers, ressentaient le même malaise que devant des cérémonies funèbres sorties du fond des âges. Là encore, les mises en garde de Hugo sont apparues prémonitoires.

La force de sa vision est d'être toujours orientée vers l'avenir. Rares sont ceux qui possèdent cette capacité de déchiffrer le futur à travers le présent, tout en prévenant contre tout excès de croyance dans les vertus de ce même futur : « Il y a certaines idées puissantes qui vomissent le bruit, la flamme et la fumée, et qui traînent, remorquent, conduisent et emportent tout un siècle. Malheur à qui ne sait pas bien mener ces effrayantes locomotives ! Savoir au juste la quantité d'avenir qu'on peut introduire dans le présent, c'est là tout le secret d'un grand gouvernement. Mettez toujours de l'avenir dans ce que vous faites ; seulement, mesurez la dose. » Car cet homme, qui se fait souvent le chantre de la laïcité, de l'égalité sociale, de l'accession de tous à la culture, n'est jamais dupe de l'optimisme scientiste. Au contraire. Il sent combien le progrès matériel, qui par bien des aspects le fascine ou l'intrigue, est déjà porteur de risques.

*

Comme tout le monde, j'ai mes périodes de lecture exclusive. Adolescent et jeune homme, j'ai dévoré Jules Verne, et pas forcément ses romans les plus connus. Plus tard, j'ai lu Maupassant pour ses atmosphères, et parce que sa vision à la fois précise et sombre me semblait cerner au plus près la vérité de la destinée humaine. Il y a eu aussi les coups de cœur brutaux. Après avoir découvert l'Arctique, j'ai acheté tous les récits d'aventures polaires qui me tombaient sous la main. Même chose pour l'Afrique et ses récits de grands explorateurs, ou encore pour les civilisations précolombiennes... Mais au total, j'ai d'immenses lacunes. Et puis, moi qui peux rester immobile pendant des heures devant un paysage, je bous d'impatience face à un livre. S'il ne m'emporte pas dès les dix premières pages, je l'abandonne. Raison pour laquelle la collection « Découvertes » des éditions Gallimard est à mes yeux une merveille. Capter l'attention du lecteur sur des sujets si différents grâce à la qualité des textes et à la richesse des images relève pour moi du véritable exploit. Un reste de mon âme enfantine, sans doute... Dans le domaine du livre, « Découvertes » constitue le pendant de ce que j'essaie de faire au cours de mes émissions : mêler plaisir visuel et réflexion, pédagogie et loisir. Beau et ambitieux programme. Rien de moins que le fameux « distraire en instruisant » des classiques.

Un jour, après des années de recherche chez les bouquinistes, j'ai mis la main sur l'*Histoire naturelle* de Buffon dans une belle édition ancienne. C'est une collection extraordinaire, en trente-six volumes. Ouvrir au hasard l'un d'entre eux me transporte. Chaque planche est sublime et les explications sont d'une rigueur et d'une richesse inouïes, surtout pour une époque où l'inventaire du vivant était loin d'être fait. Il m'est arrivé d'y trouver des informations précieuses. Si ma maison brûlait, je crois que je n'emporterais qu'une seule chose : mon *Histoire naturelle* de Buffon.

*

Ne pouvant me passer de livres en voyage, je décroche en revanche très vite de l'actualité dont, chez moi, je suis plutôt dépendant. Quelqu'un a écrit que la lecture des journaux était la prière quotidienne du philosophe ; j'atteste que ce pourrait être aussi celle des baroudeurs de retour à la maison. C'est une manière de reprendre pied dans sa propre réalité de vie, d'atterrir dans un quotidien plus familier. Mais ce rythme qui est le mien, un mois ici, un mois au bout du monde, n'est pas sans conséquences. Je passe ainsi à côté de certaines disparitions que je découvre des années après. C'est à des détails de ce genre qu'on prend conscience que tout s'accélère et que même la mort de personnalités de premier plan ne fait la une que pendant vingt-quatre heures. L'information d'aujourd'hui chasse celle d'hier, et partir ne serait-ce que quelques jours, c'est en réalité partir très longtemps. Là encore, le théâtre des apparences triomphe.

Quand le tournage devient physiquement dur, je décroche de mes livres afin de mieux me centrer sur mon travail. Ce ne sont pas des périodes très faciles à vivre. J'ai ainsi connu, du temps du premier *Ushuaïa*, des moments de doute sur la légitimité d'une vie qui ne m'appartenait plus. Accélérée à l'échelle planétaire, elle me donnait le tournis, me faisait courir plus que découvrir, effleurer plus qu'approfondir, et cela au détriment de choses auxquelles je tenais : la proximité des êtres que j'aimais, un goût pour le silence, le calme, la méditation. Mon amour de la mesure en toute chose s'en trouvait perturbé.

Mais je m'en suis bien sorti. Très bien sorti, même, si l'on considère que le style de vie qui fut le mien pendant dix ans a tué beaucoup plus de gens qu'il n'en a sauvé. Ma chance a été de savoir très tôt mettre des garde-fous. Je me suis éloigné de Paris et des milieux de la radio, de la télévision, du journalisme, pour me retrouver. Très tôt, j'ai su que la vérité de chaque être émane de lui-même, et pas des autres, et que travailler dans un système, ce n'est pas l'épouser. D'où ce goût farouche pour l'indépendance et une forme de non-conformisme qui n'a pas besoin d'être provocateur pour être efficace.

Un jour, lors d'une conférence dans une école de commerce à Angers, j'ai lancé aux étudiants qui m'écoutaient sagement : « Vous êtes tous pareils, vous portez les mêmes vêtements, vous posez les mêmes questions, sans doute lisez-vous les mêmes livres et allez-vous voir les mêmes films ; ce serait bien que parmi vous, il y en ait quelques-uns de différents... » Surprise de l'auditoire ; réprobation ici ou là. Leur côté lisse m'avait dérangé. Les êtres authentiques nous surprennent toujours, sans doute parce qu'ils nous apparaissent décalés par rapport à l'image que nous nous sommes faite d'eux.

J'aime désorienter, brouiller les pistes. Pas forcément par des idées saugrenues ou un comportement atypique. Mes clés sont plus simples que la plupart des gens ne l'imaginent et plus complexes qu'ils ne le soupçonnent. Par exemple, homme de l'image, je suis fasciné par l'écrit. C'est très bien ainsi. Je ne suis pas classable. Lorsque l'on me pose la question : « Comment vous définissez-vous ? », je réponds que je ne me définis pas, car définir, c'est réduire. En même temps je refuse d'être marginal pour le plaisir de m'opposer à tout par principe. Je veux simplement être fertile, et pas stérile. Je crois à la différence comme véritable début de l'existence. D'où mon amour des livres : en nous dépaysant du quotidien, ils nous en facilitent la vision, non pas différente, mais meilleure. Jean Dorst cite quelque part une phrase de Nietzsche : « Ce qui importe, ce n'est pas réellement ce qui est vrai, c'est ce qui aide à vivre. » Je l'applique aux textes qui m'accompagnent. Peu m'importe qu'ils soient d'hier ou d'aujourd'hui, portés par la notoriété ou inconnus, qu'ils expriment des vérités éternelles ou me touchent par une notation d'apparence anodine ; je n'attends d'eux qu'une chose : qu'ils m'aident à vivre et me permettent de comprendre.

8

Rencontres

19 novembre 2002. Après plusieurs jours de remorquage erratique, d'abord vers le nord-ouest puis vers le sud, *Le Prestige* se brise en deux et sombre. Des milliers de tonnes de pétrole risquent de se répandre en mer et de polluer les côtes espagnoles et françaises. Le tintamarre médiatique est, à juste titre, considérable.

C'est une catastrophe, bien sûr. Mais sachons regarder les chiffres : les marées noires représentent moins de 3 % des pollutions par hydrocarbures, lesquelles viennent pour 75 % des terres, *via* les fleuves ! Autre remarque : si surprenant que cela puisse paraître, le pétrole n'est pas, et de beaucoup, le polluant le plus dangereux. Les bactéries qui peuplent les océans en raffolent et le boulottent à qui mieux mieux. Mais le pétrole, c'est sale, ça se voit, ça mobilise toutes les énergies – et ça fait vendre du papier. L'opinion publique est plus sensible au spectaculaire qu'aux maux insidieux. Les médias l'ont compris depuis longtemps, et savent faire jouer la corde sensible. Mais qui s'inquiète des quelque cent kilos de produits toxiques qui, chaque jour en France, sont déversés dans les mers *via* les fleuves ? Quel média nous en parle ?

Sur ces entrefaites, je reçois d'un ami écrivain, Hugo Verlomme, un mail étonnant. Il m'informe que des boues toxiques sont déversées sur une plage avec l'accord de la préfecture.

> Alors que la marée noire est à nos portes... 92 000 m^3 de boues toxiques vont être rejetés sur les plages de Capbreton pendant plusieurs mois. Ces boues insalubres contiennent des métaux lourds, pesticides, et, selon l'IFREMER, un taux anormal d'arsenic. Des alternatives existent, mises en œuvre par plusieurs communes du littoral atlantique pour ne plus rejeter ces boues dans la mer et il semble criminel d'aller souiller les plages de Capbreton-Hossegor-Seignosse pendant six mois et plus à l'heure où le pétrole du *Prestige* nous menace.
>
> Les promoteurs du projet ne manquent d'ailleurs pas d'humour : dans la brochure du SIVOM, la « Gestion environnementale » du rejet consiste ainsi en deux points : « Limiter sa remontée vers le nord » (entendez Capbreton, Hossegor, Seignosse) et « Favoriser sa dispersion vers le sud ou le large » (*sic* !). Merci pour la commune de Labenne (au sud) et l'écosystème du golfe de Capbreton (au large)... De son côté, la société Créocéan, responsable du projet, déclare sereinement que le rejet sera « porteur d'incidences notables sur l'environnement ».
>
> Ne nous faisons donc aucune illusion : ces boues vont gravement polluer nos plages et affecter la faune, pêcheurs et surfeurs, et ce pour une durée indéterminée. Les plages landaises représentent un patrimoine unique, déjà gravement menacé par l'érosion (certaines stations côtières des Landes risquent d'être sérieusement grignotées, voire rayées de la carte dans les quinze prochaines

années). C'est l'or bleu qui fait la richesse de ces villes côtières, c'est la mer qui attire la manne financière. Tout devrait être mis en œuvre pour la préserver localement et non l'utiliser comme le dernier dépotoir... Poissons et surfeurs, deux espèces sensibles, sont directement concernés. Plus proches de l'élément aquatique que d'autres, les surfeurs sont les signes avant-coureurs sur le sismographe de la pollution, et si leurs actions ne ressemblent pas à celles des routiers, elles n'en ont pas moins un formidable impact. Chaque geste compte. Le nôtre aussi. Aujourd'hui, ce sont les vagues qui ont besoin de nous. D'un côté, les municipalités se préparent bravement à la marée noire mais, de l'autre, certaines choisissent de continuer à polluer leurs plages pour se débarrasser de leurs résidus. N'y a-t-il pas là un paradoxe flagrant ? À l'heure où nos côtes sont menacées, est-il vraiment raisonnable d'ajouter une pollution à une autre ? Quel genre de cocktail Frankenstein risquons-nous de créer en mélangeant le fuel du *Prestige* aux boues toxiques du port ? Est-il possible de continuer ces rejets alors que la mer est déjà tellement atteinte ?

Nous sommes nombreux à penser que non.

Quelques jours plus tard, le ministère de l'Écologie et du Développement durable met en place une cellule d'urgence destinée à « suivre l'évolution et préparer les services de l'État à l'éventualité d'une pollution des côtes françaises ».

Sa ministre est-elle informée que ces mêmes « services de l'État » ont donné la consigne de rejeter des boues toxiques à la mer ?

*

Décidément, novembre 2002 n'est pas un mois très gai. Le 22, nous célébrons le deuxième anniversaire de la mort d'un sage parmi les sages, l'un de ceux qui auront le plus compté pour moi : Théodore Monod.

Je l'ai connu alors que sa notoriété commençait à dépasser le cercle étroit des savants. Comme il a eu la chance de vivre très âgé, tout le monde garde en mémoire l'image de ce vieil homme infatigable arpentant le désert à la recherche de trésors à peine visibles. On connaît moins ses colères, contre la tuerie organisée des animaux – « je ne mange pas de cadavre », lança-t-il un jour alors qu'on lui proposait de la viande –, contre les religions monothéistes selon lui responsables de l'orgueil humain, contre les saccages en tout genre dont la nature pâtit. Le plus surprenant est que cet homme était profondément religieux, mais d'une religion capable de transcender toute intolérance par un authentique amour de la Création. Mettant ses pas dans ceux de saint François d'Assise, il écrivait ainsi : « Nous devons apprendre à respecter la vie sous toutes ses formes : il ne faut détruire sans raison aucune de ces herbes, aucune de ces fleurs, aucun de ces animaux qui sont tous, eux aussi, des créatures de Dieu. »

Chez lui me plaisaient autant les enthousiasmes que les coups de gueule. Et puis, rester jeune jusqu'au bout, jeune de cœur et d'esprit autant que de corps, quel beau programme... Un personnage qui a le courage de lancer à la figure de ses détracteurs : « L'utopie est simplement ce qui n'a pas encore été essayé », ne peut être qu'un maître.

En août 1999, cet homme de quatre-vingt-dix-sept ans qui n'avait jamais séparé convictions et actes célébrait à sa manière le 54e anniversaire d'Hiroshima en effectuant aux côtés d'autres militants pacifistes, près de la base militaire de Taverny, une grève de la faim de trois jours pour demander l'abolition des armes atomiques. « Pour moi, l'ère chrétienne s'est achevée le 5 août 1945. Et le 6 août, nous sommes entrés dans une ère nouvelle, l'ère atomique ou l'ère nucléaire. »

Pour lui rendre hommage à l'occasion de cet anniversaire, j'ai donné ce texte à *Science et Nature* :

Théodore, j'aurais préféré que tu aies tort.

Les semaines qui ont précédé ce numéro ont été empreintes d'une grande tristesse et d'un grand sentiment d'écœurement.

Tristesse, d'abord. L'Écologie a perdu un maître en la personne de Théodore Monod, et l'humanisme l'un de ses plus dignes représentants. La sagesse et l'esprit sont orphelins. Cet homme attachant, en quête constante de nouvelles connaissances, visionnaire, pionnier de la cause environnementale, savait à quel point le respect de la nature passe par celui de l'homme, et réciproquement. Théodore Monod nous a quittés, mais comme toutes les étoiles, il continuera à briller longtemps après sa disparition pour nous guider et nourrir notre conscience. Je le soupçonne amicalement d'avoir « pris le large », à 98 ans, quelques jours avant la fin du XXe siècle, pour éviter de voir ses intuitions les plus pessimistes concernant le devenir de la planète se confirmer au XXIe siècle...

Écœurement ensuite. Au retour d'un voyage sur l'île de Bornéo, côté Malaisie, je dois avouer que la réalité dépasse quelquefois les pires prévisions : l'une des plus belles forêts tropicales humides de la Terre vient d'être quasiment anéantie en une quinzaine d'années seulement. 60 % du massif partagé entre la Malaisie et l'Indonésie ont été dévastés. C'est un saccage absolu, qui donne la nausée. Au nom de l'exploitation de quelques arbres précieux, on détruit toute la forêt alentour, y compris la couche d'humus qui permettrait au sol de se reconstituer. Et l'on substitue à ces essences tropicales rares, extraordinaire vivier de biodiversité, des plantations de palmeraies consacrées à la fabrication d'huile végétale, quand la forêt n'est pas tout simplement abandonnée aux incendies, le plus souvent « volontaires ». Ce saccage dénote un manque absolu de vision à moyen ou long terme, car au lieu de faire des coupes sélectives et de laisser à la nature quelques chances de régénération, pour faciliter d'autres exploitations ultérieures, par exemple, on dénature le massif à tout jamais. [...]

Des milliers d'espèces végétales et animales disparaissent irréversiblement chez lesquelles on aurait très certainement pu trouver des solutions à nos énigmes médicales entre autres.

D'où il ressort que l'homme est non seulement cupide, mais également stupide, car il scie la branche sur laquelle il est assis...

*

…rtaines rencontres ont compté plus que

d'autres. Je viens d'évoquer Théodore Monod. Il n'est pas le seul. Avoir connu des maîtres tels que Paul-Émile Victor ou aujourd'hui Hubert Reeves représente un bonheur rare. Mais j'ai aussi fréquenté par les textes deux précurseurs de l'écologie telle que nous la concevons aujourd'hui : René Dubos, formidable ouvreur de conscience, auteur de cette phrase trop souvent vidée de son sens ou attribuée à d'autres : « Il faut penser globalement et agir localement. » Et Jean Dorst, dont en son temps *Les oiseaux ne sont pas tombés du ciel* et *Avant que nature meure* ont contribué à m'ouvrir les yeux sur le sort de la planète. La fondation avait d'ailleurs envisagé de donner une suite à cet ouvrage prophétique avec un autre, qui se serait intitulé : *Pendant que nature meurt.* La disparition de Jean Dorst en a décidé autrement. Mon souvenir ne me restitue pas sans émotion l'image de cet homme affaibli, appuyé sur sa canne, participant avec Théodore Monod aux premiers travaux d'une fondation encore balbutiante. Je ne pourrai jamais exprimer à quel point la présence de ces sommités m'a impressionné et conforté dans mon travail. Cette manière silencieuse de nous transmettre le flambeau constituait un bel encouragement à ne pas abandonner le combat.

Cependant, serai-je taxé d'outrecuidance si je dis que de tels penseurs, au sens strict, ne m'ont rien appris ? Mes convictions, je me les suis faites tout seul, dans mes voyages et mes observations, et non à travers des livres. Mais lorsque ces gens-là, que j'admire sans réserve, et qui ont des parcours si différents du mien, tiennent les mêmes propos que moi, ils scellent mes convictions ; ils valident et étoffent mes combats. Une connaissance ne devient savoir qu'à travers le filtre de l'expérience. Ma vie est d'abord faite d'expériences, les connaissances sont venues après, à l'inverse de nombreuses personnes qui apprennent d'abord dans les livres pour vérifier ensuite. La fréquentation des textes a donc établi une connivence avec leurs auteurs, créé des liens, plus que constitué un apprentissage au sens classique.

Mais si les scientifiques ne m'ouvrent pas de porte, ils n'en guident pas moins ma démarche. Lors des séances du comité de veille de la fondation, je me sens en université permanente. Et j'avoue être fier de ce compagnonnage. Mes chemins de traverse croisent ceux des universitaires les plus brillants. Avec eux, je poursuis le même objectif : créer des synergies par le jeu des différences et des complémentarités.

D'ailleurs, comment imaginer une autre stratégie ? Ce n'est pas le diagnostic qui fait question : tout le monde pose le même. Bien sûr, dis-je parfois dans des rencontres, vous pouvez ne pas ouvrir le dossier. Mais si vous l'ouvrez, qui que vous soyez, vous arriverez aux mêmes conclusions ; même venus du monde de l'industrie, même enfoncés jusqu'au cou dans la société de consommation. Il y a quelques jours, le numéro deux de l'Oréal a débarqué chez moi pour me : « Tu sais, je crois que tu as raison dans tes ses, ne doute pas de ma fidélité, compte sur moi. » Pourquoi faire cet aveu s'il n'était pas sincère ? La firme l'Oréal n'a pas besoin de nous, c'est au contraire elle qui nous aide. Les gens d'EDF eux-mêmes, autre mécène de la fondation, ne peuvent plus ignorer cette notion de développement durable. La pression est trop forte. Alors ils s'y mettent. Avec eux, nous nous sommes associés au programme Access. Le projet est d'identifier un certain nombre de régions d'Afrique qui ne seront jamais entièrement électrifiées, et nous leur apportons des solutions, hydrauliques, éoliennes, solaires, avec le processus économique qui va avec et la revalorisation du patrimoine écologique. Méthode ? Nous regardons ce que leur coûte de se chauffer et de s'éclairer selon les méthodes traditionnelles, et nous l'assurons à prix égal, avec la maintenance. Ambition modeste, jugeront certains. N'empêche. Sur la longueur, on marque des points.

Car la fondation se veut un outil pédagogique. Elle diversifie ses manières d'agir afin de donner aux gens des choix de comportement et de les informer sur l'état de la planète. Elle possède un bus, un bateau, une école de la biodiversité, un site Internet, communique en direction du grand public et mène des actions précises. Par exemple, l'opération « SOS mer propre », outre une campagne d'information générale, nous a permis de réunir des pêcheurs, des responsables de ports de commerce et de plaisance, l'administration des affaires maritimes, la Fédération française de voile, et de monter ensemble plusieurs dispositifs.

Les professeurs de voile possèdent désormais une formation à l'environnement qu'ils dispensent à leur tour aux élèves. Une charte a été signée avec les pêcheurs de Sète : ceux-ci ne remettent plus les déchets solides à la mer, des équipements terrestres existent pour les récupérer. N'importe quel enseignant qui veut faire un cours sur un sujet environnemental quelconque trouve toutes les informations nécessaires sur notre site Internet. Ainsi, de petites actions en petites actions, un sillon se creuse dans les mentalités et les comportements.

Face à ceux qui nous apportent leur soutien financier, nos exigences sont précises : conserver notre indépendance et notre liberté de parole. Cet argent n'entraîne donc aucune réciprocité de notre part, sous forme de prestations de service par exemple. Pourquoi, alors, ne pas privilégier l'argent public ? Tout simplement parce que l'argent privé ne me dérange pas. Il me semble légitime de solliciter des entreprises qui ont fait payer à l'environnement un certain tribut. Et puis, j'essaie de mettre en pratique un principe auquel je crois : sans doute est-il parfois utile de mener des actions coups de poing comme le font d'autres groupements écologistes, mais il est bien aussi d'avancer. J'ai donc choisi de travailler avec les systèmes, sans considérer qu'ils sont détestables ni attendre leur disparition pour voir naître un monde parfait. Je préfère jeter des passerelles plutôt qu'ouvrir des fossés, partir à la recherche de ce qu'il y a de bon chez les hommes plutôt que pointer du doigt leurs faiblesses.

Utopiste dans les objectifs, réaliste dans les moyens ; toujours ma sacro-sainte valeur de l'équilibre. J'ai des convictions simples mais précises : si on laisse le système capitaliste dans un confort complet, pourquoi changerait-il ? Si on le condamne sans appel – avec quels arguments, quels contre-pouvoirs ? –, il nous écrasera et n'en sera que plus arrogant. Mais si on ne le prend pas de front, il s'adaptera. Car tout système a horreur du vide. Et tout capitaliste cherche à s'adapter à un monde qui change. Diaboliser les entreprises relève donc selon moi d'une démarche stérile. Pourtant, elle apparaît aux yeux de beaucoup comme une solution de facilité. Dans les premiers temps de la fondation, je me faisais parfois agresser pour le soutien que nous apportait Rhône-Poulenc. Je répondais à ces attaques par une question : « Quand vous avez mal à la tête, vous faites quoi ? » La réponse était immédiate : « Je prends un Doliprane. – C'est-à-dire un produit de Rhône-Poulenc Santé », faisais-je alors remarquer. Il faut accepter le prix des choses dont nous avons besoin. Cela aussi, l'écologie nous l'enseigne : rien ne nous tombe tout cuit dans le bec. Restons donc réalistes ; à l'égard des entreprises privées, ne tombons pas plus dans l'angélisme béat que dans une diabolisation stérile. J'ajoute que, en les impliquant dans une démarche environnementale, nous les obligeons à prendre leurs responsabilités, quitte à les mettre en porte-à-faux. Qu'elles fassent un pas de travers, et le retour de bâton risque d'être immédiat et douloureux, car, à l'instar de tout être vivant, l'entreprise est responsable de ses choix. Ainsi, sur le long terme, j'ai la conviction que des brèches peuvent s'ouvrir dans les mentalités et des changements s'opérer dans les conduites.

*

26 novembre 2002. Paris. Hôtel Bristol. Nous sommes installés dans une véranda qui donne sur un jardin fleuri sur lequel le printemps ne semble pas avoir de prise. Magie étrange de ces endroits luxueux où la vie réelle paraît absente, presque virtuelle. Mais mon attention est ailleurs, tout entière tournée vers mon prestigieux interlocuteur avec lequel, grâce à l'hebdomadaire *Paris-Match*, je vais pouvoir dialoguer.

Mikhaïl Gorbatchev. Une vraie rencontre. « Ce qui m'impressionne chez vous, lui ai-je dit, c'est que vous faites partie de ceux qui ont forcé la main dans le bon sens de l'Histoire, comme Mandela. » Il a souri. Pendant notre entretien, alors que ma comparaison lui revenait peut-être en mémoire, il a dit : « Moi non plus, je n'ai pas eu une vie facile, mais une vie facile n'engendre pas beaucoup de pensées et d'idées, c'est pourquoi il faut souhaiter aux jeunes une vie dense, bien remplie. »

L'itinéraire de cet homme est impressionnant. D'abord, il appartient au club très fermé des hommes d'État qui ont agi pour l'environnement lorsqu'ils occupaient le pouvoir. La glasnost, cela signifiait aussi la transparence en matière d'écologie. Ainsi a-t-il fermé 1 300 usines polluantes et édicté des normes très strictes dont le régime soviétique n'avait cure auparavant. Lorsque je lui fais remarquer que l'état actuel de la planète résulte aussi bien du système communiste que du système capitaliste, il ne se récrie pas mais renvoie les deux modèles dos à dos : planification ou profit, cela revient à produire plus, déclare-t-il dans un égal rejet du matérialisme et de la consommation sans limites. La solution ? Poser les bonnes questions et chercher les réponses adaptées. « Quand les citoyens pensent, le parlement et le gouvernement commencent à penser », fait remarquer M. Gorbatchev avec son éternel sourire. Malheureusement, les citoyens ne pensent sans doute pas encore assez. Les sommes colossales libérées par la fin de la guerre froide et de la course aux armements n'ont en rien fait reculer la pauvreté dans le monde ou amélioré le sort des hommes.

En 1992, il crée La Croix verte, association pour la sauvegarde de l'environnement, et en particulier les ressources en eau. Le titre même de l'ouvrage de Mikhaïl Gorbatchev donne la mesure de son ambition : *Mon manifeste pour la Terre*. Comment ne pas adhérer à sa pensée lorsqu'il confie : « Je me remémore souvent les paroles prophétiques du président John Kennedy : "Aujourd'hui, nous sommes parvenus à une nouvelle frontière, frontière au-delà de laquelle s'ouvrent des possibilités et des dangers inconnus, des menaces et des espérances non encore réalisées." »

Pour que ses intuitions se cristallisent en lucidité et qu'il devienne l'homme qu'il est aujourd'hui, c'est-à-dire l'un des plus brillants ambassadeurs de la cause de l'environnement, sans doute aura-t-il fallu à Mikhaïl Gorbatchev faire ce pas de côté, sortir du sentier battu du pouvoir. Lui qui a vécu à un rythme d'autant plus frénétique que le régime courait à sa perte, raisonne maintenant sur le très long terme. Au Moyen Âge, rappelle-t-il, les gens pouvaient travailler à des cathédrales durant plusieurs siècles. Qui, aujourd'hui, aurait ce courage ? Nous convenons tous les deux que les plus belles cathédrales de demain seront abstraites et morales, parce qu'elles seront indestructibles. Il me rappelle le proverbe amérindien qu'il cite dans son livre : « Nous n'héritons pas de la Terre de nos parents, nous l'empruntons à nos enfants. » Je lui indique que cette phrase, au même titre que la formule de René Dubos que je citais plus haut, est devenue quasi générique. On l'attribue à tant de personnes différentes qu'elle ne peut pas ne pas contenir une vérité éternelle.

La première pierre d'une future cathédrale ?

ESCALE PROVENÇALE

Lu dans le journal La Provence *un article qui me réjouit.*

Berger heureux même avec le loup

Notre page spéciale consacrée au loup continue de provoquer des réactions. Jean Vanièves, berger à La Javie, habitué des estives du Queyras et amoureux de la nature, témoigne :

« Je suis un berger mais respectueux du monde nature.

« Loups, chiens et moutons doivent avoir leur place dans les grands espaces. Je connais bien le Queyras pour y avoir couru les crêtes et les alpages.

« Trois années passées à l'alpage de Furfande avec un beau troupeau de vaches et veaux m'ont fait côtoyer des gens merveilleux. Il y a beaucoup de vrais chasseurs mais je n'oublie pas les braconniers. De tristes sires que j'ai combattus par le verbe et avec l'aide de la justice. Les mouflons "dérouillaient" beaucoup et cela ne faisait de peine à personne.

« Pour parfaire le tout, quand l'hiver était là et la neige épaisse, le troupeau de mouflons du Béal venait au-dessus d'Arvieux pour hiverner ; là les chasseurs leur donnaient du fourrage. Ils étaient alors attaqués par les chiens du pays et cela ne dérangeait personne.

« J'ai estivé à Ceillac au Bois Noir. J'ai toujours gardé, bâton planté, mon troupeau communal. Le soir venu, je parquais les bêtes devant la cabane. Quand le troupeau bougeait je me levais souvent. C'est notre travail de garder, soigner, protéger les bêtes contre tout prédateur à deux et quatre pattes ; à deux ou quatre roues car il arrive aussi que des gens peu scrupuleux volent des animaux.

« Alors arrêtons de jouer les pauvres gens.

« Les éleveurs sont aidés avec des primes en tout genre. [...] Et je n'oublie pas les chiens de protection. Certains organismes les placent sur les estives et leur nourriture est offerte.

« Les chiens patous ne sont pas des mangeurs de touristes. Ils protègent le troupeau contre tout prédateur. Il y a en alpage de nombreux chiens en vadrouille sans attache aucune, chiens de Monsieur Tout-le-monde, de touristes, chasseurs, bergers, éleveurs. On peut être touriste et respectueux du milieu naturel et surtout des troupeaux qui pâturent sur l'alpage.

« Il faut attacher son chien et passer au loin et non pas au milieu du troupeau !

« [...] En alpage le berger est seul face à pas mal de problèmes. Le temps pluvieux, les orages, la neige, le brouillard, les randonneurs à moto, en 4 × 4, à VTT, les promeneurs avec leurs chiens en liberté. Alors, le loup pour moi ce n'est pas un ennemi, car il est très intelligent. Les hommes ont fait des croisements il y a fort longtemps et du loup qu'il était un jour nous avons eu nos chiens que nous adorons tous. Car moi, je les aime, mes chiens, comme tous les bergers que je connais.

« Mes grands-parents étaient éleveurs et mon oncle était agriculteur. C'étaient des gens fiers de leur travail, des primes ils n'en ont jamais reçu. Je ne les ai jamais entendus se plaindre malgré la dureté de leur vie. Et si

l'on parlait un peu de nous, les bergers ? Notre métier est une passion, mais il n'est pas simple.

« Il y a des éleveurs qui nous respectent. Il y en a d'autres qui nous pressent comme des citrons. Pas de contrat de travail, le SMIC, une déclaration "travailleur occasionnel", 100 jours et pas un de plus, car là les charges sont alors de moitié. Vous voyez, on est berger, moutonnier, vacher, on aime cette vie malgré tout. Fiers nous le sommes et même avec le loup, nous sommes heureux. »

Sans commentaire. Chacun sait que les chiens abandonnés et les chiens de chasseurs occasionnent dans les troupeaux des dégâts bien plus nombreux que ceux de ces quelques loups dont les médias nous rebattent les oreilles depuis des années.

Plutôt que de pousser des cris d'orfraie à propos de ces pauvres bêtes, les âmes sensibles feraient bien de se pencher sur ces formes de cruauté que tout un chacun accepte parce qu'elles revêtent les oripeaux de la pire tradition : la corrida, le cirque, le zoo. Non content d'empiéter sans cesse sur les territoires des animaux, nous jouons avec eux. Ou bien nous les traitons, ainsi que l'exprime si bien le sens commun qui ne croit pas si bien dire, « comme du bétail ». Un camion de bovins ou d'ovins entassés trace sa route en plein été. Quand le camion arrive à destination, on ouvre la porte : deux ou trois bêtes sont mortes, étouffées, piétinées. Pensant à de tels scandales, j'ai honte de ma condition humaine. Et je n'ai pas honte de cette honte. Car si nous n'avons plus cette capacité d'indignation, d'émotion, je me demande ce qui nous distingue du reste des êtres vivants. Quel est donc l'indicateur de notre degré de civilisation, à nous autres êtres humains : notre capacité à nous scandaliser du maigre tribut payé par quelques rares troupeaux à la chaîne alimentaire naturelle, ou notre volonté de détourner le regard des élevages en batterie, des transports de bêtes, des expérimentations épouvantables exercées sur des animaux sans défense, des holocaustes de troupeaux entiers ?

Les espèces qui disparaissent sont si nombreuses que certaines n'ont pas encore été inventoriées. Proche de nous, le bouquetin des Pyrénées a été rayé de la carte du vivant en 2000. En Afrique, en Indonésie, je l'ai déjà dit, tous les grands animaux sont menacés par l'expansion démographique et la réduction de leurs territoires. Le moratoire des baleines a bien fonctionné pendant des années, mais la chasse va reprendre – sous certaines conditions, car il faut bien se rassurer. Mais qu'une espèce revienne naturellement, tel le loup des Pyrénées, et la nouvelle provoque une levée de boucliers, suscitant des énergies militantes que je préférerais voir consacrées à d'autres causes.

Pour toutes ces raisons, une loi sur la condition animale me paraît nécessaire, parce qu'on ne peut pas s'accommoder du sort qui lui est actuellement réservé. La suppression de toute souffrance inutile devrait être posée comme règle intangible. Au même ordre du jour : interdire les trafics d'ani-

maux, exotiques ou non, dont certains prennent un caractère monstrueux et sont régulièrement dénoncés par les médias. Gandhi : « La façon dont une nation s'occupe des animaux reflète fidèlement sa grandeur et sa hauteur morale. »

Car l'homme est un être étrange. Il n'hésite pas à investir des sommes colossales pour mettre au point des techniques de clonage, il vibre d'émotion à l'idée que peut-être une forme très embryonnaire de vie a existé il y a plusieurs millions d'années sur Mars, et soyez assurés qu'un original qui se mettrait en tête de refaire un mammouth grâce à je ne sais quel prodige scientifique serait universellement applaudi. Mais ce même homme n'a pas un regard pour ce qui meurt près de lui. Les lions d'Afrique souffrent d'une forme mal connue de sida, ils ont la maladie de Carré, la tuberculose, etc. Mon Dieu ! Mais ce que vous nous dites là est terrible, Nicolas Hulot ! Pourvu que les fauves qui font les beaux au cirque ne contaminent pas nos enfants !

9

La terre nourricière

12 décembre 2002. Au sommet européen de Copenhague, le commissaire Franz Fischler propose une mesure sévère : la réduction drastique des quotas de pêche autorisés ; 80 % de baisse pour le cabillaud, 70 % pour le merlan, et de 30 à 40 % pour les autres espèces. La proposition soulève un tollé général et immédiat en France, en Irlande, en Espagne, en Italie, au Portugal et en Grèce.

Mais malgré des projections scientifiques longtemps optimistes, tout nous prouve aujourd'hui la diminution ultra-rapide des stocks de cabillaud. Au milieu des années quatre-vingt-dix, déjà, la Food and Agriculture Organisation qui dépend de l'ONU tirait la sonnette d'alarme : 44 % des stocks de poissons de la planète étaient arrivés à leur limite de rendement. Aujourd'hui, une espèce-clé comme la morue de la mer du Nord a vu sa biomasse divisée par trois en une vingtaine d'années. Et le phénomène ne concerne pas les seules eaux tempérées. Dans le lac Tanganyika, m'apprend le magazine *Nature,* sous l'effet de l'élévation de température, la productivité biologique a baissé de 20 % et la capture de poissons a chuté de 30 %.

Nos préjugés optimistes ont longtemps accordé à l'océan un pouvoir de régénération absolue. Mais la réalité est tout autre. La partie vraiment productive des océans, les plateaux continentaux, est assez réduite, et c'est là qu'on pêche. Plus au large des côtes, les espaces sont immenses mais les ressources infimes. D'où la baisse accélérée des réserves, amplifiée par des techniques de pêche peu respectueuses de l'environnement. En outre, des aberrations apparaissent, qui sont autant de signes avant-coureurs d'une catastrophe annoncée. Depuis quelques années, on trouve parfois dans les ballasts des bateaux des espèces venues d'ailleurs. Explication : sous l'effet du changement climatique ou de légères modifications dans les courants marins, ces espèces ont quitté leurs zones d'habitat naturel pour venir déséquilibrer les écosystèmes locaux. Exemple type de la fameuse théorie des dominos chère aussi bien, une fois n'est pas coutume, aux grands stratèges qu'aux écologistes : un déséquilibre ici en entraîne d'autres ailleurs, parfois sans commune mesure avec le premier.

Les réalités sont d'autant plus dures à admettre que les blocages relèvent de la psychologie collective. Dans nos pays, pêcheurs et agriculteurs bénéficient depuis toujours d'égards particuliers ; Michelet parlait à juste titre de « gens à la vie hasardeuse, de grands périls et de peu de gains ». Mais cette considération sociale, respectable puisqu'elle s'adresse à des groupes sociaux qui nourrissent les autres au prix d'efforts et de difficultés sans nom, a peu à peu débouché sur un statut. On ne touche pas à ces gens-là. Aussi médias et hommes politiques abordent-ils les problèmes halieutiques et agricoles avec une prudence extrême. S'en prendre aux professions de la terre et de la mer, c'est ébranler les colonnes du temple.

Et pourtant, les barrières sont bel et bien face à nous. Les chiffres le prouvent. Elles sont dues à l'épuisement rapide des ressources autant qu'aux formidables gâchis générés par les techniques de pêche et aux demandes de la grande distribution. Sans oublier, là comme ailleurs, les dégâts dus à la pollution. Sur chacune de ces causes, les exemples abondent, tous plus éloquents les uns que les autres. Je n'en retiendrai que quelques-uns. Pollution : selon l'IFEN, les fleuves de France charrient chaque année quelque dix tonnes de pesticides qui se déversent dans les mers et déséquilibrent les écosystèmes en faisant, par exemple, proliférer des algues qui tuent tout le reste. Gâchis : dans le golfe de Gascogne, zone de pêche intensive où certains bateaux utilisent des filets dont on envisage de limiter la longueur à... soixante-quinze kilomètres ! on rejette plus de poissons qu'on n'en débarque. Dérives de la consommation : le saumon, naguère encore nourriture de luxe parce que d'origine sauvage, trône désormais en maître sur les gondoles des supermarchés à des prix parfois inférieurs à celui du jambon. Mais sait-on comment on obtient ce produit qui n'a plus de saumon que le nom ? En le gavant, dans les bassins d'élevage, de farines de poissons.

Petit problème en forme d'épreuve du certificat d'études primaires : sachant qu'il faut cinq kilos de poissons pour obtenir un kilo de farines, et qu'il faut cinq kilos de farines pour engraisser un saumon moyen, quelle quantité de poissons faut-il pêcher pour nourrir un saumon moyen ? Réponse : vingt-cinq kilos.

– Vous êtes de mauvaise foi, m'objectera le producteur optimiste ; ces poissons pêchés ne sont pas entièrement convertis en granulés pour nourrir les saumons. Le reste est recyclé, vous devriez être content.

– C'est vrai. Rien ne se perd ; les déchets restants sont utilisés pour nourrir les porcs et les volailles en batterie.

– Et puis l'élevage des saumons est surveillé de très près. Pensez donc que, pour lutter contre les maladies de carence, on leur donne des antibiotiques.

– Je ne vous le fais pas dire. Ces antibiotiques passent dans notre organisme et affaiblissent nos défenses naturelles en cas de maladie. Laissez-moi vous citer un vers de Baudelaire : « La mer est ton miroir et tu contemples ton âme dans le déroulement infini de sa lame. »

– Que vient faire la poésie au milieu d'un échange sur l'élevage des poissons ?

– Nous rappeler l'essentiel. Car l'image du poète est à double lecture. La mer est à la fois notre matrice, le milieu dont la vie tout entière est sortie. Mais elle est aussi le reflet de notre avenir. Et saboter la mer, c'est nous saboter nous-mêmes.

– Vous savez, moi, les images poétiques...

– Restez avec vos certitudes qui mentent, et moi avec mes poètes qui dénoncent. Peut-être avez-vous raison. L'époque est formidable. À moins qu'elle ne soit parvenue à un tel niveau d'absurdité que nous n'en avons même plus conscience.

Car certaines évidences sont tellement aveuglantes que nous avons du mal à les admettre ; ce qui crève les yeux, les mots le disent, nous n'avons plus les moyens de le voir. Pourtant l'alternative est simple : à défaut de réduire les quantités pêchées pour un certain nombre d'espèces, et donc de planifier l'effort à faire et de l'assortir de mesures sociales d'accompagnement, les réalités environnementales nous y contraindront. Comment hésiter, sauf à se mentir à soi-même ? Paradoxe : c'est au moment où les limites à la toute-puissance humaine deviennent manifestes que l'exercice d'une volonté dont nous tirons gloire depuis des siècles nous semble difficile – en d'autres termes : c'est au moment où nous aurions le plus besoin de nos compétences et de notre imagination que nous hésitons à nous en servir.

Limites de la toute-puissance humaine : le stock halieutique fléchit alors que les moyens pour s'en emparer ne cessent de se perfectionner. Chaque jour, les deux courbes s'écartent un peu plus. Peut-on en vouloir à Franz Fischler de tirer les conséquences économiques et sociales de faits incontestables ? Comment soupçonner sa mise en garde d'être le fruit d'un esprit technocratique, alors qu'elle n'exprime que le bon sens ? Si nous ne faisons rien, des espèces vont disparaître et ce ne sera pas de 30 ou 40 % qu'il faudra réduire les quantités pêchées, mais de 100 %.

Ce à quoi la France et les autres pays du sud de l'Europe répondent de manière on ne peut plus simple : nous ne toucherons à rien car il est hors de question de sacrifier nos pêcheurs sur l'autel des normes européennes. Fermez le ban. Les données du problème nécessiteraient pourtant une analyse plus attentive. Pour certaines espèces pêchées, 50 % de la production sont assurés par moins de 10 % de la profession. Quels intérêts l'actuelle situation protège-t-elle donc ? Dans ce domaine comme dans celui de l'agriculture, une apparente unité corporatiste cache des disparités de moyens et de ressources considérables. Autre élément commun au monde agricole : les gâchis sont phénoménaux – j'ai déjà évoqué les tonnes de poissons rejetés à la mer, le scandale des filets attrape-tout qu'on n'hésite pas à couper quand ils deviennent inutilisables. Sur ces points, et sur d'autres, je ne doute pas qu'une recherche intelligente pourrait aider à optimiser les pratiques. Et que des voix courageuses devraient s'élever pour faire passer un double message : rigueur du diagnostic d'une part, humanité des solutions soumises à une profession en plein désarroi d'autre part.

Ce qui complique encore le problème, c'est qu'il est souvent mal présenté, chargé d'une dimension affective écrasante. Le président Pompidou affirmait jadis que l'agriculture et le nucléaire étaient les deux mamelles de la France. Aujourd'hui, sans doute y ajouterait-il la pêche. De tels symboles sont lourds à bouger. Depuis cinquante ans, la société pousse les travailleurs de la mer et de la terre à produire toujours plus et à des coûts directs moindres. Pour cela, elle les a suréquipés, les enfermant dans une nasse financière et une concurrence acharnée dont ne parviennent à se sortir que les plus forts, ceux qui ont survécu au prix d'un endettement vertigineux et peuvent ainsi répondre au productivisme forcené que le système attend d'eux. Et voilà qu'après avoir rendu des services immenses et rempli un rôle majeur – au point d'avoir assuré au pays une indépendance alimentaire et permis la mise en place de la première industrie agroalimentaire du monde –, une partie de cette même société pointe du doigt les derniers survivants de professions socialement sinistrées et les dénonce comme les principaux responsables d'un désastre annoncé. Des inconnus, verts ou technocrates, viennent leur tenir des propos diamétralement opposés à ceux qu'ils entendent depuis deux générations : « Les gars, il faudrait arrêter de polluer, produire autrement, voir vos revenus baisser, sinon vous serez condamnés au dépôt de bilan. » Chacun conviendra que la pilule est amère. Pour ma part, je ne suis pas sûr que je parviendrais à la digérer. Agriculteur, si des inconnus me tenaient ce genre de discours, je sortirais la fourche et demanderais à ces donneurs de leçons en chemise blanche de me ficher la paix et de retourner dans leurs villes.

En fait, les deux attitudes qui prédominent actuellement sont aussi stériles qu'injustes : l'une affirme qu'il s'agit là de secteurs sacrés auxquels on ne touche pas, l'autre consiste à montrer les agriculteurs et les pêcheurs du doigt et à les rendre responsables de tous les maux. Comme si, face à ces métiers exposés, les urbains n'avaient le choix qu'entre deux complexes : d'infériorité ou de supériorité. La seule attitude raisonnable consiste à ne pas masquer la vérité et à dialoguer dans un respect mutuel. À dire à ces travailleurs courageux : au nom de la France, nous vous tirons notre chapeau pour les services rendus et la manière dont vous avez rempli le contrat ; la société a maintenant besoin d'opérer une seconde révolution, non plus quantitative mais qualitative, et il n'est pas question qu'elle s'opère sans vous ; dans le même temps, nous savons que vous ne pourrez pas l'assumer tout seuls, et c'est pourquoi il faut nous asseoir autour d'une table, analyser les faits, fixer des étapes et des échéances raisonnables, débloquer les moyens pour des reconversions nécessaires. Ainsi sera retissée une relation de confiance et d'estime entre l'urbain et le rural, l'agriculteur et le consommateur. Des professions qui, qu'elles l'aient voulu ou non, se sont un peu dévoyées au fil des temps retrouveront leurs lettres de noblesse. Et ce sera de manière plus saine et plus durable qu'en restant complices de techniques dangereuses et en pratiquant à coup de subventions un dumping qui met le tiers-monde dans une position impossible.

La tâche n'est pas mince. Il s'agit de rendre compatibles les besoins alimentaires, les nécessités économiques, les impératifs écologistes. Pas question, donc, de jouer les Ponce Pilate en déléguant le problème aux seuls mondes agricole et halieutique. L'État, l'Europe, la population, tout le monde doit s'y mettre afin d'aider économiquement et scientifiquement à la reconversion de ces milieux. La solidarité doit jouer à plein. L'information aussi : les consommateurs doivent prendre conscience des enjeux, réviser leurs demandes, s'il le faut accepter des hausses de coûts. La grande distribution devra quant à elle assouplir ses exigences en matière de rendement et de prix qui souvent étranglent les producteurs. Et ainsi, tous ensemble, en dix, quinze ans, nous pouvons opérer une deuxième révolution verte. Voilà un vrai et grand défi face auquel l'agriculteur, qui s'est mué malgré lui en chasseur de primes, pourrait adhérer. Une adhésion d'autant plus enthousiaste que, j'en suis convaincu, le monde agricole souffre dans sa grande majorité de la situation actuelle. Produire toujours plus, quitte à appauvrir la terre, à polluer les nappes, à répandre dans l'atmosphère des matières toxiques, ce n'est pas le métier que les paysans ont choisi.

*

J'entends parfois dire que la recherche de la sagesse, aujourd'hui, se fait rare. Une telle démarche n'aurait plus sa place dans des sociétés techniciennes tout entières tournées vers la production et la consommation.

À voir. Songeant à l'alternance du yin et du yang, qui à chaque excès apporte la correction par son opposé, je soutiens au contraire que, dans un monde qui la fuit, la recherche de la sagesse n'a jamais été aussi forte.

Simplement nous ne la voyons pas. L'information qui nous parvient est surabondante. L'essentiel y est noyé dans l'inutile, le permanent peine à surnager au milieu du provisoire. La bande FM est saturée. L'image télévisuelle devient omniprésente. La production de livres n'a jamais atteint de tels chiffres. Et il suffit de rentrer chez un marchand de journaux pour éprouver un vertige devant la masse de publications offertes aux lecteurs. Face à cette avalanche, nous nous sentons enfouis, écrasés, laminés. Trop d'information déforme, voire désinforme.

Comment imaginer que la recherche et l'amour de la sagesse – l'étymologie du mot philosophie – puissent se frayer un chemin à travers un tel monde ? Hormis dans les dernières niches médiatiques aux audiences confidentielles où cette sagesse luit encore, mais d'un éclat bien faible, quelle place lui accorde-t-on ? Est-ce sur un plateau de télé, en deux minutes ponctuées d'éclats de rire et de bons mots, qu'un sage parviendra à faire passer son message ? Le théâtre des apparences tamise sans cesse. Le plus lourd de sens ne passe pas. Seule la poussière du dérisoire et du frivole traverse et tombe sur le sol où les humains la piétinent avant qu'elle ne se perde dans l'atmosphère.

Je ne suis pas différent des autres. Certains jours, l'afflux de messages obscurcit mon horizon. Au printemps 2002, des courriers et des mails provenant d'amis divers attirèrent mon attention sur un certain Pierre Rabhi, dont je n'avais jamais entendu parler. J'appris en lisant ces messages qu'il s'était lancé dans la campagne présidentielle, mais que, malgré le nombre relativement important de signatures recueillies – 184 réparties dans 58 départements –, il n'avait pu franchir la barre fatidique des 500 signatures. Il avait pourtant tenu des réunions publiques dans une vingtaine de villes réparties dans toute la France et rassemblé des auditoires de plusieurs centaines de personnes. Mais pour le reste – l'homme, sa vie, le contenu de ses idées, les principes de son action –, je ne m'en suis guère occupé à l'époque.

Quelque temps plus tard, parcourant une documentation qui ne cessait de grossir, je me suis posé des questions. Cet ex-candidat qui, loin d'abandonner la lutte, lançait maintenant un « appel à l'insurrection des consciences » avait tout pour me plaire. Lui aussi cultivait ces chemins de traverse qui me sont si chers parce qu'ils conduisent souvent ceux qui les empruntent à l'essentiel. Pas de doute : là-bas, en Ardèche, autour de ce presque inconnu, des choses se passaient qui nous concernaient tous.

Et puis, comme souvent dans la vie, le hasard a joué son rôle. Un jour, dans un café des Alpes-de-Haute-Provence, quelqu'un m'a passé un des livres de Pierre Rabhi, *Parole de terre : une initiation africaine*, en m'invitant à le lire.

Tout de suite, ce texte a résonné comme une évidence. Je me suis donc procuré les autres livres de Pierre Rabhi, j'ai découvert son site Internet, et j'ai vite compris que, malgré la différence de nos itinéraires, nous poursuivions les mêmes buts. Au point que ses écrits firent bientôt partie de ma bibliothèque fétiche – alourdissant un peu plus mes bagages lors de l'enregistrement à l'aéroport – et que je n'hésitais pas à faire du prosélytisme pour les idées d'un homme que je n'avais jamais rencontré, mais que j'avais l'impression de bien connaître ; car certains signes ne trompent pas.

J'ai laissé passer les élections, puis le sommet de Johannesburg, et je l'ai appelé pour convenir d'un rendez-vous. La voix était douce et pleine de charme. En décembre 2002, je suis donc parti le rencontrer chez lui, en Ardèche, au cœur de ces terres arides où on lui avait promis quelques années plus tôt un désastre agronomique, et qui aujourd'hui le font vivre.

La maison était simple. Il y avait là sa famille, dont sa fille qui anime une école Montessori proche de la ferme, sa femme, quelques amis. Et lui : un petit homme frêle, aux gestes discrets, le corps replié dans son fauteuil, visage et regard magnifiques ; un chat malicieux et tendre. Entre nous la connivence a été immédiate. Nous sommes restés une journée ensemble, à parler calmement, à échanger nos convictions et nos expériences, à nous conforter dans nos combats. Il m'a présenté le centre d'accueil où il organise des stages d'agriculture biologique, m'a expliqué les techniques mises en œuvre, leur lien avec la nature. M'a assuré que homme, humus et humilité ont la même étymologie lointaine, remarque difficile à valider mais qui ouvre des perspectives poétiques et humanistes. Le soir venait déjà. Nous nous sommes quittés en nous promettant de nous revoir, de garder le contact, d'échanger informations et idées. Sur le seuil de sa porte, les yeux plissés et rieurs de Pierre me suivirent jusqu'à ma voiture. Un dernier signe de la main, et j'ai repris la route.

J'étais heureux. J'avais rencontré un éclaireur de plus. « Le prophète d'une spiritualité concrète », comme l'a défini l'un de ses préfaciers, Yehudi Menuhin ; l'homme qui fertilise le sol pour donner à ses enfants une terre meilleure que celle qu'il a reçue. En un mot : un sage.

Un sage parce qu'il ose. Parce qu'il cherche. Parce qu'il ne privilégie pas les mots aux actes. Parce qu'il enracine ses certitudes dans l'expérience et qu'il n'avance pas une idée, un principe, une proposition qu'il n'ait lui-même passés au crible du réel. Un sage, en un mot, parce qu'il a la tête dans les étoiles mais les deux pieds sur terre. Cette notion de terre, d'enracinement, figure d'ailleurs à la première place de ses propos. Parlant de l'agriculture : « Comment peut-on, d'un métier lié au sol, avoir fait un métier hors sol ? » aime-t-il à demander de sa voix tranquille où ne transparaît jamais la moindre violence.

Sa biographie est hors norme. Elle illustre ce à quoi je crois : il n'y a de victoire que dans le défi permanent porté aux obstacles, aux mises en garde venues de tous horizons, aux discours les plus pessimistes ; à la pensée unique sous toutes ses formes. En rupture avec tous les scénarios prévisibles, la vie de Pierre Rabhi apparaît aujourd'hui comme une réussite lentement construite, à l'image de sa maison.

Originaire d'Algérie, il vient en France à vingt ans et s'installe à Paris en 1958. Ce ne sont pas les années les plus faciles pour un Algérien. Il travaille d'abord deux ans à la chaîne, connaît l'humiliation raciste et la stérilité d'un travail abêtissant. Il se marie, quitte son travail, part pour l'Ardèche où, après avoir gagné sa vie comme ouvrier agricole, il achète un bout de terre sous les regards d'autant plus sceptiques des locaux qu'il se lance dans l'agriculture biologique et l'élevage traditionnel. Et là, miracle : non seulement il parvient à faire vivre de sa production une famille de cinq enfants, mais il accueille et forme des stagiaires. Au point que, une dizaine d'années plus tard, en 1978, le Centre d'études et de formation rurale appliquée le charge d'un programme d'agro-écologie. À cette époque, les problèmes environnementaux commencent à peine à émerger dans le grand public. Mais Pierre Rabhi, à quarante ans, possède déjà une longueur d'avance. Bientôt l'Afrique noire requiert ses services – un autre point commun entre nous : cet amour du continent noir. Le Burkina Faso l'appelle et, selon ses propres termes, il part là-bas comme « paysan sans terre » afin d'aider les paysans à pratiquer une agriculture économe en eau grâce à des techniques ancestrales de compost, d'assolement et de remise en état d'une couverture végétale. Devant les résultats obtenus, d'autres pays le réclament, en Afrique noire ou au Maghreb, mais aussi en Europe de l'Est, jusqu'en Pologne et en Ukraine. Sans compter les centres de « module optimisé d'installation agricole » qu'il crée en plusieurs endroits de France. Depuis 1994, il anime ainsi le mouvement *Oasis en tous lieux* qui vise à promouvoir le retour à une terre nourricière et la reconstitution du lien social. « L'oasis s'instaure au sens réel et symbolique, contre l'aridité et la sécheresse d'un monde dominé par l'avidité », écrit-il. D'où son souci constant de créer des zones de fertilité jusqu'au cœur du désert afin de permettre aux paysans les plus pauvres de gagner leur autonomie alimentaire. Imagine-t-on que le Burkina Faso a un budget d'un milliard deux cents millions de francs, c'est-à-dire le même que celui de l'Opéra de Paris ? Pourtant, dans ce pays grand comme la moitié de la France, neuf millions d'habitants vivent, se nourrissent, élèvent leurs enfants. Grâce à l'action de Pierre Rabhi, fondée pour l'essentiel sur l'usage d'insecticides naturels non toxiques issus de plantes et la mise en pratique du compostage, les récoltes de pommes de terre y ont été multipliées par cinq.

La terre nourricière... Dans quel état les hommes l'ont-ils mise ? Et dans quel état ceux qui la travaillent se sont-ils mis ? L'auteur de la postface à *Parole de terre*, le journaliste Christian de Brie, nous apprend qu'aux États-Unis les agriculteurs sont endettés à hauteur de 200 milliards de dollars auprès des banques, et que, là-bas comme en Europe, la création d'un poste de travail dans l'agriculture mobilise plusieurs millions de francs, plus que toute autre création de poste dans n'importe quel autre secteur économique. Quand donc cette course à l'abîme que rien ne justifie s'arrêtera-t-elle ?

Bientôt, si l'on n'y prend garde. Parce que nous serons tombés au fond de l'abîme. Dans un de ses textes, Rabhi fait observer que, dans le vaste cycle de la vie, le minéral arrive à la fin et non pas au début. « Tout ce qui vit se minéralise, mais la vie n'y est plus », note-t-il. D'où sa critique des engrais chimiques et, bien sûr, des pesticides – la France en est le troisième utilisateur mondial derrière les États-Unis et le Japon. Minéraliser la terre, c'est la faire régresser. Il faut au contraire nourrir la terre pour qu'à son tour elle devienne nourricière, l'enrichir de matières organiques, la protéger. Couver la terre afin qu'elle nous élève. Trouver d'autres réponses, inventer d'autres solutions. S'appuyer sur la tradition pour avancer, car, dit cet homme qui n'a rien de passéiste, « nous ne changerons pas le monde dans l'ignorance ».

Ce soir-là, je rentrai donc chez moi avec en tête des images, des phrases, des idées suffisantes pour nourrir ma réflexion et me redonner espoir pendant de longs jours. Je songeai que le site ouvert par Pierre Rabhi sur Internet s'appelait « Terre et humanisme », beau résumé d'un engagement ; que Jean-Marie Pelt m'avait dit, quelque temps plus tôt, vouer à ce petit bonhomme le plus total respect ; et qu'enfin, créer des oasis, opérer des brèches, c'étaient autant de symboles qui nous rapprochaient, autant de combats que nous partagions et qui, sans doute, n'en resteraient pas là.

*

Il faudra bien, un jour, s'interroger sur les rendements agricoles. La modernité les hausse au premier rang des objectifs incontournables dans le même temps où elle laisse mourir à petit feu la paysannerie : en France, une exploitation agricole disparaît tous les quarts d'heure, ce qui représente plus de 100 000 emplois directs et indirects perdus chaque année ; et cela, depuis quarante ans... En revanche, la consommation d'engrais se porte à merveille puisqu'elle augmente de 10 % par an. Du fait de sa mécanisation à outrance, l'agriculture, dont la vocation est de produire de l'énergie renouvelable, est paradoxalement devenue en un demi-siècle la principale consommatrice d'énergie fossile sur Terre. L'heure est donc venue de dresser un inventaire sans complaisance. Nous devons chiffrer les formidables gâchis que génèrent les coûts directs et les phénomènes de pollution qu'entraîne cette agriculture intensive. Sait-on, par exemple, que le blé tendre recevait en 2001 en moyenne deux désherbants, trois fongicides, un insecticide et un raccourcisseur de paille, c'est-à-dire trois traitements de plus qu'en 1994 ? Ces indications sont d'autant moins contestables qu'elles sont fournies par le ministère de l'Agriculture lui-même, *via* un mensuel, *Agreste-Primeur*, dont la parution a toutefois été bloquée pendant deux semaines tant ses chiffres étaient inquiétants.

Quant aux fameux OGM, le constat du rapport publié en juin 2003 par le groupe scientifique indépendant ISP (Independant Science Panel), qui rassemble une vingtaine de chercheurs issus de sept pays, est tout simplement effrayant. Pas moins de treize points négatifs sont relevés. Ils n'épargnent aucun des aspects au moyen desquels l'industrie du transgénique tente de nous faire accepter son produit. Non, les cultures génétiquement modifiées ne dégagent pas les bénéfices escomptés ; oui, une large contamination est inévitable ; oui, le transgénique incorpore des gènes dangereux dans les cultures alimentaires, crée des super-virus, pénètre les bactéries de la flore intestinale, etc. Dans la seconde partie de leur rapport, ces scientifiques lui opposent les vertus de l'agriculture durable. J'y ai retrouvé bien des points débattus lors de ma rencontre avec Pierre Rabhi.

Toutes ces pistes, et d'autres encore, doivent nous conduire vers d'autres modèles et la mise en place de pratiques alternatives, valables non seulement pour nos propres modes de production, mais aussi, et surtout, pour les agriculteurs des pays du Sud.

Car l'arbre ne doit pas nous cacher la forêt. En voie de disparition accélérée en Occident, la paysannerie demeure la principale catégorie de producteurs à l'échelle de la planète, puisqu'elle compte un milliard trois cents millions d'actifs – dont un milliard n'a pour travailler ni motorisation ni même traction animale, seulement la force de ses bras.

Dans l'un de ses derniers grands textes écrit en 1980, deux ans avant sa mort, l'agronome René Dubos, fondateur de l'écologie scientifique, se livre à l'analyse suivante : pour une seule calorie alimentaire qui aboutit dans notre assiette, dix calories industrielles ont été consommées. Trois pour les engrais et l'amortissement du matériel agricole, liées directement à la production ; mais aussi sept calories industrielles pour le transport, la conservation, l'emballage, la promotion du produit, et autres tâches annexes. L'absurde est bel et bien à nos portes.

Mais Dubos allait plus loin. Il observait que dans certains systèmes de culture dite primitive, pour une calorie investie – celle de l'énergie musculaire, humaine ou animale –, le paysan obtient de cinq à cinquante calories alimentaires. La conclusion s'impose : le système de production agricole des pays développés est absurde, onéreux, ses rendements s'avèrent d'une incroyable faiblesse au regard du gâchis environnemental qu'il occasionne. Autrefois, l'agriculture fabriquait de l'énergie ; aujourd'hui, elle ne fait qu'en consommer. Et là où abondaient des zones de cultures vivrières, une monoculture dévoreuse d'engrais et de subventions triomphe.

D'où ce fameux « théorème des cinq E » que proposait René Dubos. Il contenait, selon lui, tous les éléments de nature à construire une écologie moderne et efficace. Car à chaque E, il fait correspondre une action primordiale. Voici ce théorème qui, un quart de siècle après sa formulation, conserve toute sa valeur :

Écosystèmes : les respecter, les aménager.

Économie : éliminer 90 % des polluants serait facile et peu onéreux.

Énergie : ainsi que Dubos le fait pour la production des calories alimentaires, calculer partout le coût énergétique des productions humaines.

Esthétique : la retrouver dans les paysages. Mettre la beauté à l'ordre du jour, et pas seulement l'utile, le fonctionnel.

Éthique : instaurer un principe de responsabilité face à la nature et à nos descendants.

Quel œil ce sage porterait-il aujourd'hui sur un monde qui considère les poulets d'élevage mûrs pour l'abattage à vingt-sept jours ? Une anomalie telle que, aux États-Unis, un organisme scientifique considère qu'on ne peut plus ranger de telles volailles dans la catégorie des poulets et qu'il conviendrait de les appeler autrement...

*

La leçon de René Dubos reste plus actuelle que jamais : nous avons divisé le monde en grandes zones de monocultures, et l'énergie dépensée pour emballer, transporter, réfrigérer, etc., est brutalement devenue sans commune mesure avec celle que nécessite la production elle-même. Voilà un autre visage du fatalisme : accepter ces gâchis, ne pas y voir de formidables gisements d'économie. Pourtant, il faudra bien réguler tout cela, aussi bien dans le domaine du transport des hommes que des marchandises, sortir de ce système du flux tendu largement imposé par la grande distribution qui génère des productions aussi énormes que les distances sur lesquelles on les transporte.

Le bon sens voudrait que l'on rapproche production et consommation. Mais comment agir ? Par où commencer ? Grâce à une labélisation claire, identifiable, chaque consommateur pourrait exercer une pression. Privilégier l'achat de productions locales plutôt que d'acheter des produits venus du bout du monde et qui confortent des filières aussi inutiles que coûteuses. Si cette pression est forte, je ne doute pas que, peu à peu, l'offre des distributeurs proposera à la demande des consommateurs des choix plus vertueux. Actuellement, 50 % des surfaces agricoles sont utilisées pour faire des céréales afin de nourrir le bétail ; un système d'autant plus bizarre quand on sait que, dans les pays du Sud, un bœuf assure

1 500 repas quand les céréales qui ont permis de nourrir ce bœuf en permettraient 18 000... En outre, la libération de ces surfaces permettrait la rotation d'autres cultures vivrières aux qualités largement supérieures à celles des céréales. Car ces dernières engendrent surconsommation d'eau, érosion des sols, mécanisation à outrance, endettement. Et que gagnent le producteur, le consommateur, la société tout entière à élever un poulet adulte en moins d'un mois ? Investissements colossaux, animaux stressés, goût nul, valeur nutritionnelle faible, ingestion de substances chimiques, risques encourus pour notre santé ; le résultat est négatif sur toute la ligne. Quant à ces tomates qui viennent du bout du monde, j'ai peine à croire qu'elles coûtent réellement moins cher que celles qu'on cultive dans le village d'à côté. S'interroge-t-on assez, d'une part sur le prix de la main-d'œuvre et le montant des charges sociales dans les pays en voie de développement, dont le faible niveau génère du chômage chez nos producteurs locaux, d'autre part sur les coûts environnementaux pris en charge par la collectivité au titre du transport, du stockage, etc. ?

Raisonnement européo-centriste, diront certains. Compte tenu d'une démographie mondiale galopante, comment régler le problème alimentaire – et plus globalement les besoins de consommation des hommes – sans production intensive ? Il est vrai que les chiffres donnent à réfléchir : en cette année 2004, un homme né quatre-vingts ans plus tôt aura connu ce fait ignoré de toute autre génération : le triplement de la population humaine pendant sa propre existence. Dans une période encore plus courte d'un demi-siècle, de 1950 à aujourd'hui, la consommation de bois a triplé, les prélèvements halieutiques ont quintuplé, la consommation de céréales triplé, l'usage des combustibles fossiles quadruplé. En France, la production moyenne de céréales à l'hectare se situe aux environs de 80 quintaux, avec des pointes à 150, contre 10 en Afrique noire. La révolution verte est donc indéniable en première lecture. L'homme doit-il pour autant en déduire des certitudes sur son éternelle capacité technique et sur le rendement durable des sols ? Sous prétexte que dans certains domaines de production – le pétrole par exemple – les réserves s'accroissent au même rythme que la consommation, certains en concluent que l'on sous-estime nos ressources. Optimisme coupable qui voit dans la terre autant que dans la mer un milieu aux capacités de régénération absolues ! Dans ces conditions, nos doutes doivent-ils profiter à la prudence ou à l'aveuglement ? Ne mettons pas en avant les seuls chiffres qui attestent de notre puissance ; gardons aussi en mémoire ceux qui signent nos erreurs. Actuellement, en France, 94 % des cours d'eau et 75 % des nappes souterraines sont pollués.

D'accord, admettront les défenseurs du progrès ; les résultats obtenus sont à somme nulle. Amélioration ici, détérioration là ; le bon sens nous le répète assez : on ne fait pas d'omelette sans casser d'œufs. Vision simpliste et rassurante. Il ne s'agit pas seulement de dégrader moins, voire de protéger, mais de restituer. Terme fondamental à mes yeux, qui nomme ce que devrait être la véritable restauration du lien perdu avec la nature ; nous placer dans une éthique de l'échange, et non plus dans une pratique, même contrôlée, de l'appropriation. Michel Serres l'exprime en termes précis : « Le droit de symbiose se définit par réciprocité. Autant la nature donne à l'homme, autant celui-ci doit rendre à celle-là, devenue sujet de droit. Les savants ont pris des objets du monde, mais qu'ont-ils restitué au monde ? La production a pris des objets du monde, mais qu'a-t-elle restitué au monde ? »

ESCALE MALGACHE

Une soirée dans le sud de Madagascar, près d'une réserve de lémuriens. Nous sommes en reportage. Après le dîner pris tous ensemble dans le camp, chacun s'est retiré sous sa tente. Je lis à la lueur de ma lampe frontale, quand soudain la pluie se met à tomber dru. Tout en poursuivant ma lecture, je hume le parfum de la terre qui monte vers moi, j'écoute le bruit de l'eau qui frappe la toile, et je suis heureux – un peu inquiet aussi, pour être franc, parce que nous n'avons pas pris la précaution de poser un double toit.

Je dresse l'oreille. J'ai cru percevoir, venu semble-t-il du cœur de ce déluge, un chant tellement merveilleux qu'il me paraît irréel. Effet sonore ? J'écoute avec plus d'attention.

C'est un chœur.

Intrigué, je sors de ma tente. À la lueur de ma lampe, je progresse sous la pluie battante et dans la boue vers ce qui me semble être la source de ce chant. Je ne suis d'ailleurs pas le seul à être attiré. Dans la nuit, j'aperçois plusieurs lumières qui elles aussi partent à la recherche de cette étrange musique.

Une petite église apparaît devant moi tandis que le chant croît, superbe. Pas de doute : des hommes se sont rassemblés pour une cérémonie religieuse. J'avance. Bientôt je découvre une scène digne de la ferveur des communautés noires. Tous les villageois sont agglutinés devant l'église, sous l'averse, et chantent, visages tournés vers le ciel, pour saluer l'arrivée de la pluie. Qui remercient-ils ? Le ciel ? Les dieux ? La nature ? Qu'importe. Ils remercient. Ils ne maudissent pas le destin à cause de la sécheresse, ils remercient la nature pour la pluie.

Qui, chez nous, saluera par des chants les dons de la nature ? Quelle cathédrale, réelle ou abstraite, pour reprendre ma conversation avec Gorbatchev, élèverons-nous à notre mère commune ? Qui saura dire combien la nature nous est précieuse, et pas seulement dans les moments de manque ? Le manque passe, l'ordinaire revient, et nous oublions. Notre ingratitude est totale. Comme dans un film, il suffit que la fin soit bonne pour que le public soit content. Mais personne ne songerait à applaudir. D'ailleurs, les acteurs ne sont même pas présents ; à quoi cela servirait-il ?

10

Le cercle des peuples disparus

4 janvier 2003. Dans ma boîte de réception, le mail d'une amie.

> Pour commencer l'année sur le chemin des poètes, tu trouveras ci-dessous un poème écrit par le moine bouddhiste vietnamien Thich Nhat Hanh, réfugié politique en France depuis trente ans et proposé pour le prix Nobel de la Paix en 1967 par Martin Luther King.
>
> *La vraie source*
>
> *Où vais-je trouver la chaîne de l'Himalaya ?*
> *En moi, il y a un sommet montagneux fort et plein de [grâce*
> *Qui se dresse, perdu dans la brume et les nuages*
> *Allons-y ensemble, grimpons cette montagne sans nom,*
> *Asseyons-nous sur la pierre sans âge, bleue et verte*
> *Tout en regardant tranquillement le temps tisser le fil [de soie*
> *Qui crée la dimension de l'espace*
> *Vers où coule le fleuve Amazone ?*
> *En moi, une rivière sinueuse fait son chemin*
> *Je ne sais pas du fond de quelle montagne elle s'écoule*
> *Nuit et jour, son eau d'argent*
> *Serpente vers une destination inconnue*

Allons-y ensemble, mettons à flot un bateau
Sur son courant furieux et rapide
Afin de trouver ensemble notre chemin
Vers le but commun à tous les êtres du cosmos...

Quelles espèces vais-je appeler Homo sapiens *?*
En moi il y a un petit garçon
Sa main gauche soulève le rideau de la nuit
Sa main droite tient un tournesol, sa torche
Les deux yeux de l'enfant sont des étoiles
Les cheveux de l'enfant volent en boucles dans le vent...

Ensemble, approchons de l'enfant et demandons
« Que cherches-tu ? Où vas-tu ?
Où est la vraie source ? »...
Le petit garçon continue de sourire
La fleur dans sa main devient soudain
Un soleil éclatant et rouge
Et l'enfant part seul
Son chemin traversant les étoiles.

Ces vers chargés d'émotion éveillent aussitôt en moi des souvenirs.

Depuis combien de temps n'ai-je pas rouvert ce livre, *Pieds nus sur la Terre sacrée*, recueil de textes de ces Indiens massacrés par les immigrants venus d'Europe ? Je vais à ma bibliothèque, fouille, le retrouve, l'ouvre, et les minutes s'écoulent à parcourir photos, textes, notes... Un beau cadeau au seuil de cette année toute neuve. Non, tout n'est pas mauvais aux États-Unis ! Même si le massacre des Indiens est une douloureuse réalité, des Américains, hier et aujourd'hui, ont à cœur de faire revivre une culture perdue et de rendre hommage à ses maîtres.

Par lui-même, ce texte est déjà une résurrection. Au début du XXe siècle, un éditeur new-yorkais avait lancé un projet fou intitulé *The North American Indian*. Son objectif : recueillir et conserver les ultimes témoignages et photos d'une civilisation déjà largement détruite. Le travail ne demanda pas moins de trente ans. En sortirent quarante volumes, pour moitié de gravures et pour moitié de textes illustrés de petites photographies prises par l'auteur, Edward Curtis. Ce dernier avait arpenté le territoire des États-Unis en tous sens, pris 4 000 photographies et enregistré sur un appareil à rouleau de cire plus de 10 000 chants et cérémonies rituelles. L'entreprise avait coûté un million et demi de dollars, une somme d'autant plus faramineuse que le tirage fut limité à 270 exemplaires !

L'ouvrage tomba vite dans l'oubli. Dans les années soixante, une jeune femme, chercheur en anthropologie, Teri McLuhan, mit par hasard la main sur un exemplaire. Elle passa ensuite des années à suivre l'itinéraire d'Edward Curtis – celui-ci était mort en 1952 –, retrouvant de vieux Indiens qui se rappelaient leur rencontre ancienne et, face aux photographies jaunies que leur montrait Teri McLuhan, revenaient eux-mêmes des décennies en arrière. Un livre fut tiré de tout cela. Sa traduction française date de 1974 et porte le beau titre de *Pieds nus sur la Terre sacrée.* Même si j'espère pour l'éditeur que la diffusion a dépassé les 270 exemplaires, je ne crois pas que l'ouvrage ait jamais figuré dans la liste des meilleures ventes. Par bonheur, j'en possède un, et chaque fois que je l'ouvre, la même magie opère.

On y trouve d'émouvantes images d'un monde en train de disparaître, chefs indiens, campements, paysages couverts de neige où passent deux cavaliers... et des textes que j'aimerais tous citer. Par exemple celui-ci, d'un sage Blackfeet qui, au moment de quitter la vie, en donne cette définition : « C'est l'éclat d'une luciole dans la nuit. C'est le souffle d'un bison en hiver. C'est la petite ombre qui court dans l'herbe et se perd au couchant. » Un Indien Kiowa en route vers la tombe de sa grand-mère contemple le paysage qui l'entoure : « La solitude est un aspect de la Terre. Toute chose est isolée dans la plaine, et l'œil ne peut confondre les objets : une colline, un arbre, un homme. Contempler ce paysage tôt le matin, avec le soleil dans votre dos, c'est perdre le sens des proportions. Votre imagination prend vie et c'est ici, pensez-vous, que la Création a commencé. »

L'image qui revient le plus souvent dans les paroles des Indiens est celle du cercle, parce qu'elle symbolise les commencements et les fins ultimes, la continuité qui unit naissance et mort. Mais elle exprime aussi une vision plus large qui lie l'homme au cosmos – comme un écho à « la vie est probablement ronde » de Van Gogh. Un Sioux : « Vous avez remarqué que toute chose faite par un Indien est dans un cercle, il en est ainsi parce que le pouvoir de l'univers agit selon des cercles et que toute chose tend à être ronde

[...]. Le ciel est rond et j'ai entendu dire que la Terre est ronde comme une balle et que toutes les étoiles le sont aussi. Le vent, au sommet de sa fureur, tourbillonne. Les oiseaux font leur nid en cercle parce qu'ils ont la même religion que nous. Le soleil s'élève et redescend dans un cercle. La lune fait de même et tous deux sont ronds. »

Ce texte ne déparerait pas dans les livres de nos plus vibrants défenseurs de la cause écologiste : « Tout animal est en vie. C'est à ce pouvoir mystérieux que nous devons, nous aussi, notre existence et c'est pourquoi nous concédons à nos voisins, même à nos voisins animaux, autant de droit qu'à nous d'habiter cette Terre. » Enfin, cette proclamation qui n'a pas pris une ride et que je reprends à mon compte : « Le vieux Lakota était un sage. Il savait que le cœur de l'homme éloigné de la nature devient dur ; il savait que l'oubli du respect dû à ce qui pousse et à ce qui vit amène également à ne pas respecter l'homme. Ainsi maintenait-il les jeunes sous la douce influence de la nature. »

*

J'apprends de façon tout à fait incidente, car ce genre de nouvelles ne fait pas la une des journaux, qu'on vient de massacrer plusieurs centaines d'Indiens en Équateur. L'explication qui m'en est donnée : ces Indiens s'opposaient à l'incursion de prospecteurs pétroliers. On a donc procédé à leur liquidation. Qui est ce « on » ? Je l'ignore. Si l'Histoire peine parfois à identifier les bourreaux, les victimes sont en revanche toujours connues. Au Québec, lorsque les ultimes survivants des premiers occupants de cette terre émettent une protestation un peu vigoureuse sur tel ou tel point, par exemple le non-respect de leurs territoires, le gouvernement leur envoie l'armée.

Il faut un solide optimisme pour tenir le coup face à des nouvelles comme celles-là. Nous allons voir *Danse avec les loups*, les images nous émeuvent, nous pleurons sur le sort des malheureux Indiens filmés par Hollywood. Mais pour le reste... Le *Titanic* poursuit sa course à l'abîme et l'orchestre qui joue sur le pont ne calme pas notre seule panique ; il couvre aussi les cris de ceux qu'on assassine.

*

Les anges appartiennent-ils au cercle de ces peuples disparus dont la sagesse demeure présente ? On peut le croire à la lecture de ce texte, que, à l'occasion de la sortie d'un film intitulé *Porto Alegre-Davos*, un ami, ingénieur en agriculture et docteur en économie, François Plassard, m'envoie.

L'ange et le dessin du champignon

L'ange se reposa un moment sur un rayon de lune. Réfléchir à la manière de présenter aux autres anges tout ce qu'il avait vu en si peu de temps de ce côté de l'univers méritait bien une petite halte ! Ce n'est un secret pour personne : les anges sont des experts en conscience.

Mais moins de gens savent qu'il existe un Observatoire de l'évolution de la conscience de l'univers et que dans ce domaine aussi il est question d'examen, de seuil à franchir, d'évaluation, de rapports de synthèses.

Pour le rapport d'étape justement, se dit l'ange, il me faut une image ! Comment rendre compte, que de ce côté de l'univers les humains terriens ont fait le choix de privilégier un mode particulier de l'échange : celui qui donne un repère unique à toute chose échangée qu'ils appellent « l'argent » ? « Ce qui ne se compte pas en argent, ne compte pas ! » avait entendu dans son voyage, des milliers de fois, l'ange.

L'ange eut une idée – il dessina un champignon !

Avec du charbon noir, il barbouilla 800 petits carreaux de son cahier d'écolier. Ce sera pour représenter les 8 milliards de dollars que les hommes dépensent pour faire la guerre. Puis avec des morceaux de terres nues desséchées par le vent et le soleil, il barbouilla 400 carreaux qui prirent ainsi une couleur flamboyante à la lumière de la lune. Ce sera pour expliquer les dépenses en papier, ordinateurs, télévision, satellites... que les hommes consomment pour échanger des mots sur leurs maux, se dit l'ange. Puis 400 autres encore pour les dépenses en stupéfiants. Puis encore 400 pour la publicité ! Quel art ont les hommes pour détourner le désir, la création, la liberté vers le besoin marchand ! s'exclama l'ange en feuilletant les pages du rapport officiel du PNUD, Programme des Nations unies pour le développement, dont il tirait ses chiffres. Un vrai feu d'artifice !

Quand l'ange arriva au dessin du pied du champignon, il inscrivit le chiffre « 6 » : 6 milliards de dollars, c'est ce que les humains terriens dépensent pour l'éducation de leurs enfants. Soit cent trente fois moins que pour faire la guerre ! Juste au-dessus il colora en vert treize carreaux : les 13 milliards de dollars dépensés pour les besoins nutritionnels et sanitaires de base par les humains. L'ange s'autorisa une petite annotation en marge de la zone verte de son dessin : 40 % des humains dépensent moins de deux dollars par jour pour survivre.

En prenant du recul, l'ange fut surpris par son dessin. « Cela ressemble à une explosion atomique, mon champignon ! » déclara-t-il. Le champignon du choix des humains terriens pour cette forme particulière de l'échange qu'est le marché. Voilà qui fera impression pour introduire mon rapport d'étape à l'Observatoire de la conscience universelle, se félicita l'ange.

800 : dépenses militaires
400 : publicité
13 : nutrition et soins
6 : éducation

L'ange poursuit alors ses aventures terrestres. Il rencontre des savants et des philosophes, prend connaissance de données chiffrées telles que celle-ci : en 2000, vingt-deux personnes cumulaient à elles seules un revenu équivalent à celui de la moitié de la population terrestre... Il survole Porto Alegre, tente de comprendre ce qui agite ainsi les hommes, rencontre des partisans de l'altermondialisation qui lui expliquent les enjeux économiques de la planète. Puis l'ange remonte au ciel rejoindre les siens, tandis que retombent sur Terre quelques-unes de ses ailes sur lesquelles il a photocopié le dessin de son fameux champignon. Mais comme l'ange, par méconnaissance technique, a imprimé son dessin à l'envers, bien des humains qui découvrent son dessin se réjouissent à imaginer ce que serait un monde où les budgets militaires ne consommeraient que 6 milliards alors que 800 seraient consacrés à l'éducation... Alors, conclut François Plassard, « chacun se mit à dialoguer avec son ange. Plus personne ne voulut courir à essayer de rattraper le temps et "perdre sa vie à vouloir la gagner !" ».

ESCALE POLAIRE

Le pôle Nord, l'Arctique et globalement les régions du cercle polaire constituent avec l'Afrique australe ma seconde zone géographique de prédilection. Au point que, pendant toute une période de ma vie, je ne parlais plus que de ces régions, ne lisais que des livres sur elles. Peu à peu, cette passion exclusive a laissé place à d'autres objets d'amour : nous n'avons qu'une vie et le monde est vaste. Mais la dette émotionnelle subsiste, intacte. Je la retrouve chaque fois qu'un reportage me conduit là-bas.

Mon véritable voyage initiatique, c'est mon expédition au pôle Nord en ULM, au début des années quatre-vingt. Circuler dans une machine volante au-dessus du silence glacé du pôle : les deux éléments peuvent paraître antinomiques, au point que je ne suis pas sûr que je referais cette aventure aujourd'hui. Mais à l'époque, je ne voyais pas les choses de cette façon. J'avais le désir de réaliser un véritable défi, et comme je ne me voyais pas affronter le pôle à pied comme Jean-Louis Étienne, l'idée de poser un minuscule insecte sur le dos d'un dinosaure et de voir si un accord mutuel était possible m'avait séduit. Et puis, pourquoi le nier ? À une époque où les aventures polaires me fascinaient, j'avais envie d'inscrire mon nom de façon modeste mais réelle sur la glace du pôle. Accomplir un exploit, élargir le champ des possibles humains, ce n'est pas mal dans une vie.

L'aventure fut plus rude que prévu. Voler pendant 1 300 ou 1 400 kilomètres par une température de – 40 degrés n'a rien d'évident. Que m'en reste-t-il, une vingtaine d'années plus tard ? Moins le souvenir de l'exploit accompli que de ce que j'ai vécu. J'ai connu là des jours et des nuits parmi les plus irréelles de mon existence. S'endormir à la croisée des méridiens, c'est une pure idée, le résultat de calculs savants. Rien, au sol ni ailleurs, ne peut matérialiser cette abstraction. Mais quand on a l'âme un peu poète, c'est fantastique. Et puis j'ai connu l'élargissement inouï de la gamme sensorielle. Apercevoir soudain en plein milieu de la banquise un groupe de bœufs musqués ou un ours, entendre le cri des loups dans les dernières terres... Lorsque je suis dans ma tente, et que je sens les courants, la banquise qui se déplace, que je vois la lumière arriver par-dessous parce qu'elle se trouve réfléchie par la couche de glace et donne ainsi l'impression de remonter des profondeurs aquatiques... J'entends l'océan qui se lézarde, je suis saisi d'une peur panique à l'idée que, dans la nuit, le morceau de banquise sur lequel je me trouve peut se séparer du reste et partir à la dérive.

Le pôle mêle éblouissement et terreur. Il représente ce qu'il y a de moins terrestre sur Terre. Ces masses énormes et immobiles ont une fragilité qu'on ne soupçonne pas. Ce bleu qui soudain inonde le ciel ? Le signe certain qu'une tempête arrive. Dans un tel chaos de beauté, chacun est ramené à sa propre insignifiance. Là, force est de faire allégeance, de composer avec un gigantisme inhumain.

À cette époque j'étais toujours dans une position courbée ; en recherche de moi-même et pas vraiment disponible pour le monde. Le pôle m'a permis de me relever, de me réaliser, de m'éprouver, de régler mes comptes avec cette forme d'égoïsme par laquelle nous passons tous. Elle est maintenant loin. L'écologie ne peut venir qu'après, une fois le redressement opéré. Alors le regard peut porter vers l'horizon et saisir ce qui n'appartient pas à notre entourage immédiat.

Sans doute est-ce la raison pour laquelle je n'ai pas voulu « faire » le pôle Sud après le Nord. L'exploit pour l'exploit ne présentait pas d'intérêt. J'avais besoin de vivre une expérience, pas de donner une leçon de courage à mes contemporains ; en d'autres termes, je n'éprouvais pas le désir de réaliser les choses par rapport aux autres, mais par rapport à moi.

*

En revanche, je suis retourné au Groenland en 1999 pour filmer la magie de ces territoires immenses et vides, mais essentiels pour la vie sur Terre. Les calottes glacières de l'Antarctique et du Groenland constituent à elles seules 98 % des réserves d'eau douce de la planète.

Sur ce territoire grand comme cinq fois la France ne vivent que 55 000 habitants, répartis sur les bandes côtières. Comme dans tout désert, une constatation s'impose : la seule réponse que la nature apporte à la pénurie absolue, c'est la beauté absolue. Mais, là comme ailleurs, j'ai pu constater les désastres du réchauffement climatique. Notre équipe est arrivée sur place le 1er novembre par un climat de 12 degrés centigrades, alors qu'en cette saison la norme se situe aux alentours du zéro. Autre phénomène impensable quelques années plus tôt : nous avons pu filmer des ours blancs, ces plus grands carnassiers terrestres, errant à bout de souffle sur la glace de l'inlandsis. L'été trop long avait usé leurs ultimes forces, et ils attendaient que le froid revienne pour que la mer se forme en banquise et qu'ils puissent enfin remonter vers le nord à la recherche de leur nourriture sous la température qui leur convient, – 30 degrés. Faim oblige, nous les avons vus perdre leurs dernières forces en se risquant sur une banquise encore fragile qui craquait sous leurs pas et les obligeait à une progression difficile, entre nage et marche, où ils achevaient de s'épuiser. Malgré les efforts des femelles pour protéger leur progéniture, les mâles n'ont d'autre issue que de dévorer les petits des autres pour survivre. Ainsi, en quelques années, ces seigneurs de la glace ont perdu des repères vieux de 300 000 ans. Malheur supplémentaire : comme tous les grands animaux situés en bout de chaîne alimentaire, par exemple les orques aquatiques, ces pauvres ours concentrent toutes les toxines, ce qui les rend encore plus vulnérables et affaiblis. Enfin, ils subissent des dérèglements hormonaux dus à la pollution atmosphérique des zones urbaines situées à des milliers de kilomètres, mais que les courants aériens transportent jusque sur leurs lieux de vie.

Autre souvenir douloureux : au Canada, à Churchill, dans la baie d'Hudson, j'ai vu des ours errer dans des décharges sauvages pour trouver leur nourriture. Et à cause du même phénomène : le raccourcissement de leur période de chasse dû à la fonte accélérée des glaces.

Dévorer les petits des autres ou piller les décharges... L'homme ne laissera-t-il bientôt aux seigneurs de la nature que ces deux seules possibilités pour se nourrir ?

*

Partout, les glaciers fondent et la banquise recule. Et partout, scientifiques et autochtones disent ne jamais avoir constaté antérieurement de phénomène d'une telle ampleur. Les bulles d'air enfermées dans les carottes glacières permettent un diagnostic effrayant : en deux siècles, la teneur en gaz carbonique de l'atmosphère au pôle Nord a augmenté de 30 % sous l'action de l'homme.

Même constat en Alaska, où des glaciers ont reculé de plusieurs centaines de mètres en quelques années seulement et dont ne subsistent plus que les traces de moraines.

Au lac Baïkal, nous devions nous appuyer sur la glace épaisse pour une manipulation scientifique. Il s'agissait d'installer un système complexe pour descendre des appareils dans les eaux profondes du lac. Tous calculs faits et avis autorisés recueillis, l'équipe a commencé son travail. Mais soudain la glace s'est fissurée, et il s'en est fallu de peu que la débâcle n'emporte notre matériel par le fond... Signe d'une inconscience et d'un orgueil occidentaux que je suis le premier à dénoncer ? Pas vraiment. Près du lac, l'ethnie bouriate, peuple mongol installé dans la zone sibérienne du lac depuis la nuit des temps, avait vécu quelques jours plus tôt un événement dramatique. Deux pêcheurs qui roulaient sur le lac dans une petite voiture avaient été engloutis par les eaux sans que leurs collègues parviennent à les récupérer. La glace se mettait à fondre avec deux ou trois mois d'avance sur le calendrier habituel... Preuve d'une aberration climatique qui surprend jusqu'aux autochtones proches de cette nature.

Et les pousse souvent à réagir de manière courageuse. Les quelque 150 000 Inuits du Canada, de l'Alaska, du Groenland et de la Russie, regroupés en Conférence circumpolaire, envisageaient en décembre 2003 de déposer un recours juridique devant la Commission interaméricaine des droits de l'homme. Motif : du fait du change-

ment climatique, le mode de vie ancestral de ce peuple se trouve compromis. « Manger ce qu'on chasse est au cœur de ce que signifie être inuit. Quand nous ne pourrons plus chasser sur la glace, comment allons-nous nous définir ? »

La détermination de ce peuple devrait nous faire réfléchir : le combat écologiste est indissociable du combat identitaire de l'homme et de la tradition dont il se revendique.

11

Le jardin de Dieu

À mon retour de reportage au Soudan et en Égypte, je prends connaissance d'un sondage publié par *Libération* : plus des trois quarts des Français estiment que la législation sur la protection de l'environnement est insuffisante. Le même pourcentage souhaite la ratification de la charte sur l'environnement par référendum. Et 85 % verraient favorablement l'instauration de la notion de crime contre l'environnement.

Que l'opinion publique exprime des points de vue aussi nets signifie qu'un certain nombre d'idées sont désormais admises par tous. Il me semble qu'on peut les résumer de manière simple.

D'une part, chacun de nous a vécu plus ou moins consciemment dans l'idée que la planète était quasi infinie ; immense du point de vue spatial, inépuisable en termes de richesses. Mais il nous suffit aujourd'hui de l'arpenter pour comprendre à quel point ses dimensions sont réduites, et donc combien sa vulnérabilité est grande. Quant à sa capacité de régénération, nous en touchons chaque jour ou presque les limites ;

qu'il s'agisse de l'eau dont je viens de parler, des ressources naturelles diverses, de l'air même que chacun respire. Et comme la pression que l'homme exerce sur la nature, loin de diminuer, ne cesse de s'accroître, il faudrait un miracle pour que le mouvement s'inverse.

Deux : la présence de la vie sur Terre est due à un incroyable concours de circonstances. La bonne distance par rapport au soleil, la présence d'une atmosphère, l'évolution de micro-organismes sur des millions d'années, etc. Au prix d'une stratégie extraordinaire, le vivant a pu survivre, se nourrir, se reproduire. Grâce au processus imparable de la sélection naturelle, il a généré une ingéniosité sans limites. Aussi cette vie nous apparaît-elle comme un prodige de sophistication et de délicatesse, mais sous-tendue par des fils excessivement fragiles. « Qui cueille une fleur dérange une étoile », disait le poète anglais Francis Thompson. Difficile d'exprimer mieux cette notion d'harmonie toujours menacée. Qu'un des éléments qui ont permis cette vie disparaisse, et elle disparaîtra. D'autant plus qu'avec la forme ultime et récente de l'évolution, à savoir l'apparition et le développement de l'homme, les événements ont rapidement pris un autre tour. Avec lui le changement n'est plus de degré, mais de nature. Seul être vivant qui soit son propre prédateur au point de mettre en cause son équilibre, l'homme peut tout bouleverser, tout compromettre. Il ne se contente plus de puiser dans la nature pour vivre, il l'exploite. Au nom de sa belle intelligence, de sa volonté de puissance sans limites, de sa cupidité, ou, tout simplement, de son inconscience coupable. Il oublie un détail : le monde est un tout, il n'a rien du magasin d'accessoires auquel nous l'assimilons trop souvent.

Voilà ce que l'opinion, confusément, sait et redoute.

De nombreux signes avant-coureurs devraient nous alerter. Déjà, en 1990, le botaniste Edward Wilson lançait un avertissement lourd de conséquences : « L'extinction des organismes vivants est le dégât biologique le plus important de notre époque, car il est totalement irréversible. Chaque pays possède trois formes de richesses : ses ressources matérielles, culturelles et biologiques. Nous comprenons très bien les deux premières, car elles font partie intégrante de notre vie quotidienne. En revanche, on néglige les ressources biologiques : c'est une grave erreur stratégique que nous regretterons de plus en plus. Les animaux et les végétaux sont une partie de l'héritage d'un pays, le résultat de millions d'années d'évolution en un endroit précis, leur valeur est au moins égale à celle de la langue et de la culture. » Il précisait que 99 % des espèces qui ont jamais vécu sont maintenant éteintes et que, si on laissait faire, dans cinquante ou cent ans, une large partie de la biodiversité restante aurait disparu.

Les observations récentes confirment ce sombre diagnostic. Au rythme actuel des destructions environnementales, on estime que de 50 000 à 100 000 espèces vivantes sont détruites chaque année, sur les 30 ou 50 millions existantes. L'ampleur de la catastrophe est telle que le mécanisme de destruction gagne en vitesse sur le mécanisme de connaissance, puisque les chercheurs n'ont actuellement identifié qu'un peu moins de 2 millions d'espèces animales ou végétales vivantes. C'est le grand paradoxe d'une pensée scientifique impuissante face à une force technologique sans cesse croissante. Prométhée, en dérobant le feu sacré aux dieux, a offert aux hommes un pouvoir sans limites. Aujourd'hui tout se passe comme si les dieux, par nature interposée, prenaient leur revanche. Elle risque d'être terrible. « Celui qui ne respecte pas la vie ne la mérite pas », mettait déjà en garde Léonard de Vinci.

*

Nulle part le phénomène n'est aussi sensible que dans la canopée. Cette couche supérieure de la forêt tropicale primaire constitue un immense réservoir de richesses, y compris pharmaceutiques, pour la plupart encore inconnues. C'est la raison pour laquelle les chercheurs lui prêtent une attention extrême depuis une vingtaine d'années.

Lorsque je l'ai moi-même découverte, j'ai eu le sentiment d'effectuer un voyage initiatique d'une force égale à celle que j'avais ressentie en Afrique australe ou dans les régions polaires. J'étais mûr pour une nouvelle étape : ce premier reportage se situait à la période charnière de mon expérience où les convictions écologistes l'emportaient sur ma soif d'aventures et de découvertes. Le spectacle que m'offrait cet immense océan de verdure était fascinant. Les végétaux s'y livrent à une permanente course au soleil, tandis qu'en dessous règne une presque nuit. Un chablis – un arbre renversé par le vent – permet à la forêt de se régénérer grâce à la brèche ouverte dans la couverture végétale ; la course à la lumière reprend alors de plus belle. Autre sujet de surprise : la variété exceptionnelle d'arbres et d'espèces animales qui vivent sur la canopée. Malheureusement, cette découverte s'est accompagnée d'une autre, très pénible ; celle des déforestations massives perpétrées sans le moindre scrupule. Il s'agit de massacres commis sur une telle échelle et avec une telle rapidité que, même aux yeux d'un néophyte, leur impact est aussi effroyable que spectaculaire.

En février 2002, j'étais à nouveau en reportage sur la canopée en compagnie de Francis Hallé, chercheur au CNRS et spécialiste mondial de la forêt équatoriale. Avec un aéronaute, il a mis au point un système astucieux qui permet d'évoluer à la cime des arbres afin d'y effectuer des observations scientifiques. Grâce à une petite montgolfière, des fils sont tendus à la cime des arbres jusqu'à former un filet suspendu sur lequel les chercheurs se promènent en gravité zéro au moyen d'un ballon d'hydrogène équilibré à leur propre poids. Sur ce parcours, dans l'arbre le plus remarquable, à une quarantaine de mètres au-dessus du sol, Francis Hallé a installé un laboratoire rudimentaire où il recueille et dessine les prélèvements que ses assistants lui apportent.

Ce jour-là nous nous trouvions dans ce laboratoire, en plein cœur de la forêt amazonienne, à la frontière entre le Pérou et l'Équateur, et nous attendions que la pluie se calme pour filmer. Des lambeaux de brume accrochés à la cime des arbres ajoutaient une note de mystère à la magnificence du spectacle qui s'étendait devant nous. Recroquevillés sur nous-mêmes pour nous protéger de la pluie, nous discutions. À un moment, nos regards se sont croisés, et Francis m'a posé cette question étrange : « Tu es optimiste, toi ? » Ma réponse n'a pas tardé : « Disons que je fais semblant de l'être. » Il m'a alors regardé avec tristesse. « Moi, je n'y crois plus. En tout cas, ma forêt équatoriale, elle est foutue. »

Je suis resté sans voix. Et puis j'ai écouté les explications de Francis, les chiffres qu'il donnait et qui m'ont fait frémir. Le constat qui en découlait est terrible : les déforestations ont tellement fragmenté la forêt équatoriale qu'à un moment celle-ci ne pourra plus se régénérer. Et ce moment n'est pas loin. Aujourd'hui, quand on se trouve face à un fragment de forêt primaire intacte, on a presque l'impression d'être dans un musée ! Ce jour-là, Francis a conforté par des données scientifiques et la quintessence d'années de recherche ce qui pour moi relevait du domaine de l'intuition. Le bilan est rapide à établir : tout ce qui est inféodé à cette forêt va disparaître – biomasse pour une large part, je le répète, non encore inventoriée. Entre autres, cette réserve extraordinaire qui constitue la source potentielle des molécules du futur dont une science adaptée à l'homme aura le plus grand besoin. Nous avons alors décidé d'écrire en commun un article pour sensibiliser l'opinion sur l'état réel de la forêt équatoriale. Nous le rédigerons finalement avec Frédéric Durand, géographe et membre du comité de veille de la fondation, et il paraîtra quelques mois plus tard dans *Le Monde* sous le titre éloquent : « Forêts tropicales : c'est fichu. » Ce titre volontairement provocateur a soulevé quelques réactions hostiles, preuve que le désespoir n'est pas mobilisateur. Je comprends ce désarroi. Mais pourquoi se masquer la réalité ? À moins d'un changement radical, je ne vois pas comment il pourrait en être autrement. Depuis longtemps, l'espoir profite à l'immobilisme. Edgar Morin : « On a toujours sacrifié l'essentiel à l'urgence, alors que l'urgence est l'essentiel. »

Sur ce, je rentre de reportage, reprends contact avec la vie dite civilisée, discute de mes voyages et de mes convictions avec les uns et les autres, je lis ce qui s'écrit ici ou là. Et quand j'entends des journalistes ou d'autres personnes sensées mettre en doute l'importance des phénomènes dont j'ai pourtant été le témoin, je parle de crime, de sacrilège. Ne nous y trompons pas : nous serons coupables de non-assistance à planète en danger. Car ce qui nous distingue de la génération précédente, c'est la connaissance des faits et de leurs conséquences. Nous ne pourrons pas plus jouer les innocents que les naïfs.

*

Un jour, nous nous trouvions en repérage sur une île au large de la Colombie-Britannique, à l'ouest du Canada. Quelques mois plus tard, lorsque nous sommes revenus pour filmer, nous n'avons pas reconnu l'île : une déforestation brutale avait multiplié les coupes à blanc, celles qui abattent 100 % de la couverture végétale, d'où le ravinement des sols, la mise rapide de la roche à nu et un niveau de régénération proche de zéro.

Et pourtant la Colombie-Britannique offre encore l'immensité de ses espaces vierges. C'est dire la rapidité avec laquelle les territoires encore intacts sont investis par l'industrie la plus brutale. Dans ces régions déjà froides, la biodiversité est moins riche que dans les forêts de la zone tropicale, mais sa production est d'une abondance inouïe : chaque hectare de forêt produit annuellement trente tonnes d'êtres vivants. D'où ma colère face à ces bulldozers qu'on parachute en plein cœur de la forêt et qui, en quelques jours, happent toute la couverture végétale pour la ressortir en copeaux de bois. Chaque année, onze millions d'hectares de forêts sont détruits sur la planète. Rien que dans cette région du Canada, un hectare est abattu toutes les trente secondes. Sur l'île de Vancouver, j'ai assisté à un spectacle stupéfiant : des millions de mètres cubes de bois attendant leur acheminement vers l'Asie.

En fait, la forêt comme l'océan se retrouvent

victimes de leur immensité : même si peu d'hommes croient encore que l'un et l'autre renferment des ressources inépuisables, nombreux sont ceux qui jugent ces mêmes ressources indéfiniment renouvelables. Non seulement ce n'est pas le cas, mais en plus la communauté d'intérêts que gère tout écosystème se trouve brutalement dissoute. C'est au prix de cette déforestation massive qu'aux confins du Tibet, en Chine, les pandas géants se retrouvent en grand danger car ils ne parviennent plus à trouver leur nourriture. Autre exemple, qui semble sorti d'un film de Charlot : un habitant de Madagascar se livre à une déforestation tellement massive et aveugle qu'il finit par rejoindre une autre clairière. L'arroseur se retrouve ainsi arrosé ou, si l'on préfère, le ravageur ravagé.

Edward Wilson s'est pourtant livré dans *La Diversité de la vie* à la démonstration implacable qu'il suffirait de pratiquer la déforestation avec un minimum de bon sens pour que les forêts échappent à la menace de mort qui pèse sur elles. Le principe tient en quelques lignes : « Couper les arbres selon une bande épousant le profil du terrain, assez étroite pour permettre une régénération naturelle en peu d'années. On coupe ensuite les arbres sur une autre bande située au-dessus de la première et ainsi de suite, suivant un cycle qui peut s'étaler sur plusieurs décennies. » Pourquoi ne pratique-t-on pas ainsi ? Quelle folie aveugle conduit des industriels à ne même pas assurer la pérennité de leur entreprise et à sacrifier demain à aujourd'hui ? La formule : scier soi-même la branche sur laquelle on est assis n'a jamais reçu illustration plus juste et brutale.

Nous étions venus au large de la Colombie-Britannique pour filmer des orques en compagnie du biologiste Paul Spong, qui consacre sa vie à l'étude du comportement social et à la conservation de cette espèce menacée, puisque ces grands mammifères, placés tout au bout de la chaîne alimentaire, accumulent toutes les toxines. Nous avions survolé en hydravion les bras morts du Pacifique pendant six jours sans pouvoir prendre une seule image. Nous repérions les orques vues du ciel, ensuite nous atterrissions en hydravion et nous l'accrochions à ces grandes algues géantes qu'on appelle le kelp et qui flottent en surface – les Indiens s'en servaient autrefois pour s'amarrer quand ils pêchaient. Puis je partais en kayak pour tenter de m'approcher des orques en me plaçant à deux ou trois kilomètres en aval de leur trajectoire. En fait, à cause du temps que prenaient ces manœuvres, nous n'arrivions pas à opérer la rencontre. Le dernier jour, au moment où je posais ma pagaie pour dire par talkie-walkie au cadreur posé sur le flotteur de l'hydravion : « Tant pis, on abandonne », deux orques géantes sont apparues à ma droite, deux autres à ma gauche. Les lames de leurs éperons dorsaux sortaient des flots et fendaient l'air, accompagnées par ce bruit caractéristique de l'évent qui expulse de la vapeur d'eau. Les orques se sont alors calées au rythme de mes pagaies pour m'escorter pendant plus d'une heure, sous une lumière rasante, en contre-jour. J'étais proche d'elles à les toucher, partagé entre jubilation et inquiétude lorsque je comparais leur masse énorme à mon frêle kayak. Mais tout s'est bien passé, comme avec les dauphins quelques années plus tôt. Repensant à de tels épisodes qui jalonnent mes reportages, je ne peux croire qu'ils ne soient que de purs hasards – ou je ne veux pas le croire. Ces signes de connivence ne peuvent être que des signaux. De tels moments de symbiose muette consolent d'autres spectacles affligeants comme cette forêt saignée à blanc par la cupidité et la bêtise humaine. Malheureusement, ils ne les suppriment pas.

Toute cette palette de sensations, d'images, de réflexions, je tente dans mes émissions de la restituer au plus près de ce que j'ai moi-même vécu. Ainsi mon travail a-t-il accompagné à la fois mes prises de conscience et celles des spectateurs qui nous ont suivis. Le lien affectif et sensoriel que nous avons tissé avec la nature a pris un tour plus philosophique au fil du temps. Bien sûr, la notion de spectacle reste déterminante, mais elle n'est plus la seule. Il s'agit pour moi de capter l'attention par la beauté, l'émerveillement, et peu à peu de faire passer des messages ; sur les petites stratégies du vivant, la limite des pouvoirs humains, la fragilité des civilisations – ainsi cette émission dans laquelle nous expliquions que certaines civilisations précolombiennes s'étaient probablement éteintes pour ne pas avoir respecté les équilibres naturels. Une de nos plus grandes satisfactions est de voir que le public nous suit. Il y a une quinzaine d'années, sur cent lettres que nous recevions, quatre-vingt-quinze abordaient des sujets anecdotiques ou demandaient des autographes. Aujourd'hui, quatre-vingt-quinze parlent de protection de l'environnement et de causes écologiques. Ma notoriété est donc devenue un outil pour les combats que je mène. Ainsi a-t-elle acquis son vrai sens, ses lettres de noblesse en quelque sorte, sa seule utilité.

12

Le yin et le yang

Juin 2003. Transition brutale et toujours pénible pour moi : de retour de reportage, je passe quelques jours à Paris. Une fois de plus, circulant en scooter parmi un flot de voitures, je suis stupéfait par l'individualisme agressif de mes contemporains. Chacun dans sa voiture, chacun dans sa boîte. Et le monde autour peut crever. À la suite de quelles accumulations perverses un individu par nature sociable se mure-t-il ainsi dans sa solitude ?

En 1800, seuls 3 % de l'humanité vivaient dans des villes. Ils étaient 50 % en 2000, avec une multiplication par quatre lors du dernier demi-siècle. Le phénomène ne paraît donc pas près de s'inverser. Il s'amplifierait même plutôt. Car la ville a créé des tas de leurres auxquels l'homme a le plus grand mal à résister. La civilisation urbaine crée des illusions de bonheur obtenues à grand prix, alors que le bonheur est ailleurs – le bonheur, ou la simple survie. Dans la plupart des pays du Sud, la crise agricole est telle que les paysans abandonnent leurs terres pour s'entasser dans des bidonvilles. Ailleurs, c'est par suite d'un choix que les gens de la campagne la désertent. L'homogénéisation culturelle leur laisse penser que la ville est un atout de sécurité, d'abondance, une sorte de providence économique. Évidemment, il n'en est rien. La précarité, voire la misère sont plus supportables au sein d'un réseau social dense comme celui des villages. La ville accumule mais elle atomise, donc fragilise les hommes. Et puis, conditions environnementales obligent, elle ne se contente pas de faire mourir à petit feu ses habitants de désespoir, de solitude, de misère ; elle réclame des sacrifices immédiats. En 1997, l'Organisation mondiale de la santé estimait que la pollution urbaine mondiale était responsable de quelque 700 000 décès prématurés par an.

Il nous faut de toute urgence réintroduire de la beauté dans les villes. Lorsque nous arrivons dans une ville inconnue, pourquoi nous sentons-nous souvent plus à l'aise dans ses vieux quartiers que dans les nouveaux ? Parce que nous y trouvons nos repères, y reconnaissons des marques, y suivons des traces – comme je le faisais jadis sur les berges du fleuve africain. C'est tout cela, la beauté d'une ville ; ses façades différentes, ses rues qui ne vont pas droit, ses places, parfois biscornues et parfois régulières, ses monuments qui surgissent. La beauté aime le gratuit et l'inutile, tout ce que notre époque rejette par un souci d'efficacité devenu la vraie morale des temps modernes. Car la laideur n'est pas dictée uniquement par l'économique. Elle est le signe d'un mouvement plus profond, plus radical. Nous avons tout sacrifié au fonctionnel. Certes, l'analyse de nos modes de vie est fondamentale. Il faut améliorer les transports collectifs, aller vers leur gratuité au lieu d'augmenter sans cesse leurs tarifs, repenser l'habitat collectif, désenclaver les banlieues, etc. Mais elle reste insuffisante tant qu'on ne flattera pas l'œil. Il n'y a rien de plus triste que le strict utilitaire. Le charme, l'agréable sont des notions perdues, au point que la laideur finit par se diffuser jusque dans les endroits les plus aptes à la beauté. Certaines stations de sport d'hiver ont repris le système des barres d'immeubles. Les fera-t-on imploser dans une ou deux décennies, comme celles des banlieues ? Je repense à ma distinction entre fatalité et fatalisme. Il est nécessaire de construire des usines et des hangars. Mais il n'est pas fatal qu'ils soient affreux et défigurent le paysage. Dans ce domaine comme dans beaucoup d'autres, les solutions radicales et miraculeuses n'existent pas. Tout est affaire de dosage et d'équilibres. Le médecin Paracelse avait déjà tout dit en affirmant, il y a cinq siècles : « Rien n'est poison, tout est poison. Le poison est la dose. »

*

La vie urbaine ne participe ni à l'éveil des sens ni à l'accroissement de la lucidité de l'homme quant à sa place dans la nature. Elle achève au contraire de couper les liens qui l'unissent à elle et rend les menaces qui pèsent sur l'environnement plus abstraites. Les seuils de tolérance sont modifiés. Malgré des formes de pollution plus spectaculaires, les hommes s'en accommodent. Et pas seulement eux : par suite d'une accoutumance forcée, les arbres résistent mieux dans les villes qu'à la campagne, où la pollution urbaine les rejoint. C'est par exemple le cas des peupliers, plus vulnérables à quelques dizaines de kilomètres d'une ville qu'en son centre. Aussi les habitants des villes entretiennent-ils à l'égard des problèmes environnementaux une sorte de négationnisme, conscient ou inconscient. Ils ont du mal à croire ce que les scientifiques décrivent ou prédisent, et nos cris d'alerte les laissent sceptiques. Dans le même temps, beaucoup d'entre eux développent une relation quasi hystérique avec la nature. Ils raffolent des animaux de compagnie. Le bol d'air du week-end devient une nécessité vitale, la course à la mer, à la montagne ou à la résidence secondaire, un exutoire indispensable. À ce point de vue aussi, la formule de Pierre Rabhi se trouve vérifiée : notre civilisation est devenue hors sol. Il y a plus d'un demi-siècle, Paul Valéry parlait déjà de ces abus multiples qu'engendre le dérèglement de nos modes de vie : « L'homme moderne s'enivre de dissipations. Abus de vitesse, abus de lumière, abus de toniques, de stupéfiants, d'excitants. Abus de fréquence dans les impressions ; abus de résonances ; abus de facilités ; abus de merveilles ; abus de ces prodigieux moyens de déclenchement, par l'artifice desquels d'immenses effets sont mis sous le doigt d'un enfant. Notre système organique réagit ici à peu près comme il le fait à l'égard d'une intoxication insidieuse. Il s'accommode à son poison : il l'exige bientôt. Il en trouve chaque jour la dose insuffisante. »

J'ai déjà fait cette remarque que, tels le yin et le yang dans la pensée chinoise, les excès ne peuvent qu'engendrer un mécanisme de compensation. Ainsi, à la chaîne du productivisme, du consumérisme et du gâchis répond une chaîne de penseurs dont les réflexions méritent qu'on les prenne en considération. Théodore Monod cite dans l'un de ses livres un texte d'Albert Schweitzer, daté de septembre 1915, et qui s'intitule *À l'orée de la forêt vierge.* Il revêt pour moi une véritable valeur initiatique.

> Dans cette Afrique équatoriale habituellement si humide, c'était la saison sèche et nous remontions lentement le courant, glissant furtivement, essayant laborieusement de deviner l'orientation des passes entre les bancs de sable du fleuve Ogooumé. Perdu dans mes pensées, j'étais assis sur le pont du chaland, m'efforçant simplement de me faire une idée claire et simple de l'éthique que je n'avais découverte dans aucune philosophie. Les feuilles défilaient sous ma plume, couvertes de phrases sans lien les unes avec les autres. Je voulais simplement rester concentré sur le problème. Le troisième jour, tard dans la soirée, juste à l'instant où dans le soleil couchant nous nous faufilions à travers un troupeau d'hippopotames, quelque chose d'imprévu me frappa comme une lumineuse évidence jamais encore formulée : « respect de la vie ». La porte de fer avait cédé, voici que le sentier apparaissait dans la forêt touffue. Enfin j'avais tracé le chemin qui mène à cette idée qui englobe à la fois les mondes, l'affirmation de la vie, la morale : je savais main-

tenant que la perspective universelle sur le monde éthique – sur l'affirmation de la vie avec ses idéaux de civilisation – est fondée sur la pensée. Ainsi pour moi l'éthique n'est pas autre chose que le respect de la vie.

Tout est dit. Nous n'avons pas besoin d'aller chercher midi à quatorze heures, le principe que nous propose Schweitzer brille par sa simplicité et son évidence. Il nous faut donc de toutes nos forces coupler une vision esthétique de la nature, que beaucoup d'entre nous partagent, avec une éthique. Car l'une ne va pas sans l'autre. Si nous en sommes convaincus, notre esthétique ne sera pas gratuite parce que nourrie par ce lien avec la nature, et notre éthique ne sera pas étriquée, parce que porteuse de valeurs fortes. Ne soyons ni décorateur ni moralisateur. Mais enthousiastes. Que la beauté nous devienne une passerelle vers ce respect de la vie que nous propose Schweitzer. Edward Wilson : « Il se pourrait que le mystère le plus étonnant de la vie porte sur les moyens utilisés pour créer tant de diversité à partir d'aussi peu de matière. » Par contraste, la faute majeure commise par le monde de la production ne serait-elle pas de partir de la diversité pour arriver à l'uniformité ? Notre civilisation elle-même ne procède-t-elle pas de la même manière lorsqu'elle entend projeter sur la planète entière ses standards de vie ? On connaît le résultat ; tant de futilités, tant d'uniformité. Là est sans doute l'erreur majeure de l'homme prométhéen qui prétend dominer le monde. Sa démarche technicienne le conduit du complexe vers le simple – à l'image de cette machine qui transforme les arbres en copeaux ou de ces chalutiers qui ratissent le fond. Alors que l'histoire du vivant nous mène toujours du simple vers le complexe.

*

C'est au nom de ce même respect de la vie que je ne crois pas à la menace démographique. Je constate d'abord que de nombreux scientifiques ont revu leurs prévisions catastrophistes à la baisse. Il apparaît aujourd'hui probable que la population mondiale se stabilisera plus vite qu'on ne le croyait naguère. Demeurent des vérités incontournables. La première est que l'homme souffre d'une mauvaise utilisation de l'espace – c'est le problème de la population urbaine coupée des ressources naturelles et s'entassant aux marges de déserts de plus en plus vastes. Ensuite, la manière d'exploiter nos ressources et de dégrader les sols et les mers est scandaleuse. Ces deux constatations suffisent à nourrir mon inquiétude. Elles rendent patent que l'usure de la nature est plus grave que l'accroissement de la population. L'avenir dépend donc de meilleures façons de consommer et de produire qui, seules, permettront l'équilibre démographique et le respect de la Terre.

Et puis, empêchons-nous de penser que les problèmes seraient réglés si les hommes étaient moins nombreux. Car, à partir de là, toutes les dérives de réflexion et de conclusions sont possibles. Entraînés sur cette pente malthusienne, certains peuvent par exemple se réjouir de catastrophes sanitaires, voire cautionner des conflits. Je ne peux pour ma part me résigner à croire que notre système est assez pervers pour que nous sécrétions notre propre mal par le seul fait de nous reproduire. Créer des enfants restera une question individuelle, et non collective. Dans ce sens, éduquer les populations en les amenant à s'interroger sur leurs capacités à élever des enfants et la place que ces derniers trouveront dans la société me paraît souhaitable. Imposer par la force une politique antinataliste signerait à mes yeux l'échec absolu d'une société.

Le vrai défi se situe ailleurs : comment pouvons-nous assurer les ressources dont la population mondiale a besoin, dans le présent et dans l'avenir ? L'expérience de Pierre Rabhi au Burkina Faso est sans doute reproductible ailleurs. Car si le seul mode de société que nous proposons en exemple aux pays émergents est celui du pillage des ressources, de la surconsommation et du gâchis, à coup sûr, l'avenir sera très difficile. Et ce n'est pas un milliard d'habitants de plus ou de moins qui changera quelque chose à cette catastrophe annoncée. De quel droit exporter nos propres leurres ? Pourquoi privilégier, comme nous le faisons, l'avoir sur l'être ? Le seul discours crédible nécessite d'abord un changement de cap. Alors nous pourrons dire aux pays émergents : « Ne reproduisez pas nos fautes, profitez de nos analyses ; puis trouvez votre voie, car la seule réponse à la mondialisation matérialiste réside dans la diversité culturelle. »

J'ai sous les yeux une photo terrible. Elle représente une montagne d'ordinateurs usagés et jetés dans je ne sais quelle décharge d'entreprise. Devant de telles images, comment porter un quelconque crédit à notre société ? Comment imaginer que les pays pauvres n'envient pas nos richesses, tout en nous méprisant pour l'usage que nous en faisons ? Chez nous, l'autisme est général : à l'indifférence des consommateurs répond le silence des industriels qui ne se préoccupent plus de ce qu'ils ont produit dès lors qu'ils l'ont vendu. Mettre en place des filières obligatoires de recyclage ne relèverait pourtant pas de l'impossible. Établir une traçabilité dans le domaine industriel comme on l'a établi, catastrophe oblige, en matière d'élevage relève de la priorité absolue. D'où vient tel produit, de quel pays, quel type de travailleur l'a fabriqué, et que devient-il lorsque sa vie « utile » est achevée ? Autant de questions fondamentales auxquelles les consommateurs devraient sommer l'industrie de répondre. Ils pourraient alors décider de leurs achats en toute connaissance de cause – quitte à ce qu'une incitation financière les pousse aux achats « moraux », au moyen par exemple d'une caution versée au moment de l'achat et remboursable en cas de retour de l'objet devenu obsolète. Je crois à un engagement individuel, possible lorsqu'il s'accompagne d'une réglementation courageuse.

D'autant plus que, en ce domaine, la pression des autorités a montré sa force. La partie recyclable des automobiles était à peu près inexistante il y a une vingtaine d'années ; elle concerne maintenant la quasi-totalité du véhicule.

*

Été 2003. La fondation s'offre une campagne de sensibilisation aux méfaits de la pollution. Nos affiches, volontairement audacieuses, montrent en gros plan un sein de femme enceinte d'où, à la place du lait, s'écoule un liquide noirâtre. Le message se veut simple et efficace : quand on altère l'environnement, on compromet l'avenir de l'humanité et on met la vie en jeu. Malheureusement, cette campagne a eu deux effets pervers : ceux qui se battaient pour l'allaitement maternel ont pris cela comme une provocation, et, par ailleurs, une ligue féministe nous a pris à partie en dénonçant une campagne machiste. Mais qu'importe. L'objectif a été atteint : sensibiliser l'opinion sur le fait que nulle part, dans ce monde, la pureté n'existe.

Nous savions que des traces de pesticides se trouvaient dans le lait maternel. Mais peu d'entre nous avaient pris connaissance de ces rapports et études qui parviennent aux mêmes conclusions : « Résidus de parfum ou d'huile solaire, de dioxine ou de pesticides ; le lait maternel est une véritable bombe à retardement. Plus de 350 substances toxiques y ont été recensées », constate, parmi beaucoup d'autres, un rapport de l'organisation écologiste WWF. C'est la preuve irréfutable que l'être humain subit son environnement et se retrouve exposé à une pollution qu'il ignore. Faut-il continuer à allaiter ? Les experts s'accordent sur la réponse : elle est affirmative. François Veillerette, président du Mouvement pour le droit et le respect des générations futures, qui a révélé à la presse en août 2001 le niveau élevé de pollution de nos aliments par les pesticides, écrit dans *Pesticides : le piège se referme* : « Le lait maternel est un aliment irremplaçable pour le nourrisson. En effet, il contient des nutriments essentiels à son développement, à sa croissance, à ses défenses immunitaires et à sa santé en général. Il a été démontré que les enfants nourris au sein sont plus résistants aux diverses maladies et infections que ceux qui ont été élevés avec du lait maternisé. [...] L'allaitement est également bénéfique pour la mère. [...] Si l'allaitement reste la meilleure nutrition pour le bébé, les bénéfices qui s'y rattachent peuvent être minorés par la présence de nombreux polluants contenus dans le lait maternel, parmi lesquels les pesticides. »

ESCALE MARITIME

Je n'affectionne pas le mot « environnement ». Il dissocie l'homme de son milieu, l'installe au centre des choses, et le reste devient périphérique. Comme notre anthropocentrisme a du mal à rendre les armes ! Au point d'aller chercher refuge dans un mot pourtant peu suspect a priori, *celui d'environnement. Je lui préfère donc « écologie », à la fois plus juste et plus imagé : science, théorie de la maison. Cette idée que la maison est commune à l'ensemble de la création, que nous habitons tous le même lieu, est conforme à notre destin. Tous logés à la même enseigne, en quelque sorte. Embarqués sur le même navire.*

Mon expérience se situe au cœur même de cette idée : c'est une immersion permanente, une plongée au cœur de la nature, un désir sans cesse réitéré de renforcer mes liens avec elle.

Lors de ces communions, le temps prend une intensité folle. Voler en aile delta, apercevoir un vautour fauve qui plane pas très loin, trouve le vent ascendant, tourne le cou vers vous et d'un battement d'ailes semble vous l'indiquer... Ou bien être dépassé par une baleine, sentir qu'elle s'arrête à votre hauteur, voir sa paupière s'ouvrir et son œil vous fixer, quelle grâce, quelle puissance, quelle précision ! Quelle complicité intense et muette !

Je nage sous terre au Yucatan dans des eaux cristallines, transparentes, parmi des formations magnifiques de stalactites et stalagmites, et une impression m'envahit, irrationnelle et magnifique : je pénètre dans une matrice qui nous est commune à tous.

Un autre jour, en Basse-Californie, j'effectuais un palier de décompression lorsque j'ai entendu des baleines que je ne voyais même pas. Aucun concert au monde ne m'aurait plus ému. Seuls s'imposaient immobilité et silence.

Il y a peu de temps, en Corse, je nageais dans une vasque que le cours du torrent avait creusée pendant des millions d'années et dont la forme évoquait un œil magnifique. En surplomb, les branches filtraient la lumière du soleil juste comme il faut, ni trop ni trop peu. Quelle piscine aurait pu m'offrir ce luxe ?

Avoir vécu de telles expériences une seule fois dans sa vie transcende un homme ; j'ai eu la chance de les vivre un nombre incalculable de fois. D'où un émerveillement renouvelé mais toujours neuf, et le sens aigu d'une dette à l'égard de celle que les Anciens appelaient de façon si pertinente Dame Nature. Je sens que la vérité est là, et que bafouer tant de beauté et d'équilibre relève du sacrilège. Comprendre cela, c'est nous élever. D'où mes voyages, ma quête incessante d'images fortes et belles afin que le plus grand nombre de spectateurs puissent partager les émotions que j'ai moi-même ressenties.

*

Le corail constitue l'une des merveilles les plus impressionnantes de la nature. D'abord par sa beauté. Ensuite par sa spécificité, puisqu'il est placé en quelque sorte au croisement des trois règnes. Un animal profite d'une algue qu'il porte en lui et grâce à laquelle il édifie une structure minérale : cette genèse n'est tout de même pas commune. Et la production ne connaît aucune pause. Chaque année, la masse de corail dans le monde augmente de trois milliards de tonnes, ce qui en fait le plus grand architecte de la planète.

Conséquence directe : le monde corallien forme avec la forêt tropicale l'un des plus riches écosystèmes qui soient, une usine à fabriquer de l'oxygène et à stocker le gaz carbonique. Il dépérit d'ailleurs dans plusieurs régions du globe à cause de l'accroissement de ce même gaz carbonique.

Voici un nouvel exemple du merveilleux ordonnancement de la nature. Au large du golfe d'Exmouth, sur la côte ouest de l'Australie, lorsque arrive le moment du frai du corail, l'eau se colore d'un rose magnifique. La raison en est simple : le corail se reproduit une fois par an, trois nuits après la pleine lune de mars, pendant au plus quatre nuits. Le phénomène dure quelques minutes. Des milliards d'œufs et de spermato-

zoïdes se répandent alors dans les eaux, au moment précis où celles-ci sont les plus chaudes et la marée la moins forte, de sorte que la proximité entre les gamètes mâles et femelles soit optimale et permette leur union rapide. À ce moment précis, les requins baleines remontent des profondeurs pour se gorger de ces œufs dont ils raffolent.

Les noces étranges du corail et du requin baleine... L'union de toutes les beautés, éphémère, relevant d'une alchimie de l'instinct et d'un ordre éternel. Car si le corail est une merveille à l'état pur, le requin baleine n'a rien à lui envier. C'est un des plus beaux poissons au monde, de huit à douze mètres de long, avec sur le corps d'étranges dessins évoquant des motifs aborigènes. Avec lui, le contact est quasi impossible, furtif, ne laissant subsister que des images trop vagues. Sauf quand un événement imprévu se produit.

Je portais masque et palmes et j'exécutais la énième mise à l'eau pour filmer ces animaux si rares lorsque, soudain, je sentis remonter sous moi un immense requin baleine qui s'arrête sous mes pieds. Puis deux autres l'ont rejoint. Pendant plusieurs minutes, nous avons ainsi évolué ensemble, hommes-poissons et requins-poissons, les premiers prenant les images qu'ils voulaient, les seconds semblant jouer, à l'instar de ces dauphins qui avaient suivi nos kayaks au large de la Nouvelle-Zélande.

J'ai vécu une troisième rencontre semblable, cette fois-ci au large des côtes de Basse-Californie. Nous n'avions rien trouvé d'intéressant, pas d'images, pas de poissons, rien. La lassitude envahissait l'équipe. Au moment de rentrer, je décide de prendre la direction opposée et d'aller voir ce qui se passe plus loin, mais pas longtemps, un quart d'heure. Pour être honnête, j'avais observé au-dessus de la mer une concentration inhabituelle d'oiseaux qui pouvait augurer de présences sympathiques. Je ne m'étais pas trompé. Cinq ou six cents dauphins folâtraient dans l'océan et se livraient à ce genre de show enthousiaste et mouvementé dont ils raffolent, sous un ciel mauve où eau et ciel se confondaient. Seule la nuit a interrompu le tournage. Et nous sommes rentrés au camp avec des images aussi superbes que nos souvenirs.

*

En 1998, je me trouvais en tournage dans l'archipel de Palau, une trentaine d'îles perdues dans le Pacifique occidental qui forment un minuscule État, devenu indépendant quatre ans plus tôt. Son histoire est originale et instructive. Palau a d'abord été une république autonome associée aux États-Unis, mais lorsque ces derniers ont voulu installer des armes nucléaires dans leurs bases militaires, le gouvernement a refusé et proclamé son indépendance.

Depuis, le respect absolu de l'environnement est inscrit dans la Constitution de la république de Palau, laquelle compte quelque 15 000 habitants.

Comme quoi la vérité n'est pas forcément du côté de la force, même quand elle est américaine.

*

D'autres souvenirs de voyage, moins gais.

J'étais durant l'hiver 2002 en reportage au nord du Soudan puis en Égypte, sur le lac Nasser. Ce que j'y découvre est effrayant. La politique de grands barrages, dont il y a peu de temps encore tout le monde se plaisait à vanter les résultats, s'avère aujourd'hui catastrophique. Outre que la construction d'Assouan a entraîné des déplacements de populations, soudain déracinées de leurs terres ancestrales, et engendré l'un des plus grands saccages archéologiques de tous les temps en faisant disparaître une grande partie des vestiges des civilisations nubienne et égyptienne, elle débouche sur un désastre écologique imprévu : le lac Nasser se comble peu à peu de tous les éléments qui fertilisaient le Nil autrefois. Retenus par le barrage, ils ne profitent plus aux cultures situées en aval, et donc, une des plus vieilles paysanneries du monde se voit contrainte de recourir massivement aux engrais. Dans le même temps, les scientifiques constatent une augmentation de la salinité en Méditerranée. Devenue une mer quasi fermée à cause de la retenue des eaux du Nil et d'autres fleuves, elle connaît une évaporation accrue tandis que l'apport en eau douce baisse. Et le réchauffement climatique ne fait qu'amplifier les choses.

La leçon est dure à admettre pour notre amour-propre ; elle n'en est pas moins implacable : les phénomènes sont beaucoup plus liés les uns aux autres que nous ne le croyons. Chaque fois que l'homme modifie un système naturel, il déstabilise des équilibres ancestraux et, croyant contribuer au confort de ses contemporains, il joue pour les générations futures le rôle d'un dangereux apprenti sorcier.

*

Ce genre de constatation est d'autant plus préoccupant que le problème de l'eau constitue pour demain l'enjeu majeur de la planète. En mars 2003, l'Unesco rendait public son Rapport mondial sur la mise en valeur des ressources en eau. *J'y lis des chiffres qui contribuent à accroître le pessimisme que j'ai acquis sur le terrain.*

Au siècle dernier, tandis que la population mondiale triplait, la consommation d'eau était multipliée par sept. Un milliard trois cents millions d'êtres humains n'ont pas accès à l'eau à proximité de leur lieu de vie, et près de deux milliards et demi n'ont jamais bénéficié de l'assainissement. Par tarissement des nappes phréatiques ou assèchement des eaux de surface, dix pays puisent déjà dans des nappes fossiles, non renouvelables. Deux millions de tonnes de déchets polluent journellement l'eau de la planète. Ajoutons qu'un litre d'eau rejeté sans épuration en pollue à son tour huit. Plus de la moitié des fleuves mondiaux sont dangereusement ponctionnés pour l'irrigation et pollués par l'industrie. Seuls deux d'entre eux sont encore à peu près intacts : l'Amazone et le Congo.

Il faut dix fois plus d'eau pour produire un kilo de viande de bœuf que pour produire la même quantité de céréales. Chiffre stupéfiant : quinze mille litres d'eau sont nécessaires pour un kilo de bœuf.

L'Unesco a dénombré 507 litiges internationaux actuels liés à l'eau, dont 21 ont déjà conduit à des conflits militaires.

Voici pour le présent. Quant à l'avenir, il sera encore plus noir. On s'attend dans les vingt prochaines années à une diminution de 20 % de l'eau disponible par personne, aucune région du monde n'étant épargnée. Avec la privatisation de l'eau dans le tiers-monde, les coûts vont s'élever dans des proportions telles que les pauvres ne pourront plus la payer. Dans trente ans, plus de la moitié de la population mondiale vivra dans des régions souffrant d'une pénurie d'eau.

En 2025, l'humanité ne bénéficiera plus que du quart de la quantité d'eau disponible en 1950.

13

Dérèglements climatiques (et autres)

En 2003, l'hypothèse de la création d'un troisième aéroport en région parisienne est revenue sur le devant de la scène. Le gouvernement a annoncé qu'il réservait sa réponse. La sagesse peut donc encore l'emporter si le projet tombe aux oubliettes. Les défenseurs de l'environnement, tous ceux qui militent pour le développement durable et contre le gâchis consumériste, ne peuvent que s'en réjouir.

Le débat a porté sur la légitimité de l'emplacement. Les riverains potentiels ont crié à l'arbitraire et à l'absence de démocratie, protesté des menaces pesant sur leur tranquillité, mis en avant la dévalorisation de leur patrimoine immobilier. Tout cela est légitime. Mais la question de fond échappe à la somme des intérêts individuels et renvoie à un choix de société : un troisième aéroport est-il bien nécessaire alors que, aussitôt construit, il sera déjà saturé ? Le flux tendu, la courbe asymptotique est-elle une fatalité ? Ne faudrait-il pas au contraire inverser la tendance et accepter la limitation du trafic aérien ? Et puis je n'ai entendu personne poser le problème dans les termes philosophiques qui me semblent fondamentaux : serions-nous moins heureux si nous voyagions moins ? Je ne suis pas persuadé que le bonheur de l'homme soit proportionnel à la distance de ses voyages, d'autant plus que les voyages touristiques au long cours ont rarement une vocation culturelle. Dans ces conditions, on m'accordera qu'il n'est pas indispensable d'aller au bout du monde pour trouver le soleil, la plage et les restaurants de fruits de mer. Dans ce domaine du tourisme lointain, un peu plus de mesure et de bon sens ne serait pas inutile.

Est-on au moins sûr que les plates-formes existantes sont optimisées ? Pourquoi ne pas développer des terrains peu utilisés, ceux de Vassy par exemple ? Questions fondamentales, car nous ne pourrons continuer indéfiniment à faire l'économie d'intégrer les coûts environnementaux. Nous n'en serons pas plus malheureux, d'autant plus que participer à la survie de cette planète représente un objectif aussi excitant que de se faire bronzer aux antipodes.

Certaines réalités mal connues du grand public ne plaident pas en faveur d'un transport aérien omnipotent. Non seulement le carburant qu'il utilise est le seul à ne pas être taxé – et Dieu sait qu'il en utilise : les avions qui décollent d'un aéroport français engendrent aujourd'hui une pollution équivalant à la moitié des émissions des voitures particulières des soixante millions de Français –, mais ce mode de transport n'intègre jamais les coûts environnementaux. D'où l'observation pertinente d'experts : l'ouverture d'un troisième aéroport et le développement du flux aérien consécutif mettraient la France dans l'impossibilité de respecter le protocole de Kyoto sur les émissions de gaz à effet de serre. À propos de ces questions, Jean-Marc Jancovici, ingénieur consultant au comité de veille écologique de la fondation, m'adresse un mail éclairant.

> Tout le monde a l'air de considérer que le réchauffement climatique est une mauvaise nouvelle.
>
> Tout le monde a l'air de considérer que le lancement de l'A380 est une bonne nouvelle.
>
> Or il se trouve que les deux sont antagonistes (un exemple de plus me direz-vous, nous ne sommes pas à cela près !).
>
> Selon le GIEC (Groupe intergouvernemental sur l'évolution du climat), le transport aérien international, QUI ÉCHAPPE AUX ENGAGEMENTS DE TYPE KYOTO, verra ses émissions (qui dépassent déjà celles de la France) multipliées par 3 à 15 d'ici 2050.
>
> Une multiplication par 15 aurait pour conséquence de faire passer ces émissions de une fois et demie à deux fois celles des États-Unis actuellement (calcul à la portée de n'importe quel collégien).
>
> J'aimerais donc savoir ce que les responsables d'Airbus pensent de la compatibilité de la lutte contre les émissions de gaz à effet de serre avec leur projet d'avion géant, qui n'est rentable que dans un contexte d'augmentation du trafic de 5 % par an (parce qu'il va bien entendu vous répondre qu'un gros avion consomme moins par passager qu'un petit : c'est vrai, mais sans trafic qui augmente de 5 % par an, on ne fait pas de gros avions...).

Alerté par ces informations graves, je saisis l'occasion d'un passage sur RMC pour prendre position. Hélas ! je reste en deçà de la réalité. Jean-Marc m'envoie aussitôt un débriefing sans appel... surtout pour le troisième aéroport. J'y apprends que les émissions du transport aérien international ne sont pas prises en compte dans les accords de Kyoto ! La raison officielle résiderait dans une difficulté pratique. À qui affecter les émissions : au pays dont est issu le passager, au pays dont est issue la compagnie aérienne, ou au pays d'origine ou de destination du vol ? Ces questions de technocrates sont-elles vraiment pertinentes ? Comme le note avec un humour noir Jean-Marc : « Merveilleux, non ? On crée les conditions d'une pollution, mais c'est une pollution qui n'est rattachée à personne. »

*

Un dossier complexe est directement lié à celui des émissions de gaz à effet de serre : il s'agit de celui de la production énergétique. Un halo d'incertitude entoure le problème. Un tabou, également : on ne remet pas en cause le nucléaire, vaisseau amiral de l'industrie française des Trente Glorieuses finissantes. Remarquons au passage que la notion-clé de l'indépendance énergétique relève du leurre ; que je sache, nous ne disposons guère d'uranium en France. Le monde ne se partageant jamais entre le bien et le mal, il me paraît fondamental d'aborder cette question sans dogmatisme.

Une évidence arithmétique, d'abord : en l'état actuel de notre consommation énergétique, aucune solution de rechange au nucléaire n'est possible, sinon le recours aux énergies fossiles, lesquelles augmenteraient l'effet de serre de façon spectaculaire. La difficulté des choix à opérer s'en trouve accrue d'autant. Le préalable réside donc dans un vrai débat sur l'énergie, auquel prendraient part aussi bien les scientifiques que les parlementaires, le grand public, les relais d'opinion. Car le dossier est trop complexe pour que nous repartions à l'aveuglette pour encore vingt ou trente ans dans le tout-nucléaire. L'actualité récente m'apporte confirmation de cette nécessité de débat transparent : la nouvelle technique des réacteurs européens à eau pressurisée, les fameux EPR, portée au pinacle par certains, est dénoncée par d'autres comme « déjà ringarde ». Ainsi s'exprime l'ingénieur Benjamin Dessus, ancien d'EDF, membre du CNRS. Qui croire ?

Au milieu de ces multiples incertitudes, quelques évidences émergent : parce qu'elle tire des traites sur l'avenir, l'existence des déchets nucléaires est incompatible avec la notion de développement durable – il n'y a qu'à voir ce qu'il advient d'eux et des centrales obsolètes dans des pays politiquement instables. Dans les années soixante-dix, on a ainsi déversé dans la fosse des Casquets, en Manche, 28 000 fûts radioactifs dont les experts nous assurent qu'ils ne présentent aucun danger. Leur constat sera-t-il vérifié dans quelques milliers d'années ? Mystère total.

Reste que ce qui est inacceptable d'un point de vue intellectuel ne se balaie pas pour autant d'un revers de main. Pour sortir de ce dilemme, poursuivre le nucléaire ou y mettre un terme, seules des pistes inexplorées aujourd'hui pourront nous guider. Car je ne me reconnais pas plus dans les formules rassurantes des nucléocrates que dans les anathèmes des nucléophobes.

Nous devrions d'abord nous livrer à un bilan sans concession de tous les gisements d'économie possibles. Ainsi, dans le bâtiment, des experts parlent de plus de 50 % d'économie énergétique réalisable. La recherche devrait aussi permettre de valider des énergies alternatives, si elles sont possibles. Encore faut-il lui en donner les moyens : la recherche en matière nucléaire reçoit actuellement trente fois plus d'argent que celle pour l'ensemble des autres énergies. Toutefois, certains scientifiques avancent l'hypothèse que la part du nucléaire pourrait descendre aux environs de 50 % de la production électrique – elle en représente aujourd'hui 80 %.

Gardons enfin un chiffre à l'esprit : sans énergies fossiles et sans nucléaire, nous devrions vivre avec environ le dixième de notre consommation énergétique présente – il semble que les renouvelables ne pourront pas fournir beaucoup plus d'ici à quelques dizaines d'années. 10 % de notre consommation actuelle, c'est ce dont dispose un Indien. Malgré les affirmations véhémentes de nombreux écologistes, je ne suis pas convaincu que nous soyons prêts à de tels sacrifices, dès lors que d'autres solutions sont possibles, économiques et vertueuses.

Dernier point : dans l'ordre des craintes rationnelles, les déchets chimiques, en termes de volume, de nocivité, de non-traçabilité, de prise en charge, m'apparaissent plus graves que les déchets nucléaires. Et cela pour une raison très simple : on n'y prête que peu d'attention. Nous voyons arriver sur le marché des tas de molécules dont personne ne vérifie la toxicité ou la nocivité. Certains chiffres font froid dans le dos. Ainsi la bible des chimistes, *Chemical abstracts*, qui répertorie 22 millions de produits actuellement utilisés, mentionne que « seulement 300 000 d'entre eux ont été testés sérieusement pour évaluer leur toxicité ». Les fibres céramiques, le bitume, les éthers de glycol occupent la première ligne des dangers potentiels mais encore mal cernés. Et comme l'écotoxicologie, en France comme ailleurs, dispose de très peu de moyens pour mener ses recherches, je ne me berce d'aucune illusion : ce n'est pas le monde industriel qui va nous apporter des informations crédibles.

Gilles-Éric Seralini, professeur en biologie moléculaire, fut l'un des premiers à tirer la sonnette d'alarme. À contre-courant du mouvement actuel qui privilégie les facteurs héréditaires, il affirme que les différentes pollutions qui affectent l'homme sont à l'origine de nombreuses maladies génétiques et avance qu'on aurait pu épargner la vie de millions d'enfants si on les avait mieux prévenues. Il est désormais avéré que les fœtus peuvent emmagasiner des polluants industriels, pesticides, toxines, gaz toxiques et cancérigènes, qui se fixent sur les gènes les plus utilisés sans que l'on puisse prévoir quel organe ils vont affecter. Ainsi, 90 % des cancers du sein dépendraient de facteurs environnementaux. Mais la recherche toxicologique est si balbutiante et privée de moyens que les chiffres précis font défaut. Gilles-Éric Seralini préconise la création d'une nouvelle discipline, l'écogénétique, qui permettrait de progresser dans ces nouvelles voies et de prévenir nombre de maladies que notre siècle verra croître de façon spectaculaire.

Comme pour mieux confirmer les observations de Gilles-Éric Seralini, plusieurs informations alarmantes sont venues enfoncer le clou au début de l'année 2004. Des scientifiques de renom mettent en évidence des phénomènes que beaucoup soupçonnaient sans pouvoir les prouver, tant le lien entre causes et effets, en matière écologique, se met en place sur des chronologies longues. Et ce que disent ces scientifiques est terrifiant. Si leur cri d'alerte ne nous conduit pas plus à réagir que les autres clignotants déjà au rouge, c'est à désespérer de tout. En premier lieu, le rapport de la commission d'orientation du plan national santé environnement qui vient d'être remis au Premier ministre. Les experts y pointent du doigt les multiples causes d'origine environnementale, dégradation de l'eau, de l'air, dommages aux sols, bruits, contamination des aliments, dangers chimiques ou radioactifs, qui sont à l'origine de nombreuses maladies. Ainsi, l'augmentation de 35 % des cancers en vingt ans et à âge de population égal, alors que les progrès de la prévention et de la thérapie sont réels, ne peut que nous alerter. Même remarque sur la montée des maladies allergiques : sur la même période, la vente d'antihistaminiques s'est accrue de 5 à 10 % par an. Ces experts formulent par ailleurs la remarque inquiétante que « notre pays n'a pas, dans ces domaines, su prendre sa part de l'effort collectif de la communauté scientifique internationale » et que « cette faible contribution réduit notre aptitude à gérer intelligemment ces risques environnementaux ». Ils ajoutent que « le corps médical et les professionnels de santé sont peu au fait des questions de santé environnementale ». Le rapport prône donc l'application du principe de précaution quand les soupçons sont suffisants. Il applaudit « la très forte implication » des ministères de la Santé, de l'Environnement, du Travail et de la Recherche, mais distribue de mauvais points à ceux qui ont en charge les transports, l'industrie, l'agriculture, l'urbanisme, l'habitat, l'aménagement du territoire et l'éducation. Ce qui fait beaucoup de responsables aveugles face à la gravité de la situation.

Second cri d'alarme. Il est poussé par le professeur Dominique Belpomme dans son livre, *Ces maladies créées par l'homme*. « Mon approche est simple, écrit-il. En tant que cancérologue, je me suis aperçu que le cancer était une maladie que notre société fabriquait de toutes pièces et qu'il était en grande partie induit par la pollution de notre environnement. [...] Or le constat est évident. Les maladies d'aujourd'hui ne sont plus les maladies naturelles d'hier. Elles sont toutes, ou presque, artificielles. » Les chiffres parlent d'eux-mêmes. Chaque année, en France, 150 000 personnes succombent au cancer ; 30 000 de ces décès sont dus au tabac. Et les autres ? demande le professeur Belpomme. Pourquoi le nombre des victimes de cette maladie quasi inconnue dans l'Antiquité ne cesse d'enfler depuis vingt ans ? Pourquoi se développe-t-elle plus dans les pays industrialisés que dans les pays pauvres ? Réponse : parce que la pollution augmente et que « ce sont 80 à 90 % des cancers qui sont causés par la dégradation de notre environnement », assure le professeur, qui ajoute : « Écologie et santé, environnement et cancer sont liés. Si on veut couper le mal à sa racine, c'est sur l'environnement qu'il faut agir en évitant la pollution. » Sa conclusion est sans appel. « Il y a bien longtemps que l'homme se met en péril, et mon constat est malheureusement clair : en assassinant la vie, l'homme s'assassine lui-même », prévient le professeur. Quant aux progrès de la médecine, ne nous leurrons pas : ils ne permettront pas de contrecarrer cette tendance suicidaire de l'homme contemporain. « Aujourd'hui, notre santé est menacée, en particulier celle de nos enfants, et demain, c'est la survie même de l'espèce qui pourrait l'être », répète l'auteur, qui choisit d'évoquer une possible apocalypse pour mieux convaincre de l'urgence. Le pire n'est jamais certain. Mais, pour lui, « ce siècle sera écologique ou nous ne serons plus ».

*

Aucun de ces phénomènes ne relève du destin aveugle. À force de jouer aux apprentis sorciers, les hommes déclenchent les catastrophes. J'apprends que sur les neuf premiers mois de l'année 2002, plus de 500 catastrophes dites naturelles – dont seulement 12 % sont des tremblements de terre, ce qui me conduit à penser que toutes les autres sont peu « naturelles » au sens causal – ont tué 9 400 personnes. En terme de perte économique, l'Europe a été la plus éprouvée. Ces « catastrophes naturelles » lui ont coûté 33 milliards de dollars sur un total planétaire de 55, les pertes couvertes par les assurances ne représentant quant à elles que 9 milliards de dollars. Accélération du phénomène : ces mêmes catastrophes ont coûté la somme faramineuse de 652 milliards de dollars pendant la décennie quatre-vingt-dix, contre trois fois moins pour la décennie quatre-vingt.

Si l'on ajoutait à ces chiffres les coûts environnementaux que personne ne peut sérieusement chiffrer, on arriverait à un total encore plus gigantesque. Il est grand temps que les économistes se penchent sur le problème, sortent de leur dilemme croissance ou régression, et inventent d'autres modèles. Mon intuition : en étant vertueux, on ferait des économies. J'attends que des autorités scientifiques compétentes la valident.

[illegible]

qu[illegible]

meu[illegible]

jou[illegible]

aba[illegible]

pardon [illegible]

[illegible]

14

Pour que vive la planète bleue

Nous nous mentons à nous-mêmes. Collectivement et individuellement. Dans le regard que nous portons sur les êtres et les choses, dans notre refus de faire allégeance à la nature, dans notre obstination à croire que les problèmes s'arrangeront tout seuls. Et notre solitude est à l'image de notre aveuglement. « L'homme n'est plus relié à rien », notait René Dubos. Tous ensemble mais sans même nous en rendre compte, nous faisons fausse route. L'iceberg est là. Chaque heure que nous abandonnons au scepticisme ou à l'immobilisme nous en rapproche. Il faut au plus vite changer de cap.

Mais ce combat pour la planète, nul ne peut le déléguer aux autres. Tout le monde doit s'y engager et y voir l'enjeu profondément humaniste du nouveau siècle. Les années qui passent sont précieuses. Moi qui ne suis ni impatient ni pessimiste de nature, je le suis devenu par raison. Et j'aimerais que tout le monde ouvre les yeux comme je les ai ouverts. Il nous faut rééquilibrer cette société de l'avoir et du paraître vers une société de l'être. De gauche ou de droite, athée ou croyant, jeune ou vieux, chacun doit retrousser ses manches et relever ce fantastique défi. Il ne suffit plus en effet de prendre position en faveur de l'écologie, d'accepter quelques réformettes, de croire que de légers efforts ici ou là suffiront à arranger les choses ; il faut opter pour une écologie d'urgence. La photo la plus vendue dans le monde représente la planète bleue. Image sympathique, mais image tout de même ; apaisante, dépassée, quasi virtuelle. Car la planète est devenue sombre, terriblement sombre.

Inutile de se le cacher. Si dérangeant que cela soit.

Tout au long de ce livre, je me suis appliqué au respect de la vérité. C'est ma seule obligation envers mes lecteurs autant qu'envers mes spectateurs ; un respect d'un ordre supérieur, donc, comme ce sentiment fort qui me lie à la beauté. J'aimerais que ce livre s'adresse aussi à la nature et qu'elle lui restitue une part des émotions qu'elle m'a offertes. D'où ces escales, ces pauses dans mon texte, qui sont autant d'hommages adressés à notre mère commune. Car je sais d'expérience ce que nous lui devons, et je n'ai jamais confondu la valeur réelle des choses avec leur coût marchand.

*

Les situations ne sont jamais simples. Pas plus la mienne que celles des autres. Est-ce que, à mon corps défendant, je ne participe pas à ce théâtre des apparences que j'ai maintes fois dénoncé ? Est-ce que je ne suis pas une sorte de bonne conscience confortable pour tous ceux qui m'écoutent ou me lisent ? Peut-être même fais-je partie de ceux qui finissent par être récupérés par le système, intégrés au décor, inscrits dans la grille du vaste programme social : Nicolas Hulot nous fait part de ses peurs et de ses certitudes, très bien, attendons qu'il ait fini et revenons aux choses sérieuses. Mais aurai-je un jour participé à incliner les tendances ? À ce stade d'inquiétude, d'impatience et de réflexion qui est le mien, trois attitudes sont possibles.

La première, à laquelle je songe parfois : raccrocher les gants, me dire que j'ai fait mon service civique et environnemental, que ça suffit, que j'ai donné, que d'autres n'ont qu'à s'y mettre.

Elle ne dure jamais longtemps.

La seconde consiste à glisser sur mon erre en me satisfaisant du rôle que je joue, sans orgueil ni modestie excessive ; après tout, personne ne peut remplir tous les rôles, et bien vaniteux celui qui pense pouvoir infléchir la marche des choses.

Elle me satisfait de moins en moins.

La troisième est induite par le constat suivant : nous sommes beaucoup plus nombreux qu'on ne le croit à nous retrouver sur la même longueur d'onde, à poser le même diagnostic, à suivre des chemins convergents, à avancer vers des valeurs communes. Je passe mon temps à rencontrer des individus isolés qui partagent les mêmes analyses, mais ne représentent aucun poids collectif. Je découvre partout le visage d'une France silencieuse, lucide, résignée, qui ne se reconnaît dans aucun des schémas qu'on lui propose, qui agit localement au niveau de la famille, du village, du quartier, mais qui, au moment des grands choix de société, reste muette par manque de véritable alternative. Les questions que je me pose alors sont aussi simples que leurs réponses sont complexes : Peut-on aller plus loin ? Comment créer ce courant qui rassemblerait cette sagesse disséminée ? Comment forcer le cours des choses, incliner les tendances ? Comment choisir les tribunes efficaces, peser sur la société, passer à la vitesse supérieure, ouvrir les bonnes brèches ?

L'idée de créer un parti politique ne m'effleure pas. Je ne me vois pas déjouer les pièges de ce métier, souscrire à ses obligations, subir ses affres – en un mot : je ne ferais pas mieux que les Verts. Autre hypothèse : je pourrais adopter une attitude plus radicale, et considérer que, face à cette forme de violence qu'est l'autisme social, une autre violence est justifiable, voire légitime. Mais je ne crois pas que ce rôle me conviendrait, même si de nombreuses situations me font bouillir. Et puis il est déjà tenu par d'autres avec une incontestable efficacité. Par exemple, José Bové dérange cette société soft et virtuelle. Ce qu'il traduit d'abord, c'est un vide, une désespérance. Sa crédibilité lui vient des gens au nom desquels il s'exprime et dont les cris et les inquiétudes se perdent dans l'indifférence de nos sociétés. Il symbolise avec la Confédération paysanne et une partie des altermondialistes quelque chose qui, peut-être, est en train de prendre forme : une alternative paysanne, salutaire, qui n'est plus celle de la seule FNSEA et des lobbies agricoles dont les intérêts ne sont pas toujours ceux de la collectivité. Et au-delà, une autre vision des rapports entre l'économique et le social. Je vois donc dans l'action de Bové plus de vertus que d'effets pervers, et les cris outragés de ceux que la destruction de quelques plants transgéniques a choqués me paraissent curieusement plus sonores que ceux entendus lorsque le bureau ministériel de Dominique Voynet a été saccagé par des syndicalistes.

J'ai déjà dit que, en matière d'environnement, l'Europe constituait un bon niveau pour les prises de décisions. Ai-je eu pour autant l'envie de me présenter aux élections européennes ? Pas une seconde. Pour être légitime au niveau européen, il faut être crédible au niveau français. Et nous sommes loin de prétendre que tout ce qui pouvait être fait à l'intérieur de nos frontières a été mené à son terme. Si elle passe l'épreuve parlementaire sans encombre, la charte constituera une avancée réelle. Mais la route est encore longue avant que mon pays soit celui des droits de la planète comme il a été celui des droits de l'homme.

En un mot, la politique institutionnelle étant désespérément pareille à elle-même, je ne vois pas quel enthousiasme elle pourrait lever, pas plus chez moi que parmi mes concitoyens. L'étincelle ne jaillira pas d'un système ankylosé et pétri de conformismes. Elle viendra d'ailleurs. René

Dumont, en son temps, avait opté pour une tribune nationale afin de faire passer ses idées. Aujourd'hui, la réceptivité est bien plus forte qu'à son époque, entre autres parce que les années ont largement validé ses thèses. Tous les espoirs ne sont donc pas perdus. La société n'a jamais autant eu besoin d'éclaireurs. Il faut les débusquer, les écouter, leur donner plus d'écho et d'influence ; essayons ensuite de faire en sorte que toutes ces énergies se cristallisent.

C'est à une véritable insurrection des consciences qu'il faut maintenant nous atteler de toutes nos forces. Rassembler les énergies dispersées, les bonnes volontés éparses, changer notre regard sur le monde, le vivant, l'avenir, faire naître une nouvelle espérance, transformer la fatalité qui nous attend en décision librement réfléchie, tourner le dos aux sécurités trompeuses comme aux espérances vaines, admettre que chacun porte en soi une part de vérité et une fraction de solution : je veux encore croire de toutes mes forces que, face à cette alternative, aucun esprit libre ne voudra se dérober, qu'aucun responsable ne cherchera à tirer son épingle du jeu.

*

Tout être a sa place. Moi comme les autres. Les autres comme moi. Je ne suis pas encore un vieux sage, mais je m'améliore. Je sais que le bien-être est souvent une chose très simple et que la nature est une pourvoyeuse extraordinaire de ces instants qui font le bonheur. Comme tout un chacun, je suis au centre d'affrontements intimes : côté cœur, ma passion de la vie me fait craquer devant le spectacle de mon petit bonhomme découvrant les merveilles du monde, me pousse à me battre, à aimer, à vouloir ; côté raison, j'analyse froidement les choses, je dresse un constat terrible, je vois l'impasse où nous sommes. La solution ? Opter pour la force des passions ; mener ce combat nécessaire, même si beaucoup d'indices nous poussent à le croire désespéré.

Nous devons apprendre à retrouver notre place au cœur de la nature, nous qui avons trop longtemps cru en occuper le centre. Et si nous éprouvons le désir de nous distinguer de l'animalité et revendiquons une souveraineté quelconque, que ce soit en ne limitant pas nos efforts à la seule protection de la vie humaine mais en l'étendant à l'ensemble du vivant. Tous ensemble, exerçons enfin sur cette Terre, non pas une domination aveugle, mais une vigilance globale.

Car je n'ai pas envie que mon fils Nelson et tous ceux de sa génération se disent plus tard : les salauds, ils savaient.

Un grand merci à tous ceux qui, régulièrement, alimentent mes convictions, et plus particulièrement tous les membres du Comité de veille écologique de la Fondation Nicolas Hulot pour la Nature et l'Homme, l'équipe de la Fondation, et Bruno Tessarech.

N.H.

Quelques ouvrages pour aller plus loin

Les livres n'échappent pas à la loi générale des ressources vitales dont nous disposons : ils s'épuisent. Certains des ouvrages qui suivent sont devenus difficiles à trouver. Mais avec un peu de courage et de chance...

Michel BARNIER, *Atlas des risques majeurs*, Paris, Plon, 1992.

Dominique BELPOMME, *Ces maladies créées par l'homme : comment la dégradation de l'environnement met en péril notre santé*, Paris, Albin Michel, 2004.

Boris CYRULNIK, *Mémoire de singe et paroles d'homme*, Paris, Hachette Littératures, coll. « Pluriel », nº 929, 1998.

– avec Pascal PICQ, Jean-Pierre DIGARD, Karine-Lou MATIGNON, *La Plus Belle Histoire des animaux*, Paris, Seuil, 2000.

Jean DORST, *Avant que Nature meure*, Lonay (Suisse) et Paris, Delachaux et Niestlé, 1978.

– *Les oiseaux ne sont pas tombés du ciel*, Paris, J.-P. de Monza, 2001.

– *La Nature dé-naturée*, Paris, Seuil, coll. « Points Essais », 1970.

René DUBOS, *L'Homme et l'adaptation au milieu*, Paris, Payot, 1973.

– *Les Dieux de l'écologie*, Paris, Fayard, 1973.

– avec Barbara WARD, *Nous n'avons qu'une Terre*, Paris, Denoël, 1971.

René DUMONT, *L'Afrique noire est mal partie*, Paris, Seuil, coll. « Points Politique », 1966.

Mikhaïl GORBATCHEV, *Mon manifeste pour la Terre*, Gordes (Vaucluse), éditions du Relié, 2002.

Francis HALLÉ, *Éloge de la plante : pour une nouvelle biologie*, Paris, Seuil, 1999.

– *Le Radeau des cimes : exploration des canopées forestières*, Paris, Lattès, 2000.

Teri MCLUHAN (textes réunis par), *Pieds nus sur la Terre sacrée*, Paris, Denoël, 2001.

Théodore MONOD, *Et si l'aventure humaine devait échouer*, Paris, LGF, 2002.

– *Le Chercheur d'absolu*, Paris, Gallimard, 2000.

Jean-Marie PELT, *Les Langages secrets de la nature*, Paris, Fayard, 1996.

– *La Terre en héritage*, Paris, Fayard, 2000.

François PLASSARD, *La Vie rurale, enjeu écologique et de société : propositions altermondialistes*, Barret-le-Bas (Hautes-Alpes), Y. Michel, 2003.

Pierre RABHI, *Parole de Terre : une initiation africaine*, Paris, Albin Michel, 1996.

– *Du Sahara aux Cévennes : itinéraire d'un homme au service de la Terre-mère*, Paris, Albin Michel, 2002.

Hubert REEVES, *L'Heure de s'enivrer*, Paris, Seuil, coll. « Points sciences », 1992.

– avec Frédéric LENOIR, *Mal de Terre*, Paris, Seuil, 2003.

Albert SCHWEITZER, *À l'orée de la forêt vierge : récits et réflexions d'un médecin en Afrique équatoriale française*, Paris, Albin Michel, 1995.

Gilles-Éric SERALINI, *Génétiquement incorrect*, Paris, Flammarion, 2003.

Michel SERRES, *Le Contrat naturel*, Paris, F. Bourin-Julliard, 1990.

François VEILLERETTE, *Pesticides : le piège se referme*, Mens (Isère), Terre vivante, 2002.

Edward WILSON, *La Diversité de la vie*, Paris, Odile Jacob, 1993.

Et aussi...

René CHAR, *Fureur et Mystères*, Paris, Gallimard, 1986.

Romain GARY, *Les Racines du ciel*, Paris, Gallimard, 1972.

Khalil GIBRAN, *Le Prophète*, Paris, Albin Michel, 1996.

Edward HALL, *La Dimension cachée*, Paris, Seuil, coll. « Points Essais », 1978.

Victor HUGO, *Choses vues*, Paris, Gallimard, 2002.

Antoine DE SAINT-EXUPÉRY, *Vol de nuit*, Paris, Gallimard, 1931.

Table

Composition réalisée par NORD COMPO

Imprimé en France sur Presse Offset par

BRODARD & TAUPIN

GROUPE CPI

La Flèche (Sarthe).
N° d'imprimeur : 27046 – Dépôt légal Éditeur : 52333-01/2005
Édition 01
LIBRAIRIE GÉNÉRALE FRANÇAISE – 31, rue de Fleurus – 75278 Paris cedex 06.
ISBN : 2 - 253 - 11098 - 1

⊕ 31/1098/8